わが両親モリス・H・〝ベニー〟・ベンスンと
ビューラ・〝ブーツ〟・ベンスンに捧ぐ。

謝辞

以下の個人および団体の助力に感謝を捧げたい。

アメリカ合衆国とカナダ：ロバート・コーツ、スーザン・エルダーとインヴァケア社、ドクター・エド・フッガーとフェアファックス凍結精子保管所、ジェイムズ・グッドナー、キャスリーン・ハミルトンとジャガー社、ダン・ハーヴェイ、ナムク・コーハン大使、ステファン・マケルヴァンとインターアームズ社、ジェイムズ・マクマーン、ペイジ・ノードストロームとチャイズ・レストラン、チャールズ・プランテ、ダグ・レデニウス、デイヴィッド・A・ラインハルト、モアナ・レイ・ロバートスン、ゲーリー・ローゼンフェルト、トマス・J・サビデスとナショナル・トラベルサービス社、ダン・ワークマン、そして最良の妻ランディに。

イギリス：キャロリン・コーエイ、ピーター・ジャンソン＝スミス、ルーシー・オリヴァー、ファーガス・ポロック（ジャガーのデザインに）、コニー・B・タナー、エレイン・ウィルトシャー、そしてイアン・ランカスター・フレミングの遺族のかたがたに。

ハヤカワ・ミステリ

RAYMOND BENSON

007／ファクト・オブ・デス

THE FACTS OF DEATH

レイモンド・ベンスン

小林浩子訳

TOKYO
HAYAKAWA
BOOKS

A HAYAKAWA
POCKET MYSTERY BOOK

THE FACTS OF DEATH
by
RAYMOND BENSON

Translated by
HIROKO KOBAYASHI
First published 2004 in Japan by
HAYAKAWA PUBLISHING, INC.
This book is published in Japan by
arrangement with
IAN FLEMING PUBLICATIONS LTD.
c/o THE BUCKMAN AGENCY
through TUTTLE-MORI AGENCY, INC., TOKYO.

ギリシャ：カジノ〈オ・モンパルナス〉、C・ディノ・ヴォンジディスとホテル〈グランド・ブルターニュ〉に。

キプロス：ゼブラ・バサラン、ケネス・ブリル大使、ルイス・トラベルサービス社、ヴァレリー・モーズリー、クリスティナ・ミタ、アシュリー・スペンサー、ショーン・タリー大尉と英国主権基地本部に。

本書を執筆する想像力を刺激してくれたギリシャでのガイド、パノス・サンブラコスに格別の感謝を捧げる。

イアン・フレミング財団の公式ウェブサイトMr Kiss Kiss Bang Bangを訪れるならhttp://www.ianfleming.orgへ。

007／ファクト・オブ・デス

装幀　勝呂　忠

登場人物

ジェイムズ・ボンド…………………英国秘密情報部員
M（バーバラ・モーズリー）……ボンドの上司
ビル・タナー…………………………同参謀長
ブースロイド少佐……………………同Q課の責任者
マネーペニー…………………………同Mの秘書
ヘレナ・マークスベリ………………同ボンドの個人アシスタント
アルフレッド・ハッチンソン……英国国際親善大使
チャールズ・ハッチンソン………アルフレッドの息子
マンヴィル・ダンカン………………アルフレッドの補佐官
フェリックス・ライター……………ボンドの旧友
マヌエラ・モンテマイヤー………ライターの恋人
アシュリー・アンダーソン………〈リプロケア〉の責任者
ジャック・ハーマン…………………〈サプライヤーズ〉のメンバー
メリナ・パパス………………………〈バイオリンクス〉の社長
コンスタンティン・ロマノス……大富豪
ヴァシリス……………………………ロマノスのまたいとこ
ヘラ・ボロプロス……………………未亡人
ディミトリス・ゲオルギオウ……ギリシャ軍の准将
ニキ・ミラコス………………………ギリシャ国家情報庁の部員
ステファン・テンポ…………………ボンドの旧友ケリムの息子
マイルズ・メサービイ卿……………前任のM

プロローグ

それはありきたりの処置ですむと思われていた。

十月のはじめ、五十八歳のアフリカ系アメリカ人カール・ウィリアムズは、ロサンゼルスの復員軍人病院で胆嚢の手術を受けた。術中に出血したため輸血が必要だった。患者はA型で、この型の血液はたっぷり常備してある。手術はなんの問題もなく成功し、回復室で一時間過ごしたあと、患者は病室のベッドに運ばれた。

数時間後、かたわらで本を読んでいた妻は、ウィリアムズがむせはじめたのに気づいた。はじめは、飲んだジュースが気管にはいったのかと思った。夫の背中をたたいたが、おさまる様子はない。カールは眼球を飛びださせながら、パニック状態に陥った。ミセス・ウィリアムズは悲鳴をあげてナースを呼んだ。

コードブルーが告げられた。医師が飛びこんできて、救命措置を試みる。酸素マスクをつけたとたん、患者の心臓がとまった。

カール・ウィリアムズは発症後十五分で死亡した。妻はヒステリーの発作を起こしている。病院のスタッフはショックを受けて、うろたえている。医師は検死を指示した。

翌朝、カリフォルニア州バン・ナイズの自宅のキッチンで、ミセス・ウィリアムズは夫の身に何が起きたのかを、理解しようとつとめていた。きっと病院の医療ミスだったにちがいない。きょうにも、その件で弁護士と話してみよう。

もう一杯コーヒーを注ごうと立ちあがったとき、どういうわけか喉が締めつけられたようになった。空気を求めてあえぎながら、電話に飛びついて九一一をダイヤルする。どうにかつながったものの、救急車をまわしてもらう住所を言うのがやっとだった。

救急救命士が到着したときには、ミセス・ウィリアムズの息は絶えていた。

ロサンゼルス近郊のカルバーシティで、カール・ウィリアムズの症状が急変したとき最初に応急処置をしたナースも、呼吸不全に陥って心臓がとまった。車の後部座席から食料品をおろそうとしているときだった。十五分後、やはりロサンゼルス近郊のパサデナで、そのナースの応援に駆けつけた医師がおなじ症状に見舞われた。なじみのゴルフコースで四番ホールをプレイしている最中だった。

その日が終わるまでに、カール・ウィリアムズと接触した人間が、さらに八名命を落とした。

翌日はそこに数名が加わった。

十月の第三週には、衛生局の検疫官らは重大な危機を抱えこんでいることに気づいた。彼らは謎の伝染病のことを隠しておこうとしたものの、《ロサンゼルス・タイムズ》がニュースを嗅ぎつけて、発表した。《ロンドン・タイムズ》にも小さな記事が載ったが、ロンドンの住人はほとんど目にとめなかった。

十月末までに三十三名の死者が出た。衛生局は途方にくれ、恐怖におののいた。

世界を半周した東京では、永田弘が十月分の輸血を受けていた。五ヵ月前に白血病を患って以来、闘病を助けるための月一度の処置だった。医師たちはこの輸血で最低六ヵ月は延命できると期待していた。弘も楽観していた。輸血のおかげで毎回、気分がよくなったから。

弘は診療室を出て、コンピュータプログラマーとして働く職場に向かった。その日はずっと体調がよかった。ところが、家にもどる地下鉄の車内で、なんだか眩暈がしはじめた。やがて、満員の車両の真ん中で、とつぜん食道を万力で締めつけられているような感じがした。運良く、電車はまもなく駅に着くところだった。激しくむせながら、人込みをかきわけて開いたドアに向かう。よろよろとプラットホームにおりたち、少し進んでから倒れた。

弘とおなじ帰宅ラッシュの車両に乗りあわせた全員が、心配そうに見ていた。が、それぞれ自分の都合があったので、あとのことは医療員にまかせた。彼らは夢にも思っていなかった。二十四時間後には、自分たちも死体安置所行きになるなどとは。

1 死の香り

その情景は、苦しみ悶える者たちの死の舞踏をストップモーションにしたかのようだった。

十二人の兵士——伍長三名と兵卒九名——が兵舎内のあちこちに倒れていた。彼らはしっかり身支度をしたままだった。ひとりは簡易ベッドからなかばずりおちている。三人は重なりあい、たがいにしがみついて最後の抱擁をしている。ひとり残らず嘔吐し、鼻と口から出血している。悲惨な最期を遂げたのはあきらかだ。

調査団の四人は防護服を着用し、構内を徹底的に調べた。めいめいが呼吸装置と頰にフィルターのついたウィルソンAR1700フルフェイス・ガスマスクをつけ、気密ゴーグルをかけ、フードをかぶっている。さらにガス不透過性合成ゴム服を着て、十八ゲージのゴム手袋をはめ、ブーツを履いている。皮膚はくまなく覆われ、ほんのわずかな露出もない。調査員はガスマスクのおかげで屍臭を嗅がずにすんで助かっていた。防護服の下は汗びっしょりだった。十月末でも南キプロスはまだ暑い。

ジェイムズ・ボンドはガスマスクのアイピース越しに、細部までじっくりと観察した。十二人の兵士は未知の化学薬品で殺されていた。たぶん通風ダクトから投入されたのだろう。それしか説明のしようがなさそうだ。同様に穏やかでないのは、室内の壁に赤く数字の〝3〟が描かれていることだ。数字の真下の床には、古代ギリシャ神ポセイドンの六インチ丈のアラバスターの小像が置いてある。

ボンドは英国陸軍特殊空挺部隊(SAS)の調査員ふたりが仕事をするのを見守ってから、彼らのあとについて太陽の照りつける戸外へ出た。チームのなかでただひとりのギリシャ人調査員は、メモをとるのと写真撮影を終えるためになかに残った。

男たちはガスマスクとフードを取った。気温はすでに三十度に達している。まさに水泳日和だったろうに。

キプロス共和国内の英国主権軍事基地は、国土のおよそ三パーセントを占める。西部基地はエピスコピ駐屯地の建物とアクロティリ英国空軍(RAF)飛行場からなり、東部基地にはデケリアの駐屯地がある。一九六〇年の独立協定によりキプロス共和国が誕生したが、両軍事基地は英国の管轄下にとどまっている。それ以前は、英国の直轄植民地だった。

特派されたボンドは、真夜中をまわったころキプロスに到着したあと、英国空軍機でアクロティリに運ばれた。そこでショーン・タリー大尉の出迎えを受け、ただちに基地管理局とキプロス英軍本営のあるエピスコピに連れていかれた。かねがねジェイムズ・ボンドはここをうっとりするほど美しい島だと思っていた。きれいな海岸、北のゆるやかに起伏する丘陵地帯、ほぼ完璧な気候、風情のあるカラフルな都市。近年のキプロスがあんな動乱の時代を経たのは残念なことだ。

一九六三年に、英国の某士官が地図上にグリーンの境界線を引いた。ギリシャ系とトルコ系キプロス人とのあいだの緊張が高まり、ついに紛争が勃発したときだった。国連はそのしばらくのちに軍を派遣し、その名もふさわしい〝グリーンライン〟にそって平和維持につとめている。十一年後、ギリシャ軍がクーデターを企て、それに反発したトルコ軍が島の北部に侵攻した。その結果、島は象徴的なグリーンラインによるばかりでなく、物理的かつ政治的にも分断された。現在、英国政府は国連に同調して、島の南部三分の二を統治するキプロス共和国政府のみを承認している。いわゆる北キプロス・トルコ共和国は非合法的に島の北東三分の一を占有しているが、トルコ以外に承認している国はない。こうした状況が二十年以上にわたって、緊張と不信と争いを引きおこす種となってきた。

　今回の惨事が起こったのは、エピスコピ・ヘリコプター着陸場近くの兵舎だ。ボンドにはロンドンからSASの法医学鑑定専門家ふたりが同行していたが、土壇場でギリシャ秘密情報部員が加わった。ボンドはギリシャの情報部員があらわれたことに、いささか当惑していた。その人物はまだ兵舎のなかでメモをとっている。Mからはあらかじめ注意されていた。ギリシャの情報部員がエピスコピで接触してくるだろうが、これはあきらかに英国の問題だ。英国軍人が巻きこまれており、事件が発生した地域を支配しているのはキプロス共和国でもギリシャでもないのだから、と。

　ロンドンからの調査員のひとり、ウィニンガーが額の汗をぬぐいながら尋ねた。「ボンド中佐、いまの段階での印象は？」

「エアゾール剤の一種じゃないかな」ボンドは言った。「壁の数字と小像は、単独ないし複数の犯人が残したサインのようなものだろう。二日前にも、デケリアで似たような事件があったそうだが」

「そうなんだ」もうひとりの調査員、アシュクラフトが言った。「分隊の兵士がサリンという神経ガスで殺された。最近、宗教団体の狂信者が日本の地下鉄でつかったのとおなじものだ」

　ウィニンガーがつけくわえる。「それに、その二日前に起きた、気の毒なホイッテンの件がある」

　ボンドがうなずく。その件についての概況説明（ブリーフィング）は受けていた。クリストファー・ホイッテンはアテネに送りこまれたMI6の情報部員だった。その死体がギリシャ警察の手で見つかったのだ。アクロポリスに近い古代アゴラのヘファイストス神殿の階段に横たわっていたという。死因は未知の毒だが、法医中毒学の専門家は普通のヒマから抽出した致死性の毒物、リシンだと考えている。

三件の事件のいずれも、犯人は死体の近くに数字を描きのこしていた。数字の〝1〟は、ホイッテンの頭のそばの岩に殴り書きしてあった。数字の〝2〟は、分隊の兵士たちが死んだデケリア兵舎の壁に。エピスコピの事件と同様、ギリシャ神の小像がデケリアの犯行現場にも残されていた。

アシュクラフトが言う。「これで四日間のうちに三度目の襲撃だ。連続テロリストでもいるみたいだな……小隊のまるまる一分隊と別の小隊の半数が殺された。伍長が三名と兵卒が九名——射撃チームが三班だ。事件は昨夜遅く、教練からもどったあとに起こった。死体の状態からどう思う、レイ？」

ウィニンガーは顎をなでた。「出血の量と、ほぼすべての開口部から出血したところから見てトリコセニシスだろう。そう思わないか」

「ああ。もちろん研究所で確かめなきゃならないがね。なんともひどい死に様だ」ボンドのほうに向き直って、「トリコセニシスは目と耳と口からの出血、内臓出血、焼けるような痛み、痙攣を引きおこして、たちまち死にいたる毒です——三十分以内に」

ボンドはテロや戦争で使用される多様な薬物に通じていた。

「気のせいだろうか、それともここまで死体がにおうのかな？」ウィニンガーがつぶやく。

ギリシャの情報部員が兵舎から出てきた。まだガスマスクと防護フードをつけている。新鮮な空気のもとですばやくマスクやフードを取ると、長い黒髪におおわれた顔があらわれる。それは地中海人種特有のものだった——褐色の肌、太い眉、とび色の瞳、ふっくらした唇、大きいが魅力的な鼻、長い首。背はひじょうに高い——六フィート近くある。ボンドとふたりの男は驚いていた。その人物が自分たちのあとから兵舎にはいってきたとき、女性だとは思いもしなかったからだ。ひと言もしゃべらなかったし、防護服のせいで女らしい姿態も隠されていた。

「国家情報庁（NIS）から？　あなたがミラコス？」ウィニンガーが尋ねた。

「そうです」女性は言った。「ギリシャ国家情報庁のニキ・ミラコスです」ファーストネームを「ニーキー」と発音した。

「いったい、ここで何をしてるんです？」アシュクラフトがきいた。「ぶしつけで申し訳ないけど」

「あなたがた同様、テロ事件の調査をしているんです」ミラコスは相手を歯牙にもかけずに答えた。「お仲間のホイッテンはアテネの公共区域で見つかったんですよ——なんと古代ギリシャの聖地である国立庭園で。一連の攻撃は行き当たりばったりじゃありません。隠れた意図があります。わが政府は真相究明に関心を持っています」

「では、そちらの仮説も教えてくれるんでしょうね？」アシュクラフトが言った。

「あとで」ミラコスは言った。「まずこの暑苦しい服を脱いで、シャワーを浴びたいので」それから、ボンドのほうを向く。「あなたは００７（ダブルオーセブン）でしょ？」

ボンドは手をさしだした。「わたしはボンド、ジェイムズ・ボンド」

「ちょっとお話ししなきゃね」ミラコスはほかのふたりをちらりと見てから、つけくわえた。「ふたりだけで」

ボンドはうなずいた。男たちから離れて、ニキ・ミラコスを当座の宿舎としてあてがわれた建物に案内する。歩きながら、ニキは防護服のファスナーをあけ、汗でぐっしょり濡れた白いＴシャツをあらわにした。豊かな胸の線が見える。ボンドは道みち一、二回盗み見ずにはいられなかった。カバーガール・タイプの美女ではないが、どこか官能をそそるオーラを発散していて、たまらなく魅力的だった。

「われわれは化学生物兵器に特化したテロリストのしわざと考えています」ニキは言う。「いまのところ標的はイギリス人ですが、この襲撃の裏にはたくらみがひそんでいて、結局ギリシャも巻きこまれると思います」かなりひどい訛りはあるものの、彼女の英語は流暢だ。ギリシャでは四十歳以下の人間はたいてい英語を習得しているが、日常でつかう者はめったにいない。

「どういう連中か見当は？」

「いいえ、それで困っています。お仲間のホイッテン殺害事件もまだ捜査中です。もちろん、そちらの政府と協力して」

「死体が遺棄された現場に意味があるのかな？」

「たぶん。古代アゴラはアテネの人々の市場でしたから。コインのこと、ご存じ？」

ボンドはうなずく。「ホイッテンは古代ギリシャのコインを口にくわえていた」

ニキが話をつづける。「そうです。古代ギリシャ人は冥府の川（ステュクス）の渡し守カロンに渡し賃をあげなければならないと信じていました。黄泉の国（ハデス）まで船で渡してもらうために。死者は渡し賃のコインを口にくわえて葬られたということです」

「すると、死体が置かれた場所、コイン、数字……すべてが象徴的なわけだ」

「なんの象徴かしら。アテネの殺人とこのキプロスでの事件との関連がわかれば、かなり前進するでしょうね」

「小像は神殿のかわりとも考えられる。殺し屋たちは観念的に、殺害と古代ギリシャを結びつけるようなメッセージを伝えたかったのかもしれない。だからホイッテンの死体はあの場所に捨てられたんだ。キプロスではそれができなかったので、小像がおなじ役割をになったんだろう。それがなんであれ」

「おもしろい指摘だわ、ミスター・ボンド。デケリアの小像は天界の女王ヘラだった。ここではポセイドン。どういう意味なのかしら」

「古代ギリシャにはあまりくわしくなくてね。だが、ヘラが復讐心が強く嫉妬深い神なのは知っている」

「数字のことはどう思います？」

ボンドは肩をすくめる。「三件が同一グループの犯行であることを明示している……しかも、さらにつづくことを」

レンガとしっくい造りの白い三階建ての建物が二棟ある地点に着いた。ほぼ二百メートル離れた地点にはヘリコプターの着陸場がある。オレンジ色の吹流しが風にたなびいているのが見える。接近してくるウェストランド社のウェセックス・マークII捜索救助用ヘリコプターの音がしだいに高くなる。太陽のほうを見あげると、空からザトウクジラそっくりの機影が近づいてきた。

「シャワーを浴びてきます」ニキは言って、腕時計に目をやった。正午だ。「一時に食堂で会いません？　二時に基地の人たちと会うまえに情報を交換できるわ。みんな答えをほしがるでしょうし」

「いいね」ボンドは言った。「ぼくもシャワーを浴びよう。報告を終えたら、泳ぎにいかないか。そのあとでディナーというのは？」

「手が早いのね、ミスター・ボンド」ニキはかすかに笑みを浮かべた。

肩をすくめて、「朝のうちに出発するんでね」

「じゃ、あとで」ニキの言葉で、ふたりは別れた。ボンドはふだん小隊が使用している建物の二階へあがった。シャワー室の前まで行くと、ドアに配管故障の張り紙がある。引きかえして、道の向こう側の兵舎にはいりかけているニキに大声で呼びかけた。

「そっちのシャワーをつかわせてくれ！　こっちは故障なんだ！」

ニキはボンドを手招きした。

ボンドには空室が割りあてられていた。ただし、室内には兵士三人分の身のまわり品が少々残っていた。各部屋はどれも似たり寄ったりで、家具調度は少ない——簡易ベッド三台、戸棚三つ、洗面台、天井の扇風機、二本の蛍光灯、壁にべたべた貼られた人気ピンナップガールのポスター。

ボンドは口をあけたままのキャリーバッグをつかみ、道を横切ってニキの兵舎へ向かった。肩をあらわにしたニキがドアから頭を突きだし、通りかかったボンドに言った。

「隣の部屋をつかって。シャワー室はもう少し先にあるわ。お先にどうぞ。わたしはあとでいいから」

「いっしょに浴びないか？　キプロスの貴重な水を節約で

きる」

鼻先でぴしゃりとドアが閉まった。

ボンドは部屋にはいって服を脱ぎ、バッグを簡易ベッドにほうった。翌朝にはロンドンへとんぼ返りするとわかっていたので、荷物はあまり持ってきていない。だが、あとから思いついて、海水パンツと、海辺で活動する部員にQ課から支給されるダイビング用万能ベルトを投げこんでおいた。ひょっとすると、魅惑的なニキ・ミラコスと泳ぐひまがあるかも……

ボンドは腰にタオルを巻きつけて、部屋からシャワー室へ向かった。

シャワー小室が五つ、バスタブがふたつ、それにトイレがついている。ほかにはだれもいなかった。ボンドはタオルをはずし、仕切りのひとつにはいった。コックをひねって湯を出す。すぐさま水が温まったので、飛沫の下に立って、汗を洗いながしはじめた。石鹸をつけようとしたとき、とつぜん湯が水に変わった。後ろにさがって、シャワーの水に手をかざす。と、ふいに水がとまった。数秒後、また噴水口から湯がほとばしりだした。軍事基地のお粗末な給水設備のせいだと思い、ふたたび飛沫の下に足を踏みだす。またしても冷水になってはじめて、ボンドはあやしんで仕切りから出た。そのとたん、アンモニアのにおいが室内にたちこめた。研磨剤でも流したように、煙が仕切りからタイルの床に噴きだしてくる。

ボンドはシャワー室を裸で飛びだした。先ほどの部屋に飛びこみ、海水パンツを取りだして身につける。数秒後、防水ホルスターにおさめた新しいワルサーP99も装備した万能ベルトをつかんで外に走りでた。均整のとれた体にタオルを巻きつけたニキが部屋から出てきて、ボンドが手すりを跳びこえ、しなやかに裸足で草の上に着地するのを目撃した。軍服姿の兵卒がふたり、ジープのそばでとまどった顔をして見ている。

ボンドは兵卒たちには目もくれず、大急ぎで建物の角をまわった。ちょうど迷彩服の人影が兵舎から飛びだしてヘリコプター着陸場へ走っていくのが見えた。さっき着いたウェセックスがまだとまっていて、回転翼羽根（ローターブレード）がまわっている。ボンドは逃げていく人影を追いかけた。その人物はガスマスクと防護フードをつけていた。

逃走者はウェセックスにたどりつき、あいているドアから乗りこんだ。ただちにヘリコプターが上昇しはじめると同時に、ボンドも着陸場に到着した。前方に身をおどらせ、兵士たちが乗り降りしやすいよう取りつけられた予備の兵士用ステップをかろうじてつかんだ。ウェセックスは命がけでしがみついているボンドをぶらさげたまま上昇しつづける。基地上空を通過し、じきに地中海へ出るだろう。

ドアがあけっぱなしなので、ボンドの位置から迷彩服姿の人物がふたり見えた。ひとりがパイロットの頭に拳銃をつきつけている。当機はハイジャックされたのだ！

さっきのガスマスクをつけた人物がドアから身を乗りだし、兵士用ステップにぶらさがっているボンドを見つけた。大きなナイフを鞘から引きぬき、機体の床にしゃがみこむ。片手でキャビンの内側をつかんで、ナイフを握りしめた手を突きだす。ボンドに向かってナイフをふるい、指の付け根の皮膚を傷つけた。ボンドは痛みにたじろいだが、懸命にこらえた。ヘリコプターはたっぷり二百フィート上空にいる。手を放せばきっと墜落死するだろう。暗殺者がふたたび身を乗りだしたが、今度は攻撃に対して心構えができていた。ナイフがふりおろされるや、ボンドは兵士用ステップから片手を離し、ヘリに固定してあるステップの下の金属部分をつかんだ。握りぐあいはステップ自体ほどよくないが、暗殺者のナイフから守ってくれる。ボンドはじりじりと車輪の軸まで移動し、両脚をからめた。これで暗殺者は危険をおかして機外へ出なければボンドをやっつけることはできない。

ヘリがアクロティリのRAF飛行場の上空にさしかかると、暗殺者に命じられたパイロットが乱暴な操縦をして、ボンドを振りおとそうとした。苦痛は耐えがたく、傷口からの出血が顔にしたたる。しかし、ボンドはしっかりとしがみついていた。海上に出るまでなんとかつかまっていられれば……

またもや人影がドアから身を乗りだした。今度はオートマチックをかまえている——どうやらデーウーらしい。暗殺者が発砲すると、ボンドは体を揺すってヘリの下に身を隠した。ぶらぶら揺れるボンドのかたわらを銃弾がかすめていく。幸いなことに、ヘリが急激にかしぐせいで狙いが定まらない。男は怒ってパイロットをどなりつけた。

いまやヘリは地中海上を南へ飛んでいる。眼下の海は波立ちさわいでいる。

暗殺者はボンドが恐れていた行動に出た。兵士用ステップに這いでてきたのだ。ヘリは静かに飛んでいるから、このままでは至近距離から撃たれてしまう。ガスマスクをしているので顔は見えないものの、男が勝利の笑みを浮かべているのがわかる。暗殺者は拳銃をかまえ、ボンドの頭に狙いをつけた。

ボンドはステップの下で力いっぱい体を後ろに振り、はずみをつけてヘリから離れた。そのまま宙返りして飛びこみの姿勢をとる。頭上から銃声が聞こえたときには、海めがけて急降下していた。衝撃で並みの人間なら死んでいたかもしれないが、ボンドはオリンピックスタイルのなめらかなダイビングで海面に達した。

浮上して息をつくと、南へ飛びつづけるウェセックスが見えた。海岸のほうへ目を向ける。一マイル以上はありそうだ。泳ぎきれるだろうか。海はひどく荒れている。泳ぎの達人でも骨が折れるだろう。万能ベルトを持ってくる気になって、ほんとうによかった。

立ち泳ぎをしながら、ベルトのジッパーをはずし、ぐるぐる巻きにしたゴム製品をふたつ取りだした。さっと振ると本来のサイズに広がる携帯用の足ひれだ。それをすばやく装着し、つぎにシェービングクリーム容器大の小さなブリキ缶を取りだす。二本の長いゴムバンドでその缶を背中に取りつける。缶の上部から可撓管をのばし、先端を口にくわえる。缶は十分間のアクアラングになっていて、荒海を泳ぎきるのに役立つはずだ。潮流が、岸に向かえないほど強すぎなければいいのだが。

ボンドはクロールで陸をめざしてゆっくり泳ぎはじめた。二週間前にダイビングの腕に磨きをかけておいて助かった。ブースロイド少佐の頓才にも感謝だ。

ボンドは力のかぎり海と闘ったが、二歩進んで一歩さがる状況だった。泳ぎが達者で、絶好の体調であるにもかかわらず。あたりまえの人間なら、いまごろもう溺れていたかもしれない。五分後、ボンドの見積もりでは岸から約半マイルのところまで来た。アクアラングはあと五分もってくれる。そのあとは波濤のすきを見て、自力ですばやく深い息継ぎをしなければなるまい。

そのとき別のヘリコプターの音が近づいてきて、機影が太陽をさえぎった。ボンドは進むのをやめて、立ち泳ぎに切りかえた。頭上のガゼルがホバリングしながら、縄ばしごをおろしてきた。ボンドはそれをつかんで、すばやくよじのぼり丸い小型ヘリに乗りこんだ。なんとパイロットは、ほかならぬニキ・ミラコスだった。縄ばしごを操作していたのはRAFの航空兵だ。

「何をぐずぐずしてたんだ?」ボンドは尋ねた。

「だって、泳ぎたいって言ってたでしょ!」ニキは轟音に負けじと叫んだ。「少し楽しませてあげたかったの」

ガゼルは海岸へ機首を向け、エピスコピへ引きかえした。途中、さらなる二機のウェセックスが、ハイジャックされたヘリを追跡して海へ向かうのとすれちがった。

基地にもどったボンドとニキは、ガスマスクをつけた曲者が送水管に塩化シアンのボンベを取りつけていたことを知らされた。この化学薬品は〝血液剤〟に分類される。血球を襲って、急速に体中を冒すためだ。あれが皮膚に付着していたら、ボンドは死んでいただろう。調査員たちは、分隊の射撃チームを襲ったのもおなじ暗殺者ではないかとにらんでいる。まして穏やかでないのは、あれがあきらかにニキ・ミラコスの命を奪おうとした企てだったことだ。

その晩、救難チームから報告があった。ハイジャックされたウェセックスは、キプロスの南百マイルほどの海に放置され、漂っているのが見つかった。海水浮揚装置が作動しており、ヘリコプターは無事に着水できていた。パイロットの死体は機内で発見された。後頭部を撃ちぬかれていた。犯人と共犯者はヘリをハイジャックし、パイロットを脅して基地から飛びたたせたと思われる。海上で船か水上飛行機が待ちうけていたにちがいない。犯人たちが跡形もなく消えうせているところからみて。

報告が終わると、ボンドはニキが借りたホンダ・シビックに同乗して町へ出た。ふたりは浮かれ気分でにぎわうレストランを見つけ、どうにか、喧噪から離れた奥の小さな二人用テーブルにすわれた。

「気分はどう?」ニキが尋ねた。テーブルのキャンドルの明かりで、ブロンズ色の顔がきらきら輝いている。

「きょうは海で奮闘したせいでくたくただ。でも、それ以外はこのうえなく爽快だよ」ボンドは言った。「とにかく腹が減った。きみは?」

「飢え死にしそうよ」

ふたりは炭火で焼いたキプロス風ミックスグリル――ハム、ソーセージ、ビーフバーガー――と、歯ごたえのあるチーズのハルミを分けあって食べた。ハウスワインはアンベリダ、ジニステリの白ブドウからつくったもので、辛口で軽い。

「どうしてキプロス料理は肉ばかりなんだ?」ボンドは尋ねた。

ニキは笑った。「さあ、どうしてかしら。ギリシャでもよく肉を食べるけど、これほどではないわ。島民に男性ホルモンの分泌が多いのは、そのせいかも」

「シャワー室できみを殺そうとした犯人の心当たりは、ニキ? あの卑劣なたくらみの標的はきみだった」

「見当がつかないの。わたしが調査に来ることを知ってた人間がいるわけよね。そちらのホイッテンが発見されて以来、わたしはこの事件にかかわってる。犯人はそれを嗅ぎつけたんでしょうね。心配しないで。自分の面倒ぐらいみられるわ」

「そうだろうとも。で、いつもどるんだい?」

「明朝。あなたとおなじよ」

勘定はボンドが払った。ニキは割り勘にしたがったけれど。基地にもどる車中で、ボンドはまた会えるだろうかと尋ねた。ニキはうなずいた。

「わたしのミドルネームはカサンドラなの。信じられないでしょうけど、ずっと自分には人の心を見通す力があると思ってるのよ。ときには未来も」

「へえ、そりゃすごい」ボンドは微笑を浮かべた。「で、ぼくたちの未来には何が待ってるのかな?」

「最低でももう一度は会うわ」ニキがそう言ったとき、車は基地の正門に着いた。

　おやすみのあいさつをしてから、ボンドは兵舎の自室にもどり、簡易ベッドにもぐりこんだ。うとうとしかけていたとき、ドアにノックの音がして、はっと目が覚めた。

「どうぞ」ボンドは言った。

　ニキ・ミラコスがまだ私服のまま、暗い部屋にはいってきた。「最低でももう一度会うって言ったでしょ。それに、あなたがなんともないか確かめておきたかったの。あんなふうに海に墜落したんじゃ、あちこちひどく痛むはずだし」

　ニキがそばに近づいてくる。ボンドはベッドに起きあがって、なんともないと言おうとした。だが、ニキはやさしくボンドを押しもどした。それからうつぶせにさせ、広い肩をマッサージしはじめる。

「これですっかり楽になるわよ……ええと英語でなんて言うの……異常性欲(キンキーズ)?」

　ボンドはあおむけになって、ニキを引きよせた。「それなら凝り(キンクス)だ」くすくす笑いながら言う。「だが、″キンキー″がどういう意味か喜んで教えてあげよう……」

　そう言って、ボンドが唇を重ねると、ニキは大きくうめいた。

2 ロンドン市内の一日

十一月は骨まで凍るような氷雨とともにやってきた。今年のロンドンの冬は早そうだ。灰色の日々はいつもジェイムズ・ボンドの気を少々滅入らせる。チェルシーのキングズ・ロードから少しはいったところにあるフラットで、居間の出窓のそばにたたずむボンドは、外の広場の中央を占拠しているプラタナスの木立ちを眺めていた。木々は葉を落としていて、よけいわびしい景色だ。待機中の身でなかったら、ジャマイカに飛んでいただろう。島の北の海辺に最近購入したシェイムレディ荘で数日を過ごすために。しかしながら、キプロスからもどったあと、Mから自宅待機を厳命されていた。テロ事件にいっこう解決の兆しが見えなかったからだ。

「もうお時間じゃないですか——旦那さま?」背後からなじみのある過保護なおふくろめいた声が聞こえた。初老のスコットランド人家政婦のメイだ。料理人とメイドと目覚まし時計役を兼ねている。メイが言うと〝旦那さま〟が〝旦那しゃま〟に聞こえる。ボンドをのぞけば、メイが王族と聖職者以外の人に〝さま〟をつけることはないはずだ。

「わかってるよ、メイ」ボンドは返事をした。「遅れはしない。あと一時間かそこらはだいじょうぶだ」

メイはおきまりの舌打ちをしてから言った。「これじゃいけませんねえ——旦那さま。朝食にほとんど手をつけないで。あなたさまらしくないですよ」

メイの言うとおりだ。ボンドは倦怠感をおぼえていた。〝待機中〟か任務の切れ目には決まってそれに悩まされ、落ちつかず何もする気になれない。

ボンドは深いため息をついて、窓辺から離れた。凝った第一帝政様式の机に向かい、室内を見まわす。白と金色のコール&サンの壁紙は相当時代遅れだが、ボンドには気にならない。何年もまえに改装した摂政時代風のフラットに越してきて以来、何ひとつ手を加えていない。変化はきらいだ。それがただひとりの花嫁に死なれてから男やもめをとおしてきた理由のひとつでもあった。贔屓のクラブ〈ブレーズ〉での数週間前の一夜を思いだして、どうにか笑顔をつくる。そのときはジェイムズ・マロニー卿と飲んでいた。情報部の神経科医で、冗談まじりにボンドを非難した。ささいなことにこだわり、自分の流儀にこりかたまるあまり、社会病質者とのあいだの細い線を踏みだしそうだ、と。

「ほらみろ、ジェイムズ！」マロニーは言った。「痛々しいまでにマティーニの作り方にこだわる。細かい点にとりつかれてなきゃ、そんなことをする者はいないよ！　ほかのマティーニはいらない、きみのマティーニを飲みたいから！　BICのライターじゃ用をなさない！　ロンソンのライターでないとだめなんだ！　煙草は特製じゃなきゃだめ、きみの煙草を吸わないと気がすまないから！　下着が少年時代とおなじ銘柄でも、わたしは驚かないな」

「じつはそうなんです、ジェイムズ卿」ボンドは答えた。

「ところで、それ以上人身攻撃をなさるなら、表へ出ろと言うほかありませんね」

マロニーはくすくす笑って、かぶりを振った。「わかったよ、ジェイムズ」酒を飲みほして、言う。「いままできみが送ってきた生活とわが善き政府のための働きを考えれば……とっくに精神病院入りしてないのが不思議だ。いずれにしろ、正気のラインにとどまるのに役立つなら、しかたあるまい」

ボンドは我にかえった。メイがニュー・オックスフォード・ストリートの〈ド・ブリ〉で求めたお気に入りの濃いコーヒーを持ってきたのだ。「気分がしゃんとするのをお持ちしましたよ――旦那さま」

「ありがとう、メイ、いい子だね」カップを受けとり、目の前に置く。自分のコーヒーは砂糖抜きのブラックが好みだ。

ボンドは目を通さなくてはならない郵便物の山を見つめた。いちばんやりたくない仕事だ。戸口でメイが気づかわしげに見守っている。ボンドは顔をあげた。「なんだい」

「チッチッチッ」と舌を鳴らしただけで、メイは背を向けて出ていった。

コーヒーをひと口飲むと、少し調子が出た気になった。いちばん上にある書状は、届いたときに、なぜかほかの郵便物の下に埋もれていたものだ。前任のM、マイルズ・メサービイ卿が催すディナーパーティへの招待状だった。パーティはその晩ウィンザー・グレートパークのほとりにある自宅クオーターデッキで開かれる。ボンドは出席するつもりになった。あまり会いたくない人たちがおおぜい集まるにはちがいないけれど。たぶんいつもの顔ぶれだろう。マイルズ卿の議会仲間、英国海軍の退役将校とご夫人がた、それにどっちにしろ毎日会っているSISの同僚たちだ。ともあれ、ボンドは元のボスとときおり会うのが楽しみだった。マイルズ卿がMをやめてから、ふたりの間柄はボスが指揮をとっていたときの師弟関係の域をはるかに越えていた。父子と呼ぶほうがしっくりくる関係がずっとつづいている。

ボンドは受話器を取って、クオーターデッキを呼びだした。マイルズ卿の執事兼下男のデイヴィソンが出たので、まだ返事が間にあうなら伺いたいと告げる。デイヴィソンは、マイルズ卿が聞いたら喜ばれるでしょうと答えた。

一時間後、ボンドは老いぼれだが信頼できるベントレー・ターボRを駆ってエンバンクメントに向かい、テムズ河畔にあるSIS本部のけばけばしい建物に到着した。五階でエレベータをおりると、魅力的な個人アシスタントのヘレナ・マークスベリがあいさつした。心からの笑みと輝く大きな緑の瞳の持ち主で、どんなに陰鬱な気分のときでもボンドを元気づけてくれる。最近、つややかなとび色の髪を、新人のファッションモデルが好みそうなページボーイ・スタイルにカットしていた。ヘレナはそのうえかなり聡明で、働き者で、おおらかだ——そのどれもがなおさら男心をかきたてる。

「こんにちは、ジェイムズ」

「ヘレナ、うっとりするほどきれいだ」ボンドはうなずいて言った。

「ジェイムズ、笑顔で言ってくだされば、信じたかもしれません」

ボンドはいつもは酷薄そうな口元をなんとかほころばせ

た。「女性に嘘はつかないよ、ヘレナ、もうそれぐらい覚えただろう」

「もちろんそうでしたね、ジェイムズ……」ヘレナはすばやく話題を変えた。「デスクの上にキプロスでの事件に関する新しいファイルがあります。それからMが一時間後に会いたいそうです」

ボンドは笑顔でうなずくと自分のオフィスにはいった。デスクの上のファイルには、いくつもの報告書がはいっていた――キプロスとアテネの殺人現場の鑑識結果、襲撃につかわれた化学兵器の分析結果、その他もろもろの資料。ボンドはすわって、それぞれの報告書にじっくり目を通し、はまりこんだ暗い穴から這いだせるよう仕事に没頭した。

適当な言葉がないので、報告書では犯人たちを〝ナンバー・キラー〟と呼んでいた。現場に数字が残されていたためだ。証拠から勘案すると、じっさいの犯行にかかわったのはひとりのように見えるが、ナンバー・キラーは複数――テロリストグループ――だと考えられている。犯人グループからの連絡はないので、動機はいまだ不明。目下のところキプロスのふたつの事件では、狙われたのが兵士たちだという以外、犠牲者のあいだに関連はない。アテネをふくむ三件で三種類の化学兵器がつかわれていることから、テロリストがそれぞれ高度な技術を持つ業者から供給を受けているものと推測している。つまり、中東ないしは地中海沿岸のテロリストグループが、多種類の化学兵器を製造できるとは考えられないということだ。ボンドは報告書の推論に疑問をいだいた。そういった致死性の物質をつくりだせるグループが存在すると信じているからだ。製法は専門書店で売っている本やインターネットから、いくらでも入手できる。

世界中に知れわたっているテロリストグループと作戦基地のリストもあった。なかにはすでに新聞に大きくとりあげられているグループもある。中東を拠点とするイスラム戦闘集団、米国北西部を拠点とするアーリア民族軍の分派、IRA、ウェザーマンなどの過激派。米国南西部を拠点とするアメリカの組織〈サプライヤーズ〉のようななじみのない名前もある。ボンドは無名のグループに的をしぼってじっくりとリストを見た。特にヨーロッパで活動しているグループを。

最大の疑問は——その連中の狙いが何かということだ。

「関連資料にはすべて目を通したでしょうね、００７?」

Mは尋ね、椅子をまわしてボンドと向きあった。

「はい、部長。知っていることばかりで、目新しい記述はなかったようですが」

Mは眉を動かした。さも「もちろん、そうでしょうね」と言いたげに。MがＳＩＳの部長を引き継いでから、ボンドとボスとの関係はかならずしも円滑ではなかった。この女性部長がトップ・エージェントの呼び声高い男を重んじているにもかかわらず、男のほうは手におえない問題児に見られていると感じていた。Mはまた、ボンドの女遊びと、ときに逸脱した仕事の進め方を前任者よりずけずけと批判した。それでも００７が自分の真価を一度ならず証明してみせると、すぐに悟った。００７を手元に置いておくためには、その生き方に目をつぶるしかないと。

「なら、いいわ」Mは言った。「テロリストたちについての目星は？」

「手がかりがほとんどありません」ボンドは答えた。「動機がわからないのでは、全容もつかみにくいです。まったく途方にくれていると認めるしかないな」

「犯罪現場の証拠にもとづいて、専門家にプロファイルをしてもらっているわ。それから、うちの部員のホイッテンについては、あなたも知らないことがある。国家機密にかかわる任務についていたの」

「それで？」

「知ってのとおり、彼はＧ支局に臨時派遣された現場部員でした。半年ほどまえ、アテネ警察は化学兵器が詰まったスーツケース二個を空港で押収したの。受け取り手はあらわれず、持ち主はつきとめられなかった。毒物がどうやって密輸入されたか、想像もつかないでしょうね」

「教えてください」

「精液よ」Mはにこりともしない。「冷凍精子。冷凍精子入りのガラス瓶を冷凍容器に入れてあった——タイマーと鍵つきのひじょうに精巧な容器にね。情報にもとづいて調査した結果、ホイッテンは化学薬品をロンドンからアテネへ運ぶ輸送ルートがあるのを見つけたの。押収されたのはおそらく二回目の輸送で、ホイッテンはその出荷元を突きとめかけていた。それはロンドンじゃないと信じていたわ。それが殺される前日のこと」

「すると、ホイッテンの殺害は口をふさぐためだったんですね」

「そのとおりよ。われらがテロリストグループが望む以上のことを知ってしまったのでしょう。彼のオフィスとファイルは徹底的に調べたけど、いまのところ何も見つからないのよ」

「キプロスの件については、何かほかに?」

「警備方面がえらい騒ぎになっているだけね。暗殺者と共犯者がどうやってヘリコプターをハイジャックしたのかも謎のまま。内部に手引きする者がいたのかもしれない。ギリシャ秘密情報部はひどく気をもんでいるわ。目撃者の説明によれば、パイロットの頭に銃を突きつけていた男は〝ギリシャ人みたい〟だったそうだから。ところで、あちらのエージェントとはうまくやれたの?」

ボンドは最初、Mがだれを話題にしているのかわからなかった。「はい?」

「ミラコスよ。彼女、そういう名前でしょ?」

「ああ、そうでした。ひじょうに……有能な女性のようでした」

「あら、そう」Mはボンドの心を見通せるようだ。

「ハイジャック犯がギリシャ人である可能性は別として、なぜギリシャ人はそれほど気にするんですか。犠牲者はわが国の人間なのに」

「キプロスは彼らにとって慎重に扱わなくてはならない問題なの。あの島が経験してきた動乱は承知してるでしょ。わが国が一九六〇年にキプロスに独立を許したことで、やっかいな問題を表に出してしまった。ギリシャ人とトルコ人ほどたがいに憎みあっている民族はないわ。それはこれまで延々とつづいてきたし、今後も解決のむずかしい問題のひとつじゃないかしら。北アイルランドや、イスラエルとアラブ諸国のようにね」

「わが国の軍隊への襲撃はキプロス問題とかかわりがあるとお考えですか」

「ええ、そう考えているわ。キプロス島人はわれわれの駐留を潔しとしていないの。ギリシャ系キプロス人はイギリスが引きあげるのを見たいでしょう。その結果、生死にかかわる問題を招いたら——さらにトルコが侵入してくるような事態になったら——態度をひるがえして、われわれの駐留に感謝するでしょうけど。いっぽうトルコ側は、イギリスの駐留を気にしていないようね。自分たちは平和を愛し協力しているのだということを世界に宣伝したいんでしょう」

「それでは、黒幕はギリシャ系キプロス人だと？」

「テロリストがキプロス島人かギリシャ人のナショナリストでないなら、そちら側のシンパかも。基地襲撃はある種の警告だったと考えられるわね」

「数字はさらに襲撃がつづくことを示唆しています」

「気になるのはつぎのターゲットね。個人にしろ複数にしろ」

「わたしの任務は、部長？」

「いまのところは何もないわ。ただし、ヨーロッパと中東のテロリストの分派に関して入手できるかぎりの情報を調べておいて。ギリシャとトルコとキプロスの歴史も勉強しなおしてね。つぎの襲撃まで、あまり時間がないんじゃないかと心配なの。緊急に必要になる場合にそなえて、見つかるところにいてちょうだい。逃げてはだめよ」

「もちろんです」

「けっこう。以上よ、007」

立ちあがって退出しようとすると、Mが尋ねた。「今夜のマイルズ卿のディナーパーティで会えるかしら」

「顔を出すつもりです」

「会わせたい人がいるの。それじゃ、今夜」

Mの澄んだブルーの瞳に映ったのは、興奮のきらめきだったろうか。ボンドの勘違いでなければ、Mは男性を同伴することをもらしたのだ。これはおもしろい……

部長のオフィスから出ると、つねに忠実なミス・マネーペニーがファイルキャビネットの前にいるのを見つけた。

「ペニー?」

「なあに、ジェイムズ?」

「Mは離婚したんだよね?」

「ええ。どうして、そんなことをきくの?」

「ただの好奇心だ」

「ジェイムズったら、まさか。断わっておくけど、あなたのタイプじゃないわよ」

ボンドは身をかがめて、マネーペニーの頬にキスをした。「たしかに。いつもながら、よくわかってるね」ドアをあけながら、振り向く。マネーペニーが期待のこもった目でボンドを見ている。「ぼくにはタイプなんてないんだ」ボンドはそう言って、ドアを閉めた。

ブースロイド少佐は煙草に火をつけ、一服か二服すると、できるだけ遠くへ投げた。煙草は耐火性容器の真ん中の干し草の山に落ちた。干し草がぱっと燃えだし、消火器を持った技術者が駆けつけて消しとめた。

「こんなものがよく吸えるな、007」ブースロイド少佐はぜいぜいいっている。「はじめて煙草を吸ったとき、咳きこまなかったのか」

「きっと咳きこんだんじゃないかな。覚えてないけど」ボンドは答えた。

「つまり体が自然に反応して、手を出すなと警告しとるんだよ! 水をくれ……」

少佐とSISとのかかわりはボンドが知るよりも長い。ブースロイド少佐はQ課に細部まで行き届いた鋭い目を配り、また空想小説作家のような想像力を駆使して取りしってきた。兵器類や実用装置の知識にかけては、少佐に並ぶ者はいない。ボンドはいつもブースロイド少佐をからって楽しんでいたが、そのじつつねに尊敬してやまないのだった。

「P99はどうだい?」ブースロイドは尋ねた。

「なかなかよく改良されてるね」ボンドは言った。「拳銃を持ちかえずに、マガジンリリースやデコッカーや引き金の操作ができていい」

「そうだ、ワルサーはたしかに進歩しとる」ブースロイドはつけくわえた。「わたしはマガジンリリースが両手利きで、親指か人さし指で一本操作できるところが好きだ」

ワルサーP99・9ミリ・パラベラムは〝つぎの世紀のためにデザインされた〟銃として、カール・ワルサー有限責任会社が新たに売りだしたものだ。シングルにもダブルアクションにもなる内部撃鉄銃で、ドイツ警察の規格にきっちりおさまる範囲内の技術で開発された。フレームやほかの部分に高品質ポリマーを用いており、マガジンを装塡していないと重量は七百グラムしかない。薄鋼板製のマガジンには十六発装塡でき、さらに一発、薬室にはいる。とりわけP99がすぐれている点は、たいていのセミ・オートマチックよりも速射できることだ。撃鉄が外に出ていないおかげで、握ったさいに銃身の位置が低く、反動が少ない。ボンドは新型の拳銃が気に入っているが、ショルダーホルスターにはもっと細身のPPKを入れている。P99は服の下に隠し持たなくてもいいときにつかう。

「新しい車のほうはどうだい?」ボンドは尋ねた。

「ほぼ完成しとる。見にきてくれ」ブースロイドはボンドを研究所内の別のエリアに案内した。ジャガーXK8クーペが台にのっていて、技術者たちが最後の改良に励んでいる。塗装は無地のブルーに亜鉛コーティングがほどこしてあり、車体に非の打ちどころのない光沢を与えている。ボンドはフォードがジャガーを傘下に入れたとき、先行きに懸念をいだいた。だが、ふたをあけてみれば、それは賢明な決定だったようだ。以前のまま製造とデザインは英国でおこない、いっぽうメンテナンス事業はフォードのものに改めた。おかげで他国での、特に米国での保守サービスがいちじるしく改善された。

ボンドは一九九六年にXK8がはじめて市場に出たときに試乗して、すっかりとりこになった。だが、自分にはどうにも手が出ない値段だった。Q課が公用車としてクーペを購入したと知り、007は積極的な関心を持った。今度ばかりは、時間を作ってブースロイド少佐に協力し、前例のない機能の開発にかかわった。

主要部分はエンジンだ。高度な仕様のまったく新しい4

リッターV8エンジンを搭載しており、フォードとはかけはなれたジャガーの特性を保持している。AJ-V8・32バルブ・エンジンは、通常、六一〇〇rpm（回転／分）で二九〇馬力の最大出力を発生し、四二〇〇rpmで二八四ポンド・フィートのトルクを発生する。それはジャガーがはじめてデザインしたV8エンジンだった。しかしながら、ブースロイド少佐はジャガー特別仕様車改造チームに注文をつけ、車のパワーを四〇〇ブレーキ馬力にあげさせた。レヴリミッタはそのままだと最高速度をわずか時速百五十五マイルに制限するので、取りはずされた。さらに、Z5HP24オートマチック・トランスミッションをそなえ、前進五段ギア比を最適化している。第一から第四のギアは鋭いレスポンスと楽な加速がほしいときに選び、いっぽう第五ギアは燃費節約のためのオーバードライブ装置になっている。トランスミッションの多機能性はふたつのドライバー任意選択ギアモードにはじまり、〝スポート〟と〝ノーマル〟のどちらかを選べる。スポートモードにスイッチを入れると、ギアチェンジがすばやくなめらかにおこなえる。ボンドはオートマチックに関心を持ったことはなかったが、このXK8には何かちがうものがあるのを感じていた。

「言いたくないが、Mはきみを現場で試乗する果報者に決めたよ」ブースロイドは言った。「この車にはうれしい知らせだな。もう二度とお目にかかれんだろう」

「ばかなことを、少佐」ボンドは言った。「この車にぞっこんなんだ。じゅうぶん気をつけるって約束するよ。いつから乗れる？」

「あと一日かそこらだ。どこにいるのかわからないが、行く先へ送りとどけてやるよ。極限状況のなかでどう操作できるか知りたいね」

「じゃあ、ぼくに預けてくれるんだね」

「そうだ」

「みんながそんなに高く評価してくれてうれしいね」

「さて、よく聞きなさい、007」ブースロイドは車に近より、ボンネットをたたいた。「車はチョバム装甲をしてあるので、銃弾は貫通しない。外装に反応材質を用いておるから、被弾すると爆発し、銃弾がそれる。互角の逆に働く力が銃弾のエネルギーを無効にするんだ」

「当然だな」

「それだけじゃない」ブースロイドはとても誇らしげに言った。「金属板がいわば自然治癒する。穴があくと、外装の粘性流体の効力でみずからなおすことができる」

「驚いたな」

「また、塗料には電気に反応しやすい色素がふくまれておって、色が変わる。電子制御で変換できるナンバープレートと組みあわせれば、車の素性は何度でも変更できる。

さて、知ってのとおり、このジャガーに装備されとるのは、情報処理機能のある自動ギアボックスとギアで、手動でもギアチェンジできるし、〝J〟ゲート装置をつかえば自動五段変速適応システムに変わる。手動を用いたいときは〝J〟ゲート装置の左側を選び、通常のやり方でギアチェンジするだけだ。クラッチペダルはないがね。〝J〟ゲートの右側にあるのは切り換え可能適応システムで、電子制御で個々の運転スタイルに合わせてくれる。エンジンに活を入れて乱暴な運転をしたければ、ソフトウェアが急いでいることを認識し、エンジンの回転速度を急激にあげてギアチェンジする——といったわけで、よりよいパフォーマンスを発揮する。いっぽう、もっと静かに運転したければ、きみの場合には考えられんが、この適応システムがそういう運転に前もって切り換えてくれる。ギアチェンジはコンピュータ制御されとるが、それでいながらドライバーしだいというわけだ」

「それは知ってるよ」ボンドはすまして言った。

「なら、車輪のスリップを感知するセンサーがあるのも知っとったか？　スリップすると、摩擦が得られるまでパワーが落ちる。急激な方向転換をしても、センサーがギアボックスに命令してギアチェンジがいらなくなる。きみはカーブの真ん中で狂ったように加速することができる——だが、電子機器がいっさいを引きうけて、車がコントロールを失わないようにしてくれとることに気づくというわけさ。あきらかに、この複合ギアボックス・システムには手動だけのものより利点がある。特にきみの場合は、ＧＰＳナビゲーションがあるおかげで、運転中両手を放して、隣の女性をさわっとられるんだからな!」

「心外だな。下品なシステムはどう？　質問の意味、わかるよね？」

「衛星ナビゲーションのことなら……あるよ。車は座標情報どおりに走る。じっさいにはきみが運転席にいようといまいとね。きみがいないほうが、走行中のリスクは少ないだろう」

「そりゃどうも」

「さて、ここを見てくれ」ブースロイドは車に乗りこんで、さまざまな装置を指さした。「熱追跡ミサイルと巡航ミサイルは衛星ナビゲーションと組みあわせてつかう。座標情報に合わせて配備されるか、計器盤のスクリーンとジョイスティックで選ばれた動く標的を追尾することもできる。

助手席にはエアバッグがそなえてある——だれかをなんなく窒息させること請けあいだ。風防ガラスに注目しろ。光学システムが夜間利用できる光や熱を拡大し、このスクリーンに画像を映す」ブースロイドはサンバイザーをおろした。「これがあれば暗闇でもヘッドライトなしで運転できる。煙のなかでも濃霧でもなんでも——衛星ナビゲーションとインテリジェント速度制御装置のおかげで、車は走行も走路選択も障害物を避けるのも電子的におこなえる。ついでだが、この車のマイクロプロセッサはトランクのなかの箱に入れてある」

少佐は中央コンソールのアーム収納箱の留め金をはずした。「収納トレイの下にあるのがきみのP99専用のホルスターだ」

「なんて便利なんだ」

ブースロイドは車から出て、ヘッドライトを指さす。「ホログラムを映しだすことがヘッドライトとテールライトの両方からできる。さらに、だれもいなくても車のなかに運転手が出現するホログラムもある。車外に映しだせるホログラムは広範囲におよぶ。ライブラリーを探して、適当なのを選んでコンピュータに入れとくといい」

「とっておきの仕掛けがとってあるんだろ」

「まったくそのとおりだよ、007」ブースロイドは満面に笑みを浮かべ、テーブルに近づいていく。その上にブーメランほどの大きさの、小型模型飛行機の翼のようなものがのっている。

「これは空飛ぶ見張りだ。シャシの下に格納しとく。車内で作動させると、車の下から飛びだして選んだ高さに達する。ジョイスティックをつかって手動で操作してもいいし、衛星ナビゲーションをつかって決められた飛行ルートをたどることもできる。偵察機は目標の写真と位置情報を送ってくれる。だから、前方のカーブ付近がどうなっとるかわかる。スピード違反で捕まりそうかどうかも教えてもらえるよ」

「まったく便利だね、少佐」

「あとから思いついて、爆弾を投下できるようにしといた。あいにく利用することになったら、自分がその下にいないように気をつけろ」

「それでおしまいかい？」

「それでおしまいか、だと？　ほかに何がほしいんだ、007、戦車か？」


ボンドは肩をすくめた。「戦車の操縦ならお手の物だ」

「ほお……まあ、アクセサリーは思いついたらいつでも取りつけられる。そこがXK8のすぐれたところだ——なんでも融通がきく」

「それじゃありがとう、少佐。世界中でこいつを走らせるのが待ちどおしいよ」

「おっと、うっかり忘れるところだった」ブースロイドはスチールキャビネットをあけ、リモートコントロールとゴーグルを取りだした。「どれも標準装備の品だ。このコントロールボックスは標準装備のフィールドシューズの踵にぴったりおさまるようにしてある。警報装置の解除器だ。二十五ヤード範囲内の警報装置を切ることができる。そのボタンを押すだけでいい。壁でも、家具でも、ドアでも——なんでも望みのものへ向けてな。こっちは以前の信頼できるものを改良した最新版の——暗視ゴーグルだ。夜、車外にいるときにつかうといい」

ボンドはゴーグルをかけてみた。「何も見えない」

「おやおや——スリープモードでつかったのか。もうひとつ便利さを組みこんでおいた。視界が真っ暗になるんで、夜陰の役割をはたす。飛行機で眠るのに役立つだろ」

ボンドは癪にさわったが、精いっぱい顔に出すまいとした。

3 郊外の一夜

ロンドンから車を三十分走らせてバークシャーにはいり、ジェイムズ・ボンドはかつてイングランド屈指の美しさをほこった地帯に着いた。左手は古くからの農地、右手は森だった土地も、あいにくここ二十年の都市開発の波にのみこまれてしまった。それでもまだ、あちこちに田園風景が残っていて、郊外に来たと実感させてくれる。ウィンザー―バグショット間の道を横切ると、ありがたいことにそのあたりは変わっていない――左手にはパブ〈スクワレル〉、右手にはクオーターデッキの地味な石門。

前任のM、マイルズ・メサービイ卿はボンドが知りあって以来、バース産の石造りの摂政時代風マナーハウスに住んでいる。地所はひじょうに手入れが行き届いている。マツ、ブナ、シダレカンバ、それにオークの若木が館の三方に密生しているが、最近刈りこんだようだ。短い砂利道には、すでに豪奢な車が何台も駐車してある。しかたなくボンドは私道の端近くのメルセデスの後ろにベントレーをとめた。社交上しかるべき時間に到着したものと思っていた――八時半のディナーがはじまるきっかり三十分前で、強い酒をちょうど二杯飲める時間に。

玄関には、はるか昔に忘れさられた船の真鍮のベルがいまだに吊るしてある。ボンドは長年マイルズ卿に仕えたハモンド夫婦を懐かしく思いだしていた。孫大佐事件のときに早世したのだった。その後任がデイヴィソン夫婦だ。ハモンド同様、デイヴィソンは元上等兵曹だった。

ドアが開き、満面に笑みを浮かべたデイヴィソンが立っている。「ようこそ、中佐。マイルズ卿がいまもお噂していたところでした」

「こんばんは、デイヴィソン」ボンドは言った。「遅刻じゃなければいいが」

「だいじょうぶです。まだお見えになっていないかたもおられます」

ボンドは玄関広間に足を踏みいれた。マツ材の鏡板の光沢剤がいつものように強くにおう。廊下のテーブルには細部まで百四十四分の一に作られた戦艦リパルスがのっていて、目をひく。大広間から客たちのざわめきと、モーツァルトの静かな調べが響いてくる。あたりにはローストビーフの香りが漂っている。とつぜんボンドは空腹を覚えた。デイヴィソンにコートを預け、ボンドは開け放ったスペイン風のマホガニーのドアを抜けた。

部屋を埋めつくした人々がいっせいに華麗なジェイムズ・ボンドに気づいた。ブリオーニの黒いディナースーツはシングルのスリーピース、剣襟でベンツはない。それに紺の蝶ネクタイをしめ、胸ポケットに白いシルクのハンカチーフをさして完璧にきめている。

室内にはいると、ボンドは使用人のひとりにつかつかと近寄ってウォッカ・マティーニを頼んだ。それから客たちを眺めまわす。全部で十八人ほどいるが、ほとんどが知った顔ぶれだ。隅のほうで、下院議員夫妻が退役した提督夫妻と話している。幅広い年齢の女性三人が張り出し窓のところからボンドをじっと見ている。暖炉の近くで話しこんでいるのはジェイムズ・マロニー卿とブースロイド少佐だ。ミス・マネーペニーが手を振り、こちらへじりじりと近づいてくる。夫のそばから離れた夫人がたは、オードブルののったテーブルのあたりに集まっている。書斎の両開きドアの向こうからさらなる話し声が聞こえる。マイルズ卿が革の肘掛け椅子のそばでパイプを吹かしているのが見えた。英国海軍の退役将校ふたりが、向かい側にすわって盛んに話をしている。マイルズ卿は十秒かそこらごとにうなずき、男たちの話に、あいづちを打っているようだ。

ボンドのマティーニが届いたとき、ミス・マネーペニーがそばにきた。「いつもながら、さっそうとしてるわね、ジェイムズ」マネーペニーはグレーのサテンのガウンを着ていて、いつもより胸の谷間がよけいにのぞいている。

「マネーペニー、きれいだよ。何か見逃したかな?」

「そうでもないわ。ちょっとしたごちそうだけ」

ボンドはシモンズの煙草に火をつけ、一本をマネーペニーにさしだした。

「せっかくだけど」マネーペニーは断わる。「だいぶまえにやめたのよ。忘れたの?」

ボンドは肩をすくめた。「うっかりしてた。すまない」

「任務についてないと、あなたって心ここにあらずになるわね、気づいてた?」

ボンドはまた肩をすくめる。「平穏な毎日だと身も心もじわじわむしばまれるだけさ。待機ってやつは大きらいだよ」

「わかってるわ。でも、元気なときのあなたのほうが好き」

Mの参謀長で、秘密情報部でのボンドの旧友ビル・タナーがふたりに近づいてきた。「ウォッカは控えめに飲んでくれよ、ジェイムズ。今夜はいくらか飲みたいやつらがほかに二十人はいるんだから」

「やあ、ビル」ボンドはグラスを置いた。「これを見張っててくれないか。おやじにあいさつしてくる。すぐもどるよ」

書斎には、元ボスが愛好するトルコ煙草とバルカン煙草をブレンドした特有のにおいが漂っている。マイルズ卿は顔をあげてボンドを見ると、日焼けした肌のせいでやけに目立つブルーの目を輝かせた。「やあ、ジェイムズ。よく来たな」引退してから、マイルズ卿はボンドのことを〝007〟と呼ぶのをやめていた。Mだったころは、何か特別な話でもないかぎり〝ジェイムズ〟と呼んだことはなかった。いまはいつでも〝ジェイムズ〟だ。その口調はまるで大昔に亡くした息子、マイルズ卿が一度ももったことのない息子に対するようだった。

いっぽうボンドのほうは、マイルズ卿に〝卿〟をつけずに呼ぶのはむずかしかった。「こんばんは、マイルズ卿。お元気ですか」

「元気だ、元気だ。ジェイムズ、ハーグリーヴズ大将とグレイ大将とは面識があったな?」

「ええ、存じあげてます。こんばんは」ボンドは男たちに会釈した。彼らはもごもごとあいさつを返した。

「それじゃ、楽しんでくれ。ディナーはもうしばらくはじまらんだろう。あとで話そう、いいね?」マイルズ卿は言った。

「わかりました。お目にかかれて光栄です」ボンドは隣室へもどっていった。

目立たないが、魅力がなくもない三十女がジントニックを飲んでいて、両開きドアから出てきたボンドを呼びとめた。「こんばんは、ジェイムズ」

ボンドは見覚えがある顔だと思ったが、だれだかわからなかった。「こんばんは」おずおずと言う。

「ヘイリー・マケルウィンよ。旧姓はメサービイ」

「ああ、そうだった!」ボンドはちょっと決まり悪そうに言った。「とっさにどなたかわからなくて」マイルズ卿の長女にはもう長いこと会っていなかった。ボスはボンドが覚えているかぎりずっとやもめ暮らしだった。それから、ごく少数の人しか知らない結婚生活でもうけ、すでに成人した娘がふたりいる。「その後いかがです? 元気そうだな」

「ありがとう」ヘイリーが活気づく。「あなたこそ、すてきだわ」

「いまもアメリカに住んでるの?」ボンドは尋ねた。

「いままではね」ヘイリーはかすかに嫌悪感をにじませて言う。「主人がアメリカ人だったから。離婚したのよ」あきらかにその言葉を強調している。

「じゃあ、こっちにもどってきたんだね?」

「そうなの。しばらくパパと暮らすつもりよ。もちろんチャールズとリンもいっしょに」ヘイリーは子供たちの名を口にした。

「そうか、ふたりとも大きくなっただろうな……」ボンドは室内に視線をさまよわせ、逃げ道を探した。

「チャールズは九歳でリンは六歳。きっとそのうち下へおりてくる口実を見つけて、パーティの仲間入りをするわ。パパが心臓発作を起こすでしょうね」ヘイリー・マケルウィンはやたらにくすくす笑うので、ボンドの好みに合わない。飲み物のグラスもしっかり持てないでいる。

「じゃ、会えてよかった」そう言って、ボンドは歩きだそうとした。

「こちらこそ!」ヘイリーは無意識に舌なめずりしている。

「クォーターデッキにもっといらしてね。いつかお昼を作るわ」

「そりゃ、すばらしい」ボンドはそっとつぶやいた。無理やり微笑を浮かべると、一部始終をおもしろそうに見ていたビル・タナーのほうへ向かう。

「なあ、ジェイムズ」ビルは言った。「ボスの娘といちゃついたって、いっこうにかまわないんだぜ。いまはもうボスじゃないんだし」

「黙れ、ビル」ボンドはタナーのそばに置いていったマティーニをごくりと飲んだ。

「かなり美人じゃないか」

「そう思うなら、きみが昼をいっしょに食べにいけよ。ふたりの子持ちで離婚してる。それだけで、ぼくにとっては近寄るべからずだ」

「ジェイムズ、きみは日増しに人間嫌いになっていくみたいだ。その調子だと、まもなくスコットランド高地のどこかの洞穴にでも住むようになるね」

「それも悪くないな、ビル。Mに見つからないような場所で……」

ぴったりのタイミングで、SISの女性部長が部屋にはいってきた。Mをエスコートしているのは、タキシード姿の長身で気品ある紳士だ。髪が雪のように白く、口ひげをたくわえ、濃い褐色の目をしている。六十代だろうが、健康そうに日焼けし、ひじょうにハンサムだ。Mは黒のイヴニングガウンの正装をしている。そのネックラインはV字型に深くくれていて、オフィスでは知りようもないボスの姿をあらわにしている。豪華なダイヤモンドのネックレスが優美な光を放ち、全体の効果をひきたてている。Mはまばゆいばかりだ。並んでいると、このカップルは人目をひく。部屋中の人間がいっせいに首をめぐらせて、ふたりを見た。そして、ほぼ全員がその男性をみとめて驚いているようだ。

「こんばんは、参謀長、えーと、ビル。こんばんは、ジェイムズ」Mはにこやかにほほえみながら、ふたりに声をかけた。幸せにきらきら輝いている。ボンドの憶測は正しかった。やはりMは恋をしている。

「こんばんは、部長」ボンドはあいさつした。

「まあ、ここはオフィスじゃないのよ。バーバラと呼んでちょうだい」情報部も往時のやり方とはちがっているので、だれもがMの本名を知っていた。「ご機嫌いかが、ジェイムズ？」

「おかげさまで。今夜はすばらしく輝いてますね」

「あなたもよ、ジェイムズ。アルフレッド・ハッチンソンをご存じ？」Mは同伴の男性を手で示した。腕を組んだまま、誇らしげに男を見る。

「お目にかかるのははじめてです」ボンドは手をさしだした。「ボンド。ジェイムズ・ボンドです」

アルフレッド・ハッチンソンがボンドの手を握った。しっかりしていて、乾いた握手だった。「どうぞよろしく」

「こちらは参謀長のビル・タナーよ」Mは紹介をつづけた。タナーとハッチンソンが手を握りあって、あいさつを交わした。ハッチンソンが玄関広間のほうを振りかえる。

「マンヴィルはどうしたかな？　ウィンザーの向こう側に駐車しなければならなくなったか」

「どうかしら、わたしたち少し遅かったから」Mが言った。

「あら、来たわよ」

もうひと組の男女がはいってきて、コートを脱ぎ、デイヴィソンに渡した。ふたりともやや若い。おそらく三十代だろう。

「〈スクワレル〉に駐車しなきゃならなくて」男性が言った。「この辺で、パーティかなんかやってるんじゃないかな！」

「ジェイムズ、ビル、マンヴィル・ダンカンを紹介するわ。アルフレッドの補佐官なの。それから、奥さんのシンシア。こちらはジェイムズ・ボンドとビル・タナー――わたしの部下です」

ボンドたちはダンカン夫妻とかわるがわる握手した。ボンドはダンカンの手が冷たく、女みたいに柔らかく握るのに気づいた。たぶんオフィスでペンを走らせ、コンピュータをつかって人生を送ってきたたぐいの男なのだろう。中背で、髪は黒っぽい巻き毛、濃いとび色の目をしている。地中海人の血が混じっているな、とボンドは思った。シンシア・ダンカンは十人並みの容貌で、肌は青白く、やせていて、まわりの状況に気圧されているようだ。

「さっそく、飲み物を取りにいこう」ハッチンソンが言った。

「わたしも行くわ」Mはボンドとタナーにうなずくと、ほほえんだ。「あとでまた会いましょう」

Mはハッチンソンのあとを追い、マンヴィル・ダンカンと夫人もボンドとタナーにおどおどした笑顔をみせてから、部屋にはいっていった。

「へえ、驚いた」タナーは小声で言った。

「Mがアルフレッド・ハッチンソンとつきあってるなんて知ってたかい？」ボンドは尋ねた。

「いいや。信じられないな。あの人が人間らしく見えたよ」

「ビル、ぼくの思いちがいでなければ、あれは恋をしてる女性だよ。光り輝いてる」

「それにしても……相手がアルフレッド・ハッチンソンとはね」タナーはかぶりを振った。「これでSISは必要もないのにマスコミの関心をひくことになりそうだ」

アルフレッド・ハッチンソンはただのおしゃれで上品なイギリス紳士ではない。すでに世界的に有名だった。イギリスの〝国際親善大使〟なのだ。二年前、英国政府は彼のためにそのポストを新設し、世界へ向けたPRに力を入れようとした。それまでハッチンソンはすでに立派な大学教授で、著述家ならびに歴史学者だった。政治に関しては素人だったけれど、外交問題顧問として数年の経験もあった。腹蔵なくものを言い、BBCのニュース番組にしばしば登場して全国的に名を知られていた。英国政治史と外交問題に関する二冊の著書はベストセラーになっている。ハッチンソンはいまや世界中を旅し、英国を代表して話をし、〝親善〟を広めている。数ある実績のうち、もっとも小さいものはニュースに取りあげられることだ——〝ハッチンソン北京訪問……〟〝英国国際大使は東京で……〟じっさいの大使としての政治力はまったくないけれど、ハッチンソンは世界における英国の存在感を回復させてきた。すっかり弱まってしまったと多くの人が感じていた存在感を。

Mことバーバラ・モーズリーがハッチンソンと恋愛関係にあると知って、その晩のパーティ出席者はだれもがびっくりした。ふたりがこの機会に、自分たちの関係を公にするつもりでいたのはあきらかだ。ボンドはMにも性生活があると悟らされてショックだったが、すぐに立ちなおった。それどころか、状況をおもしろがっている自分がいた。はたしてマスコミは、国際親善大使がSISの部長とデートしていることについてなんと言うだろう。とはいえ、なぜそんなことを問題にしなければならない。ふたりだって人間なんだ。ほかの人と変わりはない。ふたりとも離婚しているんだし。確信はないが、ハッチンソンは二度結婚していたはずだ。

ボンドはマンヴィル・ダンカンのことは知らなかった。第一印象では、自分よりはるかに知性のすぐれた者にやすやすと追従できる人間のようだ。ダンカンが命じられれば嬉々としてハッチンソンのカップにコーヒーを注ぐ場面が想像できる。

ディナーのメイン料理は、ローストビーフに新ジャガととれたてのエンドウ豆を添えたもの。ワインはサンテミリオンで、ボンドはちょっとがっかりした。食事中、ボンドはMとハッチンソンを観察していた。ふたりが好きあっているのは、ありありとわかる。ハッチンソンがときおり耳元でささやくと、Mは満面に笑みを浮かべる。途中、Mが男の内腿をぎゅっとつねったのは絶対まちがいない。とつぜんハッチンソンが驚いた顔をしたが、そのあと声をたててふたりで笑っていたから。マイルズ卿のほうをちらっと見ると、卿もカップルを見守っていた。石に刻んだような彫りの深い顔をしかめている。

コーヒーのあと、男性客の何人かは書斎にひっこんだ。マイルズ卿はアルトゥーロ・フェンテ社のグラン・レセルヴァという貴重な銘柄の葉巻をまわし、ボンドも喜んでくゆらした。数分おしゃべりしてから、ボンドはマイルズ卿に合図されて部屋の隅に行った。

「元気かね、ジェイムズ？　料理は気に入ってくれたかな」

「ええ、マイルズ卿、すばらしい食事でした。ミセス・デイヴィソンにおいしかったと伝えてください」

「やれやれ、頼むから〝卿〟をつけるのはやめてくれ。ロを酸っぱくして言っとるじゃないか」

「つい癖で、マイルズ卿」

「最初の質問に答えとらんな。元気かい？」

「たぶん。目下、奇妙な事件にかかわっていて。何がなんだかさっぱりわかりません」

「ああ、聞いとるよ。連続テロリスト事件だそうだな。やっかいなことだ。手がかりは何もないのか」

「いまのところは。調査はギリシャ秘密情報部がほとんどおこなっています。われわれは軍の調査官が数名キプロスの事件を調べています。また現地に出向くかもしれません。いまは様子を見ているところで」

「Mとはうまくいっとるのか」

ボンドはためらったあと、微笑を浮かべた。「あなたとはちがいます」

「きいたことに答えとらんぞ」

「うまくいっています、マイルズ。彼女はすべてを掌握しているし。意見がなんでも一致するわけではないかもしれないけど、Mのことは尊敬しています」

「まあ言わせてもらえば、男の選び方ではひどいあやまちをしとるようだ」

この言葉にボンドは驚いた。「それは？」

マイルズ卿はかぶりを振り、苦いものを噛みしめたように顔をしかめた。「見下げはてた男だ」

「まさか！　アルフレッド・ハッチンソンは近頃イギリスでもっとも敬愛されている男性のひとりだと思っていました。議会でもとても評判がいいうえに、首相の覚えもめでたい」マイルズ卿は答えない。「そうですよね？」

「あの男は先妻の目を盗んで浮気しとった。嘘つきで、野心家だ」

「政治の世界についての知識がどの程度のものか、ばれてしまいましたね。じつのところ、彼はひじょうにチャーミングに見えます。Mが惹かれているのは明白ですよ」

「もちろん、わたしの個人的意見にすぎん。いまのは内緒の話だぞ」マイルズ卿は声を荒らげた。「国際親善大使だと、まったく。冗談もほどほどにしろ」

「なぜですか」

「あの男の家族について知っとることがあるとだけ言っておこう。だが、何も言うべきではなかった。忘れてくれ」

「彼をよくご存じなんですか」

「いや、そうでもない。〈ブレーズ〉で何度かブリッジをした程度だ。ハッチンソンは負けると、ひどいかんしゃくを起こす。だいぶ昔にブリッジをした男を思いださせる……ほら、醜い顔の、ロケットを開発したドイツ人だ」

「ドラックス？」

「そうだ。ま、どうでもいいが。ハッチンソンには、どうも好きになれないところがある。それだけのことだ。いま話したことはみんな忘れてくれ」

一瞬、ボンドはマイルズ卿の声にかすかな嫉妬の響きをとらえた。卿自身も新しいMに惹かれていて、彼女が選んだ求愛者が気に入らないから文句を言っている、なんてことがありうるだろうか。ボンドは即座にばかげた憶測を捨てた。

ふたりの話はM自身の登場によって中断された。Mはドアからのぞきこんでボンドとマイルズ卿を見つけた。「あら、そこにいたの、ジェイムズ。ちょっと話があるんだけど、いいかしら。お邪魔してすみません、マイルズ卿」

「いっこうにかまわんよ」マイルズ卿は甘い声で言った。

Mに導かれるままついていくと、マイルズ卿が最近仕上げた水彩画の前でハッチンソンが絵を鑑賞していた。

「卿は非凡な才能をお持ちだ。光と影を巧みにとらえてるね？」ハッチンソンはそう言って、さらに絵に近づいた。

「ジェイムズ」Mが切りだす。「アルフレッドがキプロス事件について役に立ちそうな情報を握ってるの」

「ほんとうですか」

「明朝十時に、わたしのオフィスに来てもらえる？　それでいいかしら、アルフレッド？」

「いいよ、きみ」その口調は秘密めいていた。「けっこうだ」

「なぜ、いま教えてくれないんです？」ボンドは尋ねた。

「おやおや」ハッチンソンが言った。「今夜は楽しむために来てるんじゃないかな。お願いだから、仕事の話はやめてくれ。飲み物のおかわりをもらってこよう。きみは？」

「いりません、どうも」ボンドは断わった。マイルズ卿の言うとおりだ。この男には生来どこか自堕落なところがある。「では、十時に」ボンドはMに会釈して歩みさった。

廊下に出るとデイヴィソンがいたが、今夜の人づきあいはもうたくさんだった。ボンドはほかでもないヘレナ・マークスベリがひとりでいるのを見て、意外な気がした。ちょうどガラスの灰皿で煙草を消している。さっき見かけたときにはSISの職員と話していたが、仲間にはいる気にはなれなかった。だが、いまはひとりだ。

「どうしたんだい、ヘレナ？　バスはここにはとまらないよ」

ヘレナはにっこりした。「あら、ジェイムズ。今晩話しかけにきてくれるかしらって思ってたところよ」

「そうしようとしたんだが、いつも人がいたから。ちょっと外を歩かないか」

「少し寒いし、雨模様じゃない？」

「コートを着ればだいじょうぶさ。さあ、はおるものを見つけにいこう」

数分後、ふたりはオーバーコートを着て、そっと戸外へ出た。空気は冷えびえとしていて、夜空一面を薄黒い雲がおおっている。ボンドは二本の煙草に火をつけ、一本をヘレナに渡した。

屋敷の角をまわって、一段低いところにあるパティオに行く。中央には大きな噴水があって真ん中にキューピッドの像が立っているが、水はとまっていた。

「パーティになんだかなじめなくて」ヘレナは言った。「あのかたたちは、わたしがつきあうような人種じゃないんですもの」

「信じてくれるかな、ぼくもちがうと言ったら」

「ええ、信じるわ」ヘレナは答えた。「あなたはオフィスにいる人たちとはちがうもの、ジェイムズ」ひとり笑いをして、「ぜんぜん」

「ほめ言葉にとっていいのかな」

ヘレナはほほえんだが、それ以上は言わなかった。

家の裏手の窓からもれるかすかな明かりがパティオにさしている。ボンドはヘレナの卵形の顔を見つめた。とび色のショートヘア、大きな緑の瞳。とても美しい。ヘレナも見つめかえして、ようやく口を開いた。「いま何をしたい？」

「キスしたい」

ヘレナはびっくりした。「露骨ね」

「いつもそうなんだ」ボンドは身をかがめてキスをした。

ヘレナは待ちのぞんでいたように腕に抱かれ、唇を開いてより深い口づけを交わした。しばらくして、ふたりは体を離したが、ボンドは顔を寄せたままでいた。額に雨粒が落ちてきた。

「降ってきたわ」ヘレナがささやく。

ボンドは体を近づけ、またキスをした。ヘレナもさっきより熱烈に応える。雨粒のテンポが速くなりはじめた。

とうとうヘレナがそっと体を離した。息を切らして言う。「これがセクハラじゃないのはわかるけど、あなたは上司なのよ、ジェイムズ」

ボンドはヘレナの肩から両手を放さずに、うなずく。

「わかってる。ぼくたちは……ぼくはこんな真似をすべきじゃないんだ」

「なかにはいったほうがいいわ。ぬれてしまうから」

　雷鳴がとどろき、雨が本降りになってきた。ボンドはヘレナを抱きよせ、屋敷をぐるりとまわって玄関へ走った。着いたときには、ヘレナは笑っていた。ふたりは雨よけの下に立ちつくしている。ばつが悪くて、どちらも口をきけない。

「さっきは帰るところだったんだ」ようやくボンドが言う。

「雨がひどいから、待ったほうがいいわ。これじゃ運転できないでしょ」

「いや。帰るよ。またあした」

　ヘレナの肩をぎゅっと抱きしめてから、ボンドは言った。

「許してくれ」それから雨のなかに出ていき、砂利道を歩いていった。ヘレナ・マークスベリは後ろ姿を見送りながら、つぶやいた。「許してあげる」

　ボンドは雨でずぶぬれになるのもかまわず、ベントレーをとめた私道のはずれに向かった。いましがたの出来事を思い、自分に悪態をついていた。オフィスの女性といい仲になるほどばかではないはずなのに。ヘレナがあれほど魅力的でさえなければ！　魅力的な女性とみると誘惑したくなる。いったい自分のなかの何がそうさせるのだろうか。かりそめの恋でじゅうぶんだし、これまでもずっとそれで満足してきた。だが、それではボンドの不可解な心理から来る要求は満たしてくれなかった。その穴を埋めるために自分が渇望しているのは、愛する女性——真実の愛——なのだろうか。苦い答えがもどってくる。本気で愛するたびに、つらい目にあわされてきた。心は傷だらけで、その傷は深い。

　ボンドは車に乗りこみ、豪雨をついてロンドンをめざした。孤独でみじめな人生に思いをはせているうち、またもや心の闇にとらわれてしまった。できれば、おなじみのふさぎの虫を雨に洗い流してもらいたいものだ。しかし結局は、それを旧友のように喜んで受けいれていた。

4 あまりに身近な事件

ふいに電話が鳴り、ボンドは深い眠りから覚めた。夜光デジタル時計が2：37を示している。明かりをつけて、白い受話器を取る。だが、ベルは鳴りやまない。赤い電話だと気づき、体中をアドレナリンが駆けめぐる。赤い電話は緊急事態にしか鳴らないのだ。

「こちらボンド」ボンドは応答した。

「ジェイムズ、コード60だ」ビル・タナーだった。

「つづけて」

「Mの命令だ」タナーは住所とフラットの番号を告げた。「場所はわかるな？ ホランドパーク・ロードからすぐはいったところ。フラットの名前はパーク・マンションズ」

タナーが電話を切るや、ボンドはベッドから飛びだした。〝コード60〟は特別保安措置に分類されるということだ。

つまり、このうえない用心を要する。

十分後、ホランドパークに着いた。そこはケンジントンの西のはずれにある富裕層が住む地区で、オランダ屋敷が評判を呼んだおかげで発展した。屋敷はそもそも四百年前に国王と廷臣たちをもてなすために建てられたものだった。十九世紀初頭から中頃にかけて、庭園の西側の通りや広場にタウンハウスがつぎつぎ建てられ、下院議員や政府の要人がおおぜい住んでいる。

パーク・マンションズは細長い建物群で、褐色と赤のレンガ造りの三階建てだ。ふだんは防犯ゲートが車や歩行者の侵入を防いでいるが、いまはひと棟の前が騒がしくなっている。正面にはライトを点滅させた救急車がとまっている。パトロールカー一台とMI5の人目につかない車二台も二重駐車している。ボンドは通りにベントレーをとめて、ゲートを抜けた。巡査に身分証明書を見せ、正面入り口からなかへはいる。

ビル・タナーがフラットの開け放った玄関でボンドを出迎えた。立入禁止テープがドアの数フィート手前に張りめぐらされ、物見高い隣人がなかをのぞけないようにしてある。

「ジェイムズ、はいってくれ」タナーが言った。「Mがなかにいる」

「いったい何事だ、ビル？」

「ハッチンソンだ。亡くなった」

「なんだって？」

タナーが近寄って声をひそめる。「ここはハッチンソンのフラットだ。Mもずっといっしょだった。かなり取り乱している」

「詳細はわかってるのか」

「自分の目で見たほうがいい。きみに知らせたあと、マンヴィル・ダンカンにも電話しておいた。彼もこっちへ向かっている」

タナーはボンドをフラットのなかに案内した。MI5の鑑識チームが写真を撮ったり、現場を調べたりしている。

Mは白とピンクの絹のドレッシングガウンを着て、リビングルームにいた。青ざめ、おびえているようだ。膝元でコーヒーカップを持っている。顔をあげたとき、ひどく動転しているのがありありと見えた。愛人が死んだせいだけでなく、こんなところを自分のスタッフに見られて気まずいせいもあるのだろう。

ボンドはかたわらにひざまずいて、手を取った。「だいじょうぶですか、部長？」やさしく尋ねる。

Mはうなずき、ぐっとつばをのんだ。「来てくれてありがとう、ジェイムズ。かわいそうなアルフレッド。なんだかわたし……さらしものになっているみたい」

「そんなことは気にしないで。何があったんですか」

Mはかぶりを振り、身震いした。「見当もつかないのよ。さっきまで元気だったのが、いきなり……」目を閉じて、気持ちを落ちつけようとしている。

ボンドは立ちあがった。「ちょっと様子を見てきます。あとでまたお話ししましょう」

タナーについて寝室へ向かう。

死体や犯罪現場は見慣れていた。これもなんら違いはない。ふだんなら暖かな色調の部屋は、死が醸しだす異様な寒々しさにつつまれていた。オーク材の壁板、キングサイズの大きなベッドに凝ったヘッドボード、きわめて男性的な家具調度。アルフレッド・ハッチンソンは裸でベッドにあおむけに横たわっていた。恐怖で凍りついたように両目をかっと見開いていなければ、眠っているかのようだった。体には暴行を加えられたあとはなかった。心臓麻痺でも起こしたように見える。アルフレッド・ハッチンソンはもはや、数時間前に会った気品ある国際親善大使とは似ても似つかなかった。いまはただの蒼白な肌のありふれた死体にすぎない。

「心臓発作かい?」ボンドはベッドのわきにすわってノートを取っているMI5の検死官に尋ねた。MI5の鑑識チームのひとりは多選択／固定焦点カメラで死体の写真を撮っている。ポラロイド・マクロ5SLRインスタントカメラは、鑑識チームが犯罪現場で用いる特殊カメラのひとつだ。

「そんなふうに見える」ドクターは言った。「むろん検死をしなければわからないが、ちがうと思うな」

「どういうことです?」

「心臓麻痺と呼吸不全が死因だが、ハッチンソンは完全な健康体だった。ミズ・モーズリーの話を聞き、死体を調べた結果、彼は殺害されたというのがわたしの所見だよ」

「どうやって?」

「毒物の一種。神経毒がいちばん可能性が高い。心臓をとめ、呼吸の自動機能をとめる物質だ。いったん血中にはいったら手のほどこしようがない。作用は速いが、じゅうぶんとは言えない。この男性は数分間ひどく苦しんでいる」

「体に痕跡は?」

「右腿のおもて側に不審な挫傷がひとつ。小さな赤いあとが見えるだろ?」ドクターはハッチンソンの脚の上部にあるはれあがった小さな刺し傷を指さした。「最初はただの吹き出物だと思った。だが、さらによく診たところ、注射針で刺されたのがあきらかになった」

ボンドはもう一度死体をじっくり眺めた。主任捜査官が寝室にはいってきた。

「ボンド中佐?」

「ええ」

「ハワード警部です。よろしければ、死体を搬出したいと思います」

「身のまわり品はもうじっくり調べましたか」ボンドは尋ねた。

「いま取りかかったところです。ミズ・モーズリーと話してみていただけませんか。先ほどはあまりお話をうかがえなかったので」

ボンドはうなずいて寝室を出た。Mは身じろぎもせず、コーヒーを飲んでもいなかった。Mのかたわらの肘掛け椅子に腰をおろす。

「部長、今夜のことを正確に知りたいのですが」ボンドはそっと言った。

Mは深いため息をついて、目を閉じた。

「まだ顚末をつなぎあわせているところよ。マイルズ卿のお宅を出たのが十一時頃。十一時十五分ぐらいだったかもしれない。みんないっしょだったわ――ダンカン夫妻、アルフレッドとわたし。リッツに寄って、仕上げの一杯を飲もうってことになったの」

Mはひと息ついて、コーヒーを飲んだ。おもむろにタナーのほうを向く。「ミスター・タナー、これはさめてしまったわ。いれなおしてくれる？」

タナーはうなずいて、Mからカップを受けとった。

「リッツに着いたのは何時でした？」ボンドは尋ねる。

「真夜中頃じゃないかしら。そこには四十五分ほどいたと思うわ」

「ミスター・ハッチンソンは何を召しあがりましたか」

「ブランデーを。わたしも。みんなそうだった」

「で、そのあとは？」

「外は土砂降りだった。アルフレッドはダンカン夫妻を家まで送るって言ったんだけど、ふたりはタクシーを呼ぶからいいって。住まいがイズリントンだから、回り道になるのよ」

「それで、あなたがたはいっしょにここへ？」

Mはうなずいた。「アルフレッドはリッツのそばに車をとめておいたの。ふたりとも傘があったので、雨のなかを歩くのは平気だった。フラットに着いたのは二十分後よ。あの人は元気そうだった。で、わたしたち……服を脱いで……」

ボンドにはこれがMにとってつらい話なのはわかっていた。他人がのぞいたことのない私事をさらしているのだから。

「だいじょうぶですよ、部長。つづけてください」

「愛しあったの」Mは言った。「そのあと、あの人は——」

「話の腰を折ってすみませんが、ミスター・ハッチンソンにはその最中に疲れた様子とか、具合が悪そうなところはいっさいなかったんですか」

「ええ。どこもかしこも正常だった。アルフレッドは……とてもエネルギッシュで」

「なるほど、それから」

「わたしは起きあがってトイレに行ったの。そこにいるあいだに、彼のあえぐ声が聞こえてきて。駆けつけると、あの人は喉をつかんで息をしようともがいていた。ああ、ジェイムズ、ほんとに恐ろしかった。受話器を取って救急車を呼ぼうとしたけど、あの人に腕をつかまれて。でも口に出せたのは、『きみの手……きみの手……』だけ。だから手を握らせた。彼はひどい痙攣を起こして、絶命した。わたしはまず救急車を呼んでから、すぐタナーに電話した。あの人に服を着せようかとも思った。でも、そんなことをしてはいけないのは承知していたから。わたしは……あの人を……あのままにして……」Mはすすり泣きはじめた。

ボンドは上司を抱き寄せて、自分の肩で泣かせてやった。たっぷり六十秒たつと、Mは落ちつきを取りもどした。

タナーが新しくいれたコーヒーを運んできた。「マンヴィル・ダンカンがいま到着しました。さあどうぞ、部長」

ダンカンは血の気が失せた顔で部屋に飛びこんできた。

「いったいどうしたんですか」

タナーはいままでにわかっていることを、かいつまんで説明した。

「なんてことだ、心臓発作ですか」

「そんなふうに見えるが」ボンドは言った。「残念ながら、ちがうようですよ。アルフレッド・ハッチンソンは殺害された」

　Mが目を丸くした。「どうしてわかるの？」

「ドクターが疑っているんです。わたしもです。いいですか、部長、心臓発作なら説明してくださったような症状ではないんです。ミスター・ハッチンソンは呼吸困難に陥りながら数分間生きていたんですね？」

「ええ」

「その後、痙攣を起こした？」

「そうよ」

「もう一度遺体をごらんいただけますか。お見せしたいものがあります」

　Mの様子ががらりと変わった。〝殺害〟という言葉を聞いたとたん、職業上の誠実さが呼びおこされた。ローブをまとっただけの姿でも、SISの部長にもどったのだ。立ちあがって、寝室のほうへ顎をしゃくってボンドをうながす。

　ボンドはMを案内し、ハッチンソンの脚の小さな傷痕を示した。「検死官はそこから毒物が注入されたと信じています」

「なんてこと。どんなふうにやられたかわかるわ。思いだしたの」

「何を？」

「ホテルを出たところよ。ダンカン夫妻にさよならを言ったあと、ふたりで車のほうへ向かっているときだった。歩道にこわれた傘を持った人がいて、なんとか開こうと苦戦していた」

「どんな人でしたか」

「わからない」Mは腹だたしげに答えた。「男か女かもわからない。フードのついた黄色いレインコートを着て――顔も姿も完全に隠れていたから」

「それで？」

「そばを通りすぎたとき、その人が傘の先でうっかりアルフレッドを突いたんじゃないかしら。突かれたのはまちがいないのよ。アルフレッドは『痛い』って言ったわ」

「傘を持っていた人物はどうしました？」

「何も！　起こったことに気づきもしなかったわ。謝りもしないで、ひと言もしゃべらずに、行ってしまったから。アルフレッドも肩をすくめただけだったので、わたしたちは車のほうへ歩いていった。でも、いま考えてみると、あの人その出来事にちょっと動揺していたみたい。車が走りだすまで、なんだか様子が少しおかしかった。歩いているあいだ、しょっちゅう後ろを振りかえっていたわ。それに、車に乗るまで手提げを持ってやる、ひったくられるといけないから、って言いはった。短いあいだの出来事だったので、じつはすっかり忘れていたの」

「いまの話で何を思いだしたかわかるかい？」タナーが尋ねた。

「ああ」ボンドは答えた。「マルコフだ」

「あら、ほんとだわ」Mが言った。

「なんです？」ダンカンが尋ねた。「マルコフってだれですか」

「ゲオルギ・マルコフ」ボンドが説明する。「ブルガリアの亡命者だ。ウォータールー・ブリッジで暗殺された……一九七八年に。たしかおなじやり方で。何者かが傘で突いたんだ。リシン入りの小さなカプセルを石突きに仕込んだ傘で注射された」

「リシン？」

「ヒマから抽出される有毒な蛋白質だ。投与量によって、十五分から一時間で効果があらわれる。致死性の毒物で、血中にはなんの痕跡も残さない。事実上、犠牲者は呼吸不全と心臓麻痺で死ぬ。神経組織を冒して、基本的な運動機能をとめてしまう」

「だが……だれがアルフレッドを殺したいなどと？」ダンカンは尋ねた。

「そこが大いなる疑問だ」ボンドが言う。「だれなんだろう？」

Mは腰をおろした。「アルフレッドは何も言ってなかったわ。後釜狙いというわけでもないし。マンヴィル、外交上で、何か知っておくべきことがある？」

「何ひとつ思いあたりません！」ダンカンは答えた。「彼は……その、出会った人全員に好かれていました！」

「いっしょにブリッジをしたことは？」ボンドはダンカンに尋ねた。

「ありません。なぜそんなことを？」

「いや、なんでもない」

部屋中がしんとなり、各人が状況に思いをめぐらせている。ハワード警部がコートを手にしてはいってきた。

「これはミスター・ハッチンソンが今夜着ていたオーバーコートですか」警部はMに尋ねた。

「ええ」

「ごらんになってください。こんなものがポケットにはいっていました」

警部は手袋をはめた手にアラバスターの小像を持っている。ギリシャの神アレスだった。

「キプロスで見つかった小像にそっくりだ」ボンドは言う。

「ほかには？」

「コートの引き替え札だけです」ハワードはそう言って、さしだした。原状がそこなわれないよう透明な証拠物件袋に入れてある。手に取ってよく見ると、札はリッツホテルのもので、おもて側に〝173〟と印字してある。そのまま気にもとめず、手渡すときに何気なく札をひっくりかえすと、裏には赤のマーカーで数字の〝4〟が殴り書きしてあった。

「ナンバー・キラーだ」ボンドは言った。「アルフレッド・ハッチンソンは四番目の犠牲者だった」

「やつらはごく身近に迫ってきたわけだ」タナーが言った。

「どういうことか説明してもらえませんか」マンヴィル・ダンカンが尋ねた。

ボンドはMのほうを見て、承認を求めた。

Mはうなずいて言った。「いちばん近い補佐という立場上、マンヴィルがアルフレッドの仕事を肩代わりするでしょう。だから、承知しておくべきだと思うわ。マンヴィル、これは極秘なの。了解しておいてちょうだい」

「もちろん」ダンカンは言った。

「ミスター・ダンカン」ボンドは話しはじめた。「わたしはキプロスからもどったばかりです。先週、三件の事件で英国人が殺された。最初はＳＩＳの者が、アテネで。名前はホイッテン。ご存じですか」

「いいえ」

「遺体は古代アゴラで見つかり、近くの岩に赤で数字の〝1〟が描かれていた。第二の事件はキプロスのデケリアにあるわが軍の基地で。数名の兵士が殺された——毒物で。そばに数字の〝2〟が描かれ、ギリシャ神の彫像が残してあった。つい先日は、エピスコピで一団の兵士がちがう化学兵器で殺害された。数字の〝3〟と、別の彫像が現場に残っていた。今回は〝4〟になる」

「同一犯なのはたしかですか」

「そのようだね。事件について知っていたことをわれわれに告げさせないための口封じだったのかどうか。部長、ハッチンソンに家族は？ 先妻たちはどこにいるんですか」

「最初の奥さんはオーストラリアよ。二番目の奥さんはこのロンドンに住んでるわ」

「子供は？」

「最初の奥さんとのあいだに息子がいる。名前はチャールズ。アメリカのどこかに住んでいるの。たしかテキサスよ」

「ひとりだけ？」

「わたしが知っているのはチャールズだけ」

「それなら、息子と連絡をとらないと」

「それはこっちでやろう」タナーが言った。

「しまった」と、ダンカン。

「何か？」

「あす、アルフレッドは中東へ飛ぶ予定だった。シリアで会合の約束があるんだ！」

「あなたは補佐でしょ、マンヴィル」Mが言った。

その言葉の含みを悟って、ダンカンはうなずいた。「代わりに行かなければ」

「代理として責任を果たさなきゃ。政府がアルフレッドの後任をどうするか決めるまではね。対処できる？」

「やらなくてはなりません」ダンカンは時計を見た。「家に帰って、できれば少し睡眠をとったほうがよさそうです。あすは早く出勤して、支度します。たしか——」

「五時の飛行機よ」Mは言った。「聞いていたの」

「あの、ミスター・ボンド。よろしければ、できるだけお手伝いしたいんです。ほかにもききたいことや、わたしの知識で役に立つことがあれば、オフィスに電話してください。オフィスの者がメッセージを伝えてくれますから、折り返し連絡します」

「帰国はいつ？」

「たぶん二日後です。彼のスケジュールを調べてみないと」

「わかりました。どうぞ行ってください。いい旅を。ミスター・ハッチンソンの身に起こったことの真相は口外しないように。世間にも世界にも死因は心臓発作だと思いこませますから。自然死ということでね」

「わたしのことも伏せておいてもらわないと」Mが言った。

「おっしゃるまでもありません」ボンドは言う。「まずここからお帰しします。記者たちに嗅ぎつけられないうちに服を着られたほうが……」

　Mはうなずき、マンヴィル・ダンカンのほうに向き直る。ダンカンはお悔やみを述べてから帰っていった。

　服を取りに寝室へ向かう直前に、Mはボンドとタナーとハワード警部に言った。「MI5がこのイギリスでの調査を取りしきります。ただし、ギリシャとキプロスの事件ともつながりがあるので、007、そちらはあなたが担当して。あきらかに国際的事件なので、全権はMI6にあるはずです。明朝十時にわたしのオフィスで戦略を話しあいましょう、いいですね？」返事を待たずに、バーバラ・モーズリーは背を向けて、愛人が冷たく硬直して横たわる寝室へはいっていった。

　ボンドはほっとした。口調に本来のMらしさがもどりかけていたから。

5 ヒオスの集会

およそ二日後、ギリシャのヒオス島にある人里はなれた秘密の要塞で、集会が開始された。

ヒオスはトルコのカラブルン半島から八キロしかなく、ギリシャ領土のうちでも、何世紀にもわたって不安定な関係にある国に接近している島のひとつだ。主要な観光地ではないヒオスには、ギリシャ軍基地が数ヵ所とカモフラージュされた武器庫がある。

三日月形の島は丘陵が多く、オリーブ、果実、ブドウを栽培していて、わけても大切にしているのがゴムの木である。島の中心は平野のはずれのヒオス・タウンとして知られる町で、古代遺跡がトルコの海岸に面している。そこから西へほぼ二十六キロ、どこへ通ずるとも知れぬ曲がりくねった山道の行きどまりに、見捨てられた古代の村アナヴァトスがひっそり息づいている。村は険しい崖の上にあって、家々のあいだを狭い階段状の小道がカーブしながらつづき――頂上には無人の荒廃した中世の城がある。ゴースト・タウンも同然のアナヴァトスの、打ち捨てられた灰色の石造りの建物は、島がこうむった数々の悲劇の記念碑だ。一八二二年に、オスマン帝国が残虐非道にも住民のほとんどを虐殺した。いまでは、ふもとに少数の老人しか住んでいない。村人はみずから選んで崖から身を投じた。甘んじてとらわれ苦しむよりは、と。

十一月はじめの平日の正午に、旅行者の姿はひとりも見られなかった。アナヴァトスが観光客をおおぜいひきつけることはないし、あえて頂上まで登ってくる者たちも、長くはとどまらない。さびれた廃墟を見てしまえば、ほかにすることは何もないから。店も料理屋(タベルナ)もホテルもない。村のふもとに一軒だけあるレストランが、わずかな住民と、ときおり訪れるひとりかふたりの旅人の用をなすくらいだ。観光客や住民には思いもよらなかっただろう。寒村の頂上にある荒れはてた中世の城の内部が、一風変わったグループの最先端の設備をそなえた本部になっているとは。

伝えられるところでは、イアソンやホメロスのような伝説的人物も多くこの島を訪れている。したがって有名な数学者ピタゴラスがヒオスに足を踏み入れたことは、じゅうぶん想像できる。ピタゴラスはギリシャのサモス出身で、ピタゴラス学派会、あるいはピタゴラス教団と呼ばれる教団を創設した。紀元前六世紀ごろ、数学者ならびに哲学者として高く評価され、彼の講堂はしばしば満員になった。公の集会への出席を禁じられていた女たちも、法を破って聴講したという。ほどなくピタゴラス学派のメンバーは教祖を神格化しはじめた。とりわけ彼らが信じたのは魂の輪廻であり、道徳的生活および食餌を実践して、来世への転生のために魂の浄化につとめた。ピタゴラス学派の人たちによれば、すべての関係は――正義のごとき抽象的概念すら――数字であらわせるという。

アナヴァトスの頂上にある静まりかえった荒涼たる中世の城の奥深くで、ピタゴラスがふたたび弟子たちに教えを説こうとしている。


ピタゴラスを自称する男は、白いローブを身につけていた。ややグレーのまじった黒い巻き毛はきちんと刈ってある。大きな暗褐色の目、黒い眉、ワシ鼻を持つ、彫りの深いハンサムな顔立ち。地中海人種特有の日焼けした顔色。赤みがかった唇はつねに険しく引きむすばれているように見える。五十五歳になるその男は、ひげをきれいにそっていて、長身で肩幅が広い。映画スターにも、聖職者や政治家にもなれただろう。男には知りあった者たちを魅了する名状しがたいカリスマ性があった。口を開けば、だれもが耳を傾ける。説明をすれば、だれもがことごとく理解する。命令をすれば、あえて無視する者はいない。

伝統にもとづき、集会をはじめるにあたって数分間沈黙したあと、男は話しはじめる。そのあいだ、ピタゴラスの生まれ変わりと信じる男は、面前の床でクッションによりかかっている九名の弟子たちを眺める。その者たちもローブをまとっている。九名の男女は教祖を期待のこもった目で見つめる。アメリカ人とイギリス人がひとりずつ。ギリシャ人が三人、ギリシャ系キプロス人がふたり。イタリア人とロシア人がひとりずつ。ナンバーテンと呼ばれる者はすぐれた医師にして化学者である。ナンバーナインは輸送の専門家で——なんでも好きなところへ空輸できる。ナンバーエイトはギリシャの製薬会社の信望ある社長で、そのうえ卓越した生物学者であり化学者でもある。ナンバーセブンは教祖にひじょうに近い男で、血のつながりがある。ナンバーシックスは銀行家で、株式市場や投資や外国為替に通暁している。ナンバーファイブは忠実な同志で、通常はギリシャ軍将校の軍服を着ている。ナンバーフォーはブラックマーケットでの売買を担当する女性。ナンバースリーは最初の四回の攻撃を指揮した。ふだんは海外との取引をさばいている。美しいナンバーツーは世界屈指の高度なわざを持つ暗殺者にしてテロリスト。教祖はやさしくナンバーツーを見つめた。彼女の作業着にはガスマスクと防護服も含まれる。

一同は古代ギリシャの内装を模した一室にいた。広々とした四角い部屋はすっかり石造りで、まわりにベンチが並べてあるが、中央に家具はない。ギリシャの旗の色である青と白のカーテンがさがったアーチをくぐると、がらりと変わった部屋に出る。そこには最新のオフィス機器がそなえてある——ワークステーション、コンピュータ、モニターおよび機械類。さらにその奥には、高級ホテル並みにエレガントな居住空間がある。メンバーがアナヴァトスで一泊する必要があるときには、ここで眠る。下の階には、古代ギリシャ風集会室にいる十人に雇われた人員が住んでいる。なかには個人ボディガードや訓練を積んだ武装〝兵士〟もいる。かなりの高給が支払われているので、彼らの忠誠は疑いようがなかった。

兵器庫にはひそかにたくわえた軍用の武器が保管してある。主にギリシャ軍基地から盗んだ銃と弾薬だ。高性能の装備のなかにはNATOから盗んだものや、中東や南ヨーロッパの地下組織から購入したものもある。城のなかでいちばん印象的な装置は、空のミサイルサイロと発射台だ。ボタンひとつで開く覆いは、中世の城の汚れた陸屋根(ろくやね)のようにうまく偽装してある。そのじつ、城のなかには異様な秘密本部があるのだが。その屋根はヘリポートの役割もなんなく果たす。すべてが村人たちの鼻先で造られていた。みんな金をもらって知らぬふりをしたのだ。

静粛のときは終わった。教祖は竪琴(リラ)を取りあげ、完全五度をつまびく。ピタゴラス学派のメンバーたちは、弦の長さの数比が自然数であれば、弦を振動させて音階が生まれることを知っていた。また望めば、その数比はほかの楽器にも応用できることを。

集会がはじまった。ピタゴラスはリラを置き、ゆがんだ笑みを浮かべて目の前の九名を見た。弟子たちはわずかに身を乗りだして、慰撫するような声が理を説いてくれるのを待ちかまえている。教祖が話すのが待ちどおしい。彼は単子(モナド)、唯一の者だから。そして彼らの名は、十からなるもの〈デカダ〉である。

「ようこそ、みんな」教祖は話しはじめる。「ミッションナンバー4が成功裡に終わったことを報告できてうれしい。おかげで〈デカダ〉に関する機密情報が英国情報部に伝わらずにすんだ。残念ながら、標的が所有していたはずの資料は見つかっていない。それを取りもどすことが重要課題だ。それがないと、4の三角数(テトラクティス)が完成できない。ナンバーテンにその任務をゆだねた」

ナンバーテンは同意のしるしにうなずいた。

「その間も〈デカダ〉は、世界的に認められるという目標に向かって突き進む。これまでの四つの襲撃は〈デカダ〉がなしうることの見本にすぎなかった。いわば、瀬踏みのようなものだ。それにより、われわれの計画を邪魔するなとイギリス人に警告することができた」

モナドは背を向け、後ろの石壁に近づいた。人さし指と中指を石の隙間にすべらせ、留め金をはずす。模造石のパネルが動いて、赤い電球をはめこんだ四角い金属板があらわれた。電球は正三角形を形づくっている——

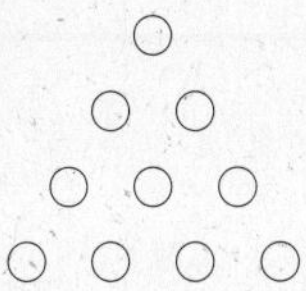

底辺の四個の電球はともっていた。

「聖なるテトラクティスの土台は完成している。四ヵ所の基部の数字は全部そろった。この完全な三角形に注目しなさい――どう回転させても結果は等しい。四個の土台はつねに三個の列に、ついで二個の列に、最後にただひとつの点に行きつく。全部で十個の点。十――聖なるテトラクティス。〈デカダ〉の基盤。神と顕在的宇宙との結びつきを生みだすものだ」

モナドは明かりのついていない三個の電球の列を指した。

「つぎの三回の襲撃は最初の四回をもとにして計画ができている。同様に二回がつづく。どれもが究極の襲撃に向けて〈デカダ〉を押し進めるための重要な行動だ。その後は、また新たに十個の点で構成されるテトラクティスがスタートする。第一のテトラクティスが完了すれば、きっと世界はわれわれに注目するだろう」

モナドは前にすわっている弟子のひとりに顔を向けた。

「単一性の原理はなんだね、ナンバーフォー?」

ナンバーフォーは女性で、そらで返事をした。「原理はひとつであることで、モナドによって代表されます。完全、極致、永遠、不変、恒久、ことごとくがナンバーワンたるモナドの資質です」

「では、いかにして〝一〟は〝多〟になれる?」

「〝一〟が〝多〟になれるのはテトラクティス、十の点を表現することによってのみです」

「では、〝一〟が〝多〟になるとき、何が起こる?」モナドが全員に尋ねた。

トランス状態にあるかのごとく、全員がそろって答える。

「有限は無限に。限界とは明確な境界である。無限とは限界のないこと、ゆえに制限が必要である。われわれはモナドと融合し、ひとり残らず力を持つ」

モナドは満足して、うなずいた。「反対名辞のデカダを暗誦しよう。わたしからはじめる。有限と無限」

ナンバーツーが言う。「奇数と偶数」

ナンバースリー。「一と多」

〈デカダ〉の残りのメンバーが代わるがわる口を開いて、モナドから学んだことを繰りかえす。

モナドがつづける。「テトラクティスの十の点。それらは数字の極致であり、テトラクティスの構成分子だ。ある意味では、テトラクティスは音階のごとく、調和という概念を象徴すると言える。一からはじまり、発露の四段階を進んでいき、そしてひとつのまとまりにもどる。十。すべてが十に行きつく。では、その十とはだれだ？」

「デカダ！」一同は叫んだ。

モナドは満足した。弟子たちは完全におのれの支配下にある。モナドはひと息ついて、九名の顔を見ていく。丸一分かけて、ひとりずつ相手の目を凝視する。魂をのぞかれつつ、教祖の強さと力が身内を満たすのを全員が感じた。鼓舞され、癒された。

「神々は喜んでおられる」男は言った。「われわれの最初の貢物は、古代ギリシャ人に捧げられた。神聖なアクロポリスのふもとにアゴラをつくった人々に。われわれは全人類の先祖に忠誠をつくさねばならない。真の西欧思想の発祥の地はギリシャだ。ギリシャ人はヘファイストス神殿を建て、ゼウスとオリンポス山の神々を崇拝していた。そこでわれわれは慎ましい……生け贄をそこに残した。第二の貢物は神々の女王、ヘラに捧げた。三番目は海神でゼウスの兄のポセイドンに。四番目は戦いの神、アレスに」

モナドは微笑を浮かべた。「アレスは血に飢えた神だ。だから最初の四回の襲撃の最終点となるに、まことにふさわしい。そう、アレスとともに、われわれは敵に宣戦布告した。あのイギリス人にはずっと目をつけていた。残念なことに、ギリシャ情報部の捜査官をシャワー中に消す企ては失敗した。だが、いまはトルコ人ならびにトルコ系キプロス人に目を向けることにする。最初の四回の目標を達成したからには、われわれは侮りがたい勢力になっている。トルコ人どもは北キプロスから永久に放逐されるだろう。友よ、聖なるテトラクティスを迅速果敢にやりとげよう！ところで、うれしい報告がある。ナンバーエイトの研究がはかどっている。したがって、アメリカのパートナーとの結びつきをじきに絶つことができそうだ。自分たちの剣で戦える日も近い。世界はわれわれを永久に記憶することになろう！」

「けっこうね」ナンバーツーは言った。「ナンバーエイト、その調子でウイルスとワクチンを仕上げてちょうだい。ナンバーテン、あなたには任務があるでしょ。わたしにもモナドとのおつとめがある。みなさん、この件が首尾よく終わったあかつきには、わたしたち夢にも思えないほど大金持ちになってるわよ」

女たちはたがいに抱きあった。ナンバーエイトが部屋を出ていく。ナンバーツーはナンバーテンの目を見つめた。

「行かないと」ナンバーテンは言う。「飛行機が待ってるから」

「そうね。気をつけて。また近いうちに」ナンバーツーは言った。ふたりは親密なロづけを交わし、別れた。

ナンバーツーは恋人を見送ってから、自分の部屋に向かった。予期したとおり、モナドがベッドで待っていた。

集会のあと、ナンバーツー、ナンバーエイト、ナンバーテンは私室に集まっていた。三人の女は小声で話をしている。

「ロサンゼルスではすでに死者が報告されている」ナンバーテンが言った。

「ウイルスはどれくらいで増殖するの？」ナンバーツーが尋ねた。

「血管に直接注射するのが、いちばん速いわね」ナンバーエイトが説明する。「八時間ほどで罹患する。その時間帯はウイルスの伝染性がいちばん強いの。すでに感染している人に接触した場合は、発症するのに十時間から二十四時間」

「じゃ、うまくいってるのね」ナンバーツーが言った。

「まあね」

ナンバーテンが答える。「テトラクティスの第十の任務が完了するまでには、すべてが出荷ずみのはずだわ。事態の進行をとめたくても手遅れね」

6　テキーラ・アンド・ライム

冷たい雨が降りつづくロンドンの天候は、しだいに骨まで凍えるような激しい風に変わりつつあった。十一月の第一週にしては、あまりに寒い。ちょっと戸外を歩くのさえひと苦労で、人々は肌が露出しないようにすっぽりおおって、ひどい寒さをさけるよりなかった。

ジェイムズ・ボンドはSIS本部の九階にあるMのオフィスで、窓の外を眺めてジャマイカを恋しがっていた。あちらも申し分ない天候ではないだろう。たぶん雨も降っているかもしれない。だが、それでも気温はもっと穏やかなはずだ。ラムジーの温かな笑い声が聞こえてくる。ラムジーは留守中シェイムレディ荘の世話をしてもらっているジャマイカ人の青年だ。白い歯を見せてほほえむその陽気な笑顔は、ボンドをいつも元気づけてくれる。

ボンドは深呼吸して、ふたたび気持ちをデスクの事務に切り換えようとつとめた。例の事件が進展しないのもたしかに頭痛の種だ。しかし、ロンドンから出さえすれば、大事な任務を果たしている気分になれることもまたたしかだ。ボンドは落ちつきがなく、いらいらしている。前夜はマカランを半分あけてしまい、居間の肘掛け椅子で夜半過ぎまで起きていた。それからベッドに這っていき、ヘレナ・マークスベリから休むつもりなのかと尋ねる電話がかかるまで目覚めなかった。いまは、頭ががんがん痛むばかりか、風邪をひきかけているような気もする。

「ひどい様子ね、007」背後でMが言った。「いったいどうしたの?」

「別になんでもありません」窓から向き直って言う。「いやな天気ですね」

「流感にやられたんじゃないの？　はやっているから」

「流感にかかったことはないんです」ボンドは鼻をすすった。

「とにかく、医者に診てもらいなさい。事態が急転した際に最高の体調でいてほしいの」

ボンドはMのデスクに向かいあった黒革の椅子にすわった。Mもそう気分がよさそうには見えない。恋人を亡くしたストレスと悲嘆が、ありありとわかる。だが、あっぱれなことに、ハッチンソンが殺されても、毎日仕事に出てきていた。

「もうチャールズ・ハッチンソンの居場所は突きとめたの？」Mは尋ねた。

「まだです、部長。行方不明のようで」ボンドは咳をおさえて答える。「テキサスに行ってみるのも手じゃないかと思っていたところです。ミスター・ハッチンソンの家に手がかりがあるかもしれません」

ビル・タナーが手早くアルフレッド・ハッチンソンに関する有益な情報を集めてあった。ハッチンソンはテキサス州オースティンに家を所有していた。テキサス大学の客員教授として過ごしたことのあった地だ。オースティンには二十三歳になる息子チャールズの住まいと職場があるし、ハッチンソンもたびたび訪れていた。前妻はチャールズ・ハッチンソンに連絡がとれるまで葬儀の手はずは延期するよう主張している。息子を探しだそうとできるかぎりの手をつくしたが、不首尾に終わった。チャールズは国外にいるか、あるいはその身に何かが起こったかだ。

「さしつかえないでしょう」Mは言った。「そうね、それもいいかもしれないわ。CIAに連絡して、あなたが行くことを知らせましょうか」

「それにはおよびません、部長」ボンドは言った。「オースティンにはCIAよりずっと役に立つ知り合いがいますから」

ボンドはアメリカン航空でダラスまで行き、そこで乗りかえてオースティンへひとっ飛びした。着いたのは午後も遅い時間だが、天候はロンドンよりましだった。空は雲でおおわれているものの、暖かくて気持ちがいい。

ボンドはテキサスに長期間滞在したことはない。数年前、エルンスト・スタヴロ・ブロフェルドの最後の後継者がからんだ事件のあいだ、パンハンドルと呼ばれる地方には行ったけれど、オースティンにも、中央テキサスのほかの景勝地にも寄ったことはなかった。上空から見た青々とした木々、丘陵、連なる河川に、ボンドは驚いた。テキサスにこんな美しい場所があるとは思ってもいなかったから。テキサス出身の友で長年の相棒、フェリックス・ライターがオースティンに身を落ちつけたのも不思議はない。

空港ターミナルから出ると、エキゾティックなヒスパニックの女性が近づいてきた。ぴったりしたブルージーンズに、ウェスタンシャツの裾を結んで腹を露出している。年恰好は三十代はじめくらい。長い黒髪と、輝く小さなとび色の目をしている。

「ミスター・ボンド？」女はスペイン風のアクセントできいた。

「そうですが？」

「マヌエラ・モンテマイヤーよ。お迎えにまいりました」

〝お迎えに〟を気をそそるような口調で言う。「フェリックスがうちで待ってます。あなたにまた会えるんで、すごく興奮してるわ」

「それはどうも。お世話になります」ボンドはほほえんで言った。

荷物を受けとり、マヌエラのあとについてさわやかで暖かな戸外へ出る。案内された駐車場には一九九七年型ミツビシ・ディアマンテLSがとめてあった。

「あなたはこの車を嫌うだろうって、フェリックスが言ったけど、わたしは好きだわ」

「なかなかよさそうだね」イギリスからの長いフライトのあとなので、助手席にすわると、ほっとした。

マヌエラは駐車場から車を出してインターステイト35に乗りいれ、南をめざした。右手に目をやると、テキサス大学オースティン校の膨大なキャンパスが広がっている。アメリカンフットボール・チーム、芸術学科、美女などで名高い大学だ。UTタワーと呼ばれる本館は二十七階建てで、すべてを睥睨する歩哨のごとく堂々とキャンパスと街を見おろしている。

「オースティンに来たことは？」マヌエラがきいた。

「一度もない。ずっと来たいと思っていた。フェリックスがこっちへ引っ越してからはよけいに」

「わたしたちも気に入ってるの。みんな親切で、音楽がすばらしくて、気候も最高で」

「フェリックスは元気かい？」

「元気よ。脚がもうそんなによくないでしょ。義足のほうの脚が悪化して、ほとんど車椅子をつかってるわ」

なんてことだ、とボンドは思った。フェリックスが車椅子生活を送っているとは知らなかった。そんな状態の友を見たら、どんな気がするだろうか。フロリダでのあの運命の日を片時も忘れたことがない。ミスター・ビッグとその部下が所有するサメのせいで、ライターが片脚と片腕を失ったあの日を。当時、ライターはCIA局員だった。災難のあとピンカートン探偵社に長いこと在籍し、数年、麻薬取締局捜査官となったのち、情報と法執行に関するフリーランスのコンサルタントとして個人事務所をはじめた。

いよいよ、地元ではタウンレイクと呼ばれるコロラド川を渡った。車はインターステイトをおりて西へ向かい、洒落たレストランやナイトクラブが軒を連ねるバートン・スプリングス・ロードという地区にはいる。やがてジルカー・メトロポリタン・パークを越えた。

「さあウェストレイク・ヒルズよ」マヌエラが言った。「ここに住んでるの」

このオースティン近郊の街は、道すがら見てきた地区よりずっとあかぬけていた。起伏に富んだ一帯に、洗練されたみごとなたたずまいの家々が建ち並ぶ。車は長く狭い私道にはいった。両側を大きなオークの木々が囲み、その突き当たりに木と石造りのランチハウスがあった。

「着いたわ」マヌエラが言った。

家のほうへ歩いていくあいだも、木立ちで蟬が鳴きしきっている。ボンドは自然が保たれている地域のただなかにいるのを実感した。

「夏の鳴き声を聞かなくちゃ。いまはほんとに静かなもんだわ。テキサスには変わった生き物がたくさんいるのよ」

車椅子用のスロープがフロントポーチに通じるステップに並んでもうけてある。マヌエラは玄関の鍵をあけて、ボンドのためにドアを開き、「ただいま！」と呼びかけた。

「どこなの、あなた？」

「ここだよ！」懐かしい声が聞こえて、ボンドは顔をほころばせた。

「荷物を置いて」マヌエラは言った。「フェリックスは書斎にいるわ」

成犬のダルメシアンが廊下の角から飛びだしてきた。ただちにうなり声をあげ、ボンドに吠えかかる。

「エスメラルダ！」マヌエラが命令する。「やめなさい。お友達のジェイムズよ」

ボンドはてのひらを上にしてさしだし、犬の高さにかがんだ。ダルメシアンは手のにおいを嗅いでから、ぺろりとなめた。

「あら、もうあなたを気に入ったわ」

犬の頭や耳の後ろをかいてやると、エスメラルダは尾を振りはじめる。これで友達だ。

ボンドは犬といっしょに長い廊下をマヌエラについていき、ダイニングルームとキッチンを通りすぎて、家具とハイテク装置であふれた鏡板張りの広い部屋にはいった。二方に大きな窓があって、家の背後にある森に面している。どちらも開け放たれていたが、網戸が虫の侵入を防いでいる。すこぶる快適な雰囲気だ。

フェリックス・ライターがコンピュータから向きを変え、満面に笑みを浮かべた。すわっているのはアクション・アローの電動車椅子で、車輪が音もなくまわり、手元の装置で操縦できる。フェリックスはいまも痩せていて、膝が座席からつきだしているところから見れば、あいかわらずの長身だ。麦わら色の髪はややグレーがかっており、顎と頬骨は以前よりとがったようだ。少しも変わっていないのは灰色の目で、にこやかにほほえむと、よけい猫みたいな目になる。右の鉤は本物の手と見まがう義手に取りかえてあり、かなり精巧に動くようだ。フェリックスは左手をさしだした。

「ジェイムズ・ボンド、この馬泥棒め！」その間延びした口調は温かで心がこもっている。「テキサスへようこそ、イギリスの水兵野郎！」

ボンドはその手を握りしめた。堅く乾いた握手だった。

「〝イギリスの水兵野郎〟はちょっと古臭いんじゃないか、フェリックス？」

「かまうもんか、おれたちは古臭いんだ」ライターは言う。「なんなら昔のよしみで、アメ公って呼んでくれてもいいぞ」

「会えてうれしいよ、フェリックス」

「おれもだよ、相棒。さあすわって、すわって！　マヌエラが飲み物を用意してる。わが麗しのマヌエラにご対面したわけだな？」

「たしかに」

「手を出すなよ、ジェイムズ。おれの恋人だ、貞操も堅いけど」

「彼がそう考えてるだけよ！」マヌエラが別の部屋から声をかけた。

ボンドは笑った。「心配するな、きみよりいい男は見つからないよ。いっしょになって、どれくらいになるんだい？」

「二年だ。あいつはすごいんだぜ。おれより頭がきれる。腕ききの調査員で、ＦＢＩの現場捜査官だ。マヌエラが担当した事件にフリーランスで手を貸したときに出会って、それ以来つづいてる。絶妙のコンビだよ。マヌエラが面倒な仕事をしてるあいだ、おれは家にいてこの部屋にある玩具をいじってるって寸法だ」

「それはよかった。ファックスは受けとってくれたね？」

「ああ。それで、情報も集めておいたよ。だが、まず一杯やろう！」

ボンドはほほえんだ。どうやら長年友情がつづいているいちばんの理由は、たがいの少々青臭い酒好きにあるらしい。ボンドにはニューヨークやラスヴェガスやバハマでバーをはしごした思い出が忘れられない。言葉は共通でも出身国は別なのに、ボンドとライターは理解しあっていた。ふたりは根がおなじなのだ。どちらも危険な生き方をしながら、生きのびてその話ができる。ライターもハンディキャップがあるからといって引退したり、静かにしていることには満足できないだろう。

エスメラルダはボンドの足元に落ちついて、自分の縄張を主張している。マヌエラはショットグラス三個、ホセ・クエルヴォのゴールドテキーラ、スライスしたライムと塩入れがのったトレイを運んできて、小さなコーヒーテーブルにのせた。

「何がはじまるんだ？」ボンドはきいた。

「きみはテキサスにいるんだぜ、ジェイムズ」ライターが言う。「テキサス人みたいにストレートでやってもらおう！」

「やれやれ」ボンドはつぶやいて首を振る。

「飲み方はわかるかい」ライターは笑いながらきいた。

「マヌエラ、おれたちの流儀を教えてやれよ」ライターは小さなグラスのひとつにテキーラを注いだ。

マヌエラは左手を顔に近づけ、手の甲の親指と人さし指のつけ根のすぐ下をなめた。それから塩入れをとり、濡れたところへ少し振りかけると、塩は皮膚にくっついた。いたずらっぽい笑みを浮かべ、ボンドを見つめたまま、官能的に手をふたたびなめて塩を舌ですくいとる。すかさずショットグラスを取り、一気にテキーラをあおる。ついで、ライムをひと切れ嚙みしめ、ジュースをすすって味わう。マヌエラは目を閉じると、ちょっと体を震わせた。

「さあ、あなたの番よ」マヌエラは塩入れをさしだし、テキーラをグラスに注いだ。

「本気なのか」ボンドはきいた。

「もちろんだ」ライターが言う。「あとで外出して、本物のテキサス風メキシコ料理にフローズン・マルガリータだ！」

「マルガリータだって！　冗談だろ！」

ライターは笑う。「おいおい、ジェイムズ、きみも気に入るさ。知ってのとおり……きみ同様おれも強い酒いっぺんとうだった……バーボン、スコッチ、ウォッカ以外は手をつけなかったが……こっちへ越してきたらテキサスの血が騒ぐようになった。テキサスではみんなマルガリータを飲むんだ」

「それにフローズン・マルガリータは最高よ」マヌエラがつけくわえる。

「けっこうだね」ボンドは皮肉たっぷりに答えた。儀式にしたがって、手に塩をのせ、テキーラを飲み、ライムを噛む。もちろんはじめての体験ではなかったが、いささかばかばかしい気がした。だが、テキーラは上等で強いし、ライムの刺激で口いっぱいに忘れていた香りがはじけたのを認めないわけにはいかなかった。

「なんだ、慣れた飲みっぷりじゃないか」ライターはそう言い、瓶を取って自分のグラスに注いだ。

「きのうきょう生まれたわけじゃないんでね」

「こっちもだよ、相棒」ライターは塩をなめて、自分も儀式をおこなった。

三人はさらに二杯ほどあおりながら、話をつづけた。ボンドとライターがともに経験した冒険の思い出話をしているうちに、いつしか会話はこのテキサス人の現状におよんだ。

「この車椅子は一年前に手に入れたんだよ、ジェイムズ」ライターは言った。「たいそう助かってる。マヌエラほどじゃないけど」

マヌエラは顔を赤らめて、うつむく。アルコールの効果が出てきて、顔が輝いている。

「インヴァケア・アローは電動車椅子のなかでもトップレベルだ。操縦装置の感度がびっくりするほどいい。見ててくれ」

ライターの車椅子がとつぜん前に飛びだし、コーヒーテーブルにぶつかって、テキーラとグラスをひっくりかえした。エスメラルダがキャンとほえて、飛びのく。

「フェリックス！」マヌエラが叫びながら、宙に飛んだテキーラの瓶をうまくつかんだ。

ライターはヒステリックに笑ったまま、部屋の真ん中で車椅子をあやつり、三度急回転させると、さっととめた。後輪走行をしてから、前輪を床に打ちつけ、衝撃に対する耐久性を見せる。それから後退して、また三回転したあと、犬を追いかけはじめた。そのときには、全員が笑っていた。

ライターは車椅子をとめて、元の位置にもどった。「一時間に七マイルと四分の一進める。そりゃ速いんだぞ。それに、特殊装置もいくつか取りつけた」

ライターは右のアームを開いて携帯電話をあらわにする。

左のアームをあけると、ボンドがまばたきする間もなく、ASP9ミリを左手に持っていた。

「すばらしいね、フェリックス」ボンドは言った。「そいつは、ぼくもしばらくつかっていた銃だ」

「すぐれた銃だ。もうつかってないのかい?」

「ああ、ワルサーにもどった」

「あの古いやつにか? 最近のやつほどパワーがないだろ」ライターは拳銃をもどした。

「新しいP99も持っている。たいした武器だよ」

「そうか、見たことがある。美しい銃だな。座席の下には警棒も仕込んであるんだ」ライターは椅子の下にさっと手をのばし、ASPの伸張可能なポリススタイルの警棒を取りだした。「敵が近すぎるときは、これで頭をバシッとやるんだ」

ボンドはくすくす笑った。「きみが満足ならいいじゃないか、フェリックス。それが肝心だ」

「きみのほうはどうなんだ? 近頃は何人の女を相手にしてるんだい?」

「ひとりもいない」ボンドは煙草に火をつけた。一本をさしだすと、ライターは受けとった。マヌエラは断わった。

「こんなくだらないもの、まだ吸ってるのか」ライターはきいた。「昔から凝った煙草が好みだったな。いつかチェスターフィールドかマルボロをひと箱くれないか。タールとニコチンの毒が体にまわるのを感じたいから!」

「フェリックス、きみはちっとも変わってないな。再会できてどれほどうれしいか、言葉にできないよ」

「こっちもおなじだ、ジェイムズ。そうだ……考えてたんだが……」ライターはデスクまで車椅子を進めて、携帯電話を手に取った。

「これを持っててくれ」携帯電話をボンドに渡した。エリクソンのもので、軽くて小型だ。「こっちにいるあいだに、必要になるかもしれない。おれの番号は短縮ダイヤルに登録してある。そこを押せば、駆けつけるから……いや、転がりつけるか。ところで……どんな手助けができるかな?」

「チャールズ・ハッチンソンについて何かわかったかい

？」

「ああ。ファックスを受けとってからマヌエラが探ってみた。あの青年はここのところ行方不明みたいだ。出張してるのかもしれないが。オースティンにある大きな不妊症クリニックで働いてる。精子バンクとかいうやつだ。おれたちが集めた情報では、仕事で世界中を旅してるようだ。クリニックの名前は〈リプロケア〉、全ヨーロッパと極東を相手に取引してる。所有主はヨーロッパの製薬会社〈バイオリンクス〉だ」

「すごい偶然の一致だ。同僚がひとりアテネで殺された。その男は冷凍精子に隠して国内に持ちこまれた化学兵器を押収していたんだ」

ライターとマヌエラは顔を見合わせた。「それは知らなかった」ライターは言った。「だが、それでおれたちがずっと確信してたことが裏づけられる。あの不妊症クリニックと、このへんで〈サプライヤーズ〉って名で活動しているる秘密戦闘グループとのあいだに何か関係がある。その件に二年間取りくんできたんだ」

「〈サプライヤーズ〉？」ボンドが尋ねた。その名には聞き覚えがあった。そうだ！　最近、読んだ資料で知ったテロリスト組織のひとつだった。

「連中のことはかなり長いあいだＦＢＩが調査中だったの」マヌエラが言った。「噂では火器や軍用兵器を取引してるらしい。近頃じゃ化学兵器やたぶん生物兵器もさばいてたみたい。わかってるのは売る相手を選り好みしないこと。中東のテロリストの分派のなかにも供給先があるのが確認されてる。ＩＲＡにも売ってるわ。いろいろ考えてみて、連中の本部はここオースティンか近隣の街にあるってにらんでるんだけど」

「物はどこで調達するんだい？」

「ここはアメリカだよ、相棒」ライターはため息をついた。それで一切の説明がつくと言いたげだ。

「アルフレッド・ハッチンソンの家はどこにある？」ボンドはきいた。

「ここから遠くない。おなじウェストレイク・ヒルズにある。二度ばかりのぞきにいったが、だれも住んでないみたいだいだった。チャールズには別に市内のハイドパーク地区の先にアパートメントがある。古い市街地で、大学生がおおぜい住んでるところだ。どうもあの若者は女子学生たちにご執心らしい。無理もないけどな」

マヌエラが肩をたたくと、ライターは言った。「冗談だよ」

「チャールズの居場所を突きとめなきゃな」ボンドは言う。「父親が亡くなったのを知っているのかどうか、それさえもわからないんだ」

「〈リプロケア〉とはまだ接触していない。ずっと偵察してたんだが、そろそろ渡りをつける潮時だろう。どんな具合に対処するつもりだ、ジェイムズ？　責任者のドクターは女性で、これから行くレストランの常連だ。きみはいつでもご婦人がたの気をひくのがうまかったが。チャールズ・ハッチンソンもよくそこにあらわれる。なにしろ大学生にもえらく人気のあるナイトクラブだから」

マヌエラが口をはさんだ。「このチャールズはプレイボーイなの。洒落たスポーツカーを乗りまわして、いつもガールフレンドがたくさんいるわ。数年前にオースティンにきて大学にはいったんだけど、退学した。ハンサムな顔と、イギリス風のアクセントと、有名な父親がそろっていれば、なんとかやっていけると悟ってね」

「おもしろいことに父親がイギリスの移動大使になると、くっついて世界中を旅してまわってるんだ。本物のジェット族だよ。金もどっさり持ってたんじゃないか。甘やかされた金持ちのぼんぼんさ」

「でも、それだけじゃないの」マヌエラが思わせぶりな口調でつけくわえた。まだとっておきの情報があるようだ。

「おれたちはチャールズ・ハッチンソンが〈サプライヤーズ〉とかかわりがあるんじゃないかと疑ってる」ライターは言い、もう一杯テキーラを注いだ。

「根拠は？」

「〈サプライヤーズ〉のメンバーとおぼしき人間のリストがある。まだ確証はつかんでないが。状況を見守ってる最中だけど、怪しいやからがいるのはたしかだ。チャールズはその連中といっしょのところを目撃されてる……レストランとか公共の場所で。とにかく、そいつらは普通なら金持ちの大使の息子がつきあうような連中じゃない。いまだに南部連合の旗をひるがえしてる海兵隊の新兵みたいなタイプだよ」

「その精子バンクと〈サプライヤーズ〉とを結びつける証拠は？」

ライターは首を振った。「おれたちはまだ何も見つけてない。勘に頼って動いてるんだ。つながりはチャールズ坊やだけだろう。きみがチャールズを探しにきたおかげで、突破口になるかもしれない」

「それじゃ、チャールズを見つけよう」

「賛成。ところで腹は減ってるかい？」

「ぺこぺこだ」

「よし。では、オースティンでおいしいと評判のレストランでごちそうを食わせてやろう。洒落てはいないが、メキシコ料理にかけてはいちばんの店だ」

「テキサス風メキシコ料理よ、メキシコ料理じゃないわ」マヌエラがむっとして言った。

「マヌエラはメキシコ料理にかけては妥協しないんだ」ライターは説明した。「さあ行こう」

そう言うと、ライターは立ちあがって車椅子からおりた。ボンドはひょろっとしたテキサス人の軽い身のこなしに驚いた。

「何を見てるんだ、イギリス野郎？」ライターがきいた。「いまだって歩けるさ！」足をひきずって部屋の隅に行き、マホガニーのステッキを取る。「家のなかでは車椅子をつかってるだけだ。無精者だし、乗り心地を楽しんでるから。それに、すばらしい振動式腰椎マッサージ機が取りつけてあるんでね。それがなによりすばらしい！　さあ出かけようぜ、相棒」

7　サプライヤーズ

マヌエラが運転する車で、ジルカー・パークのすぐ東側にあるバートン・スプリングス・ロードまでもどる。太陽はすでに沈み、大学生の群れは姿を消している。〝レストラン街〟にはトレンディなテキサス料理店やその他の飲食店が並び、さらにスポーツ用品店もあってローラーブレードやサーフボードを商っている。マヌエラは〈チャイズ・レストラン〉の混雑した駐車場に車を入れた。五〇年代後期から六〇年代初期のドライブインに似たけばけばしい店だ。

ボンドはラフな服装に着替えていた——ネイビーのズボン、ライトブルーの海島綿のシャツ、淡いネイビーのジャケット。ワルサーPPKはショルダーホルスターにおさめてジャケットの下に携行している。マヌエラがじゅうぶんカジュアルな格好だと保証してくれた。

ドアをはいると、騒々しいポップミュージックとおおぜいの客のがやがやした話し声が三人に襲いかかった。ボンドは陸にあがった魚みたいな気がした。まわりの常連の多くは自分より二十歳かそれ以上若い。ここはアメリカの若者の店だ。外見、背格好、肌の色は異なるが、だれもかれも輝いている。デザイナーズブランドの服を着こなしたヤッピー、長髪で絞り染めのTシャツを着たむさくるしい偽ヒッピー。男たちのなかにはカウボーイ姿の者も、ジャケットにネクタイの者もいる。女たちの服装はビジネススーツからTシャツとカットオフジーンズまで多彩だ。

インテリアに焦点があったとき、ボンドはそれまでと比較にならないショックを受けた。〝いきすぎたお祭り気分〟〝けばけばしいほどカラフル〟という表現が頭に浮かぶ。入り口にはガラスケースでおおったエルヴィス・プレスリーの霊廟があり、〝キング〟の半身像、おもちゃのギター、木製の着色した魚や奇妙な品々で飾りつけてある。

〝千の魚（ミル・ペスカド）バー〟には、色彩豊かな木の魚が天井から吊るされている。どれも今風のポップアートをややはずした感じのデザインだ。おもしろがる人もいるだろう。わからないではないが、ボンドはその雰囲気にげんなりした。自分好みの場所ではない。

「ほんとに、ここがお勧めのレストランかい？」ボンドはきいた。

「きっと気に入るよ」ライターは答えた。

「いまのところ、そうでもないが」

「わかってるよ。こんでるし、騒々しいからな。ひどい悪夢に見えるだろ。だが、料理はすごいぞ。ほら、あの女たちを見ろよ。たまげたな。いいか、テキサス女はアメリカ一美しいんだ」

「カリフォルニアでもそう言っていると思うけど」

「とんでもない。まわりを見てみろ」

「そのとおりよ、ジェイムズ、テキサスの女性は美しいわ」マヌエラが言う。「男たちがとんまばかりで残念よ」

ライターが支配人にコネがあるおかげで、三人は通常の四十五分待ちをせずにブース席に案内された。ウェイターが自家製トルティーヤ・チップスがはいったバスケットを運んできて、できたての自家製サルサを添えて目の前に置いた。ナイフやフォーク類はパラフィン紙に包まれ、断わり書きがしてある。「銀器は安全のために殺菌消毒ずみ！」ボンドがうんざりしたことに、ライターはフローズン・マルガリータをふたわたり分注文した。シルバーテキーラ、搾ったライムジュース、トリプルセックで作るマルガリータは、テキサスでは欠かせない飲み物だ。フローズンは氷が溶けかけたどろどろの飲み物で、ボンドは〝ミュージカル・コメディ・ドリンク〟と呼ぶ。フローズン・マルガリータは縁に塩をつけたワイングラスに、楔形に切ったライムを添えて供された。ともあれ味わってみて、ボンドはその香りゆたかさに驚嘆した。たしかに辛いサルサにぴったりあう。ライターとボンドはじきに笑いながら、昔の思い出にふけりはじめた。

メニューは多様なテキサス風メキシコ料理（テクスメクス）を呼び物にしている。ライターとマヌエラはファヒータを注文した。ボンドはファヒータかエンチラーダを勧められて、後者を選んだ。ふたりは前菜に、チリ・コン・ケソ——チェダーとアメリカンチーズ、赤トウガラシ、焼きトマトでできた辛いチーズディップ——を分けあっている。料理が運ばれたとき、ボンドは自分の目が信じられなかった。テキサスではすべてが〝でかい〟と言われているが、それはまちがいなく食事の一人前にもあてはまる。大盛りのエンチラーダは、サーロインの挽き肉をコーン・トルティーヤで手巻きして、レストラン特製テクスメクスソース——チリミート入りの赤いチリソース——をかけ、溶かしチーズで仕上げてあった。わきに添えてあるのはガーリックやタマネギといっしょに炒めたインゲン豆。メキシカンライスはタマネギとトマトをつかったまろやかな風味だ。

「わかったよ、フェリックス、きみの勝ちだ」ボンドは料理を味わいながら言った。「うまい」

「だから言っただろ」フェリックスはチキンを口いっぱいほおばって言う。マヌエラとひと皿のチキンファヒータを分けあっている。チキンをビールと油とスパイスでマリネにして、タマネギ、コリアンダー、ピーマンといっしょに焼いた料理だ。

「標的を見かけたかい？」ボンドはこってりした料理をたいらげると、すぐにきいた。

「ちょうどドクター・アシュリー・アンダーソンが水槽のそばのテーブルにつくところだ」ライターは答えた。

「〈リプロケア〉のボスよ」マヌエラが説明する。「あそこが〈バイオリンクス〉に売却されたとき、送りこまれてきたの。〈リプロケア〉は破産しかけてて、〈バイオリンクス〉が介入してきて買収したってわけ」

ボンドはそちらの方角に視線を走らせた。全盛期をやや過ぎたモデルみたいな長身のブロンド女性が、大柄なカウボーイの向かいにすわろうとしている。おそらく三十代後半だろうが、まだかなり人目をひく。服装は地味なビジネススーツで、スカート丈は短く、ハイヒールを履いた形のいい長い脚を見せている。ドクター・アンダーソンには自信と権威のオーラがある。ボンドも彼女が医師とは推測できなかったかもしれないが、きっと大会社のトップとまでは見当をつけていただろう。

いっぽうのカウボーイは四十代で、南部の貧乏白人労働者に見える。巨体で太りすぎだが、ほとんどが筋肉の塊だ。袖なしのブルーのシャツを着て、大きな二頭筋をあらわにしている。両腕の入れ墨が目立つ。シャツの背中に縫いつけてあるのは南部連合の旗。つば広のカウボーイハットをかぶり、ブルージーンズに、茶色のカウボーイブーツといういでたち。丸い童顔には左頬いっぱいに目だった傷跡がある。男はドクター・アンダーソンとはまったく異なる人種だ。

「これはこれは」ライターが言う。「こいつは最初の大きな突破口かも」

「どうして？」

「ドクターが同席している男はジャック・ハーマンだ。ずいぶんまえからおれたちのリストに載ってるげす野郎さ。あいつが〈サプライヤーズ〉のメンバーでないなら、連中はけっこうな雇用機会を逃してるね」

「どういう男だ？」

「二度ほど有罪判決を受け、しばらく服役してから出てきた。ちょうどいまは仮釈放中だろう。だが、十中八九、そのままとんずらするんじゃないか。十五年前ドラッグを売って逮捕されて、三年はいってた。つぎの大罪は武装強盗だ。それで十年食らいこんだが、六年しかおつとめしてない。保証するよ、あいつがドクター・アンダーソンと話してるのは、精子バンクのドナーになれるかどうかじゃない」

「クリニックと〈サプライヤーズ〉につながりがあると思っているんだろ……」

「ドクター・アンダーソンがかかわってるとまでは考えなかったけど」マヌエラは言った。「ちゃんとした人に見えるもの。でも、夜遊びはかなりお盛んみたい。いろんな男といっしょのところを見られてる——女ともね——考えてみたら、フェリックス、彼女がバイセクシャルでも意外じゃないわ」

「そうだな。それにわれらがチャールズ・ハッチンソンのことも忘れるなよ。ふたりはしばらくカップルだったんだ」

「性的関係があったかどうかは知らないけど、でもそうね、二カ月ばかり公の場所でよくいっしょにいたわ」

「ふたりがカップルだったなら、性的関係もあったよ。なんといっても、彼女は精子を集めているんだから」ボンドは真顔で茶化した。ライターはふきだした。マヌエラは目を丸くした。

「どうやったら精子を国外で売れるんだろう？　ひどく妙な感じがするが。合法的にできるのかい？」ボンドがきいた。

「そうらしい」ライターが答える。「きみの言うとおり、普通じゃないな。ほかの精子バンクは国内で売ってるだけだ。しかし〈リプロケア〉はアメリカで〝いちばん質のいい精子〟を保有してると大げさに宣伝してる。それを世界中の不妊症クリニックに売ってるんだ。みんなアメリカ産なら、ものがいいと思うんじゃないか」

「〈サプライヤーズ〉について、もっと聞かせてくれ」

「結成して六年ばかりの組織よ」マヌエラが説明する。「三年前FBIがリーダーのひとりをつかまえたの。わたしがこの件の担当になるまえ。ボブ・ギブソンって男で、非合法の武器を売ったり海外に密輸したりする組織犯罪の容疑だったけど、有罪にできたのは武器の不法所持だけ。その男はまだ刑務所にいるわ。組織を取りしきってる人物は定かじゃないけど、さっきも言ったように連中はオースティンかその周辺を本拠に活動してる。でも、国中に触手をのばしてる。アラスカからカナダを経由してアーカンソーまでトラックを運転してる男がいて、リシンていう致死性の物質を運んでるわ」

「リシンについては知っている」ボンドは言った。

ライターが話をつづける。「カナダの税関職員がトラックを調べたとき、拳銃四挺、弾薬二万発、黒色火薬十三ポンド、ネオナチの印刷物、一般書店では買えないがメールオーダーかインターネットで購入できる本が三冊見つかった。本の内容はどれも破壊活動に関するものばかりで、うち二冊はヒマの実からのリシンの抽出方法が詳述してあった。トラックからはほかにも白い粉がはいったビニール袋と現金約八万ドルが出てきたんだ」

「で、どうなった?」

「男は職員に白い粉の袋はあけるなと警告した。あけたら死ぬと。コンピュータで照会したところ、前科がないので男は自由になり——粉は没収された。結局、袋の中身は広い郊外地区の全住民を抹殺できる量のリシンだと判明した——致死性の神経毒のひとつで、解毒剤はない」

「それは承知している」ボンドは言った。

「それにしても、男はそれをどうするつもりだったんだろ? 所持するだけなら違法じゃないんだが、FBIは男に関心を持った。男はのちにアーカンソーで、交通違反の微罪で逮捕された。ところが監房で首をつったもんで、答えは見つからずじまいだ。その後、男の住まいがオーステインだとわかった」

そこからマヌエラが話を引き継ぐ。「家宅捜索したら、ヒマの実が一ポンド半はいったブリキ缶と、リシンの作り方を記した本がさらに数冊見つかった。弁護士に言わせると、依頼人は穏やかな目的のためにリシンをつかうつもりだったそうよ。鶏をおびえさせるコヨーテを殺すためとかなんとか。殺鼠剤やコヨーテを殺す毒を所持する権利はあるって主張するのよ。拳銃を携帯する権利とおなじだって。アーカンソーの連邦検察官は、泥棒よけに原爆がつかえると言い張るに等しいと応酬した。家のなかで見つかった最重要品は〈サプライヤーズ〉に関する印刷物よ。それでメンバーについての情報がわかった。男は運び屋のひとりだったの」

「〈ミネソタ愛国者同盟〉にリシンを供給してたようだ。厄介な右翼グループのひとつだよ」ライターがつけくわえた。

カウボーイのジャック・ハーマンが立ちあがり、女と握手した。男は振りむかずにレストランを出ていった。ドクター・アシュリー・アンダーソンはひとりで残っている。

「さて、このチャンスを逃す手はないな」ボンドは席を立ち、ドクターのテーブルのほうへ向かう。

「こんばんは、ドクター・アンダーソン?」その声に、ドクターは追いはらうつもりで顔をあげる。「あっちへ行って」と言おうとして、言葉がつかえた。目の前に立っている浅黒い肌のハンサムな男はだれかしら。

「わたしの名はボンド、ジェイムズ・ボンド。おひとりのところを見かけたもので。イギリスからはじめてオースティンを訪ねてきたんです。ちょっとお話ししたいのですが、一杯おごらせてもらえますか」

「そうね、ふだんは知らないかたからはいただかないんですけど」ドクター・アンダーソンはきついテキサス訛りで言う。「でも、遠くからはるばるいらっしゃったなら、悪いかたでもなさそうね。おすわりください。どうしてわたくしの名前を？」

ボンドは手をさしだした。ドクター・アンダーソンがその手を軽く握ってから、ボンドは腰をおろした。

返事をするまえにウェイターをつかまえて、フローズン・マルガリータを二杯注文する。

「アルフレッド・ハッチンソンの友人なんです。息子のチャールズを探しているところで。ご存じですよね」

アシュリー・アンダーソンはまばたきした。きっと完全に不意をつかれたにちがいない。だが、すばやく立ちなおった。「ええ、チャールズはうちのクリニックで働いてますから」

「居場所の見当はつきますか。どうしてもチャールズを見つけたいんです」

「なぜ？」

「じつは父親が三日前に亡くなったもので」

ふたたび、女はまばたきした。この知らせに驚くかと、ボンドは相手の顔色をうかがった。しかし、女がすでに知っていることはぴんときた。

「まあ。それはお気の毒に」

「ミスター・ハッチンソンの弁護士が、チャールズと連絡がつかないと言うんです。葬儀の手配やらなにやら相談する必要があるので、わたしがかわりに探しにきたわけです」

「なるほど」ドクター・アンダーソンは言う。「チャールズとは一週間以上会っていません。わたくし、しばらくヨーロッパに行っていたんです。じつはきょう帰ったばかりで。チャールズはうちのクーリエで、クリニックの精子を運んでいます――わたくしは不妊症クリニックを経営していて――」

「知っています」

「あいにく、クーリエのスケジュールには関与していないんですの。わたくしの留守中に、チャールズはヨーロッパに発ったんじゃないかしら。いつ帰国するのか正確にはわかりませんが、四日以上になったことはないはずだわ」

「行く先はどちら？」

「フランスか、イタリアか。よくわかりません。あす、クリニックで調べられますけど。帰国予定日も。ひょっとしたら連絡がとれるかもしれません。あす、お電話くださったらいかが？　名刺をさしあげましょう」

「電話するより、クリニックに伺ってもいいですか。ランチでもごいっしょして、ドナーになりたい場合はどうすればいいかも説明してもらえるし」

アシュリー・アンダーソンはほほえんだ。この見知らぬイギリス人は手が早い。

「そのほうがよければどうぞ。ランチは無理ですけど」名刺をさしだして、「午後まで体があかないんです。二時ごろでは？」

「けっこうです。伺います」飲み物が到着し、少しのあいだふたりは黙っていた。ボンドはアシュリー・アンダーソンの顔を近くで観察した。ブロンドの髪は細く、肩までの長さのストレートだ。口は大きく、ブルーの目も大きい。こちらを入賞した家畜を値踏みするような目で見ている。

やがて、ボンドは沈黙を破った。「クリニックについて少し説明してください。どんな具合になっているのか以前から興味があって」

「精子バンクに？　そうね、クリニックの役目は基本的にふたとおりあります。不妊症の患者に精子を供給するのがひとつ。癌患者が放射線治療を受けるまえに精子を冷凍保存してあげるのがひとつ」

「では、ドナーになるにはどうすれば？」

「きびしい適性審査があります。うちでは最良のものだけを採用するから」そう言って、蠱惑的な笑みを浮かべる。

「あなたの遺伝子は優秀そうだわ。本気で志願します？」

ボンドは笑った。「さあ、どうかな。そちらの必要条件を満たせるとは思えないけど」

ややあって、ドクター・アンダーソンは言った。「クリニックの条件にはどうか知らないけど、わたくしの条件にはぴったりだわ」

ボンドはドクター・アンダーソンをその気にさせられればと思った。秘密情報部員としての長いキャリアのあいだ、敵に近づくためには相手と寝ることもした。敵を誘惑するのは、クレオパトラの時代の昔からスパイが利用してきた手段だ。たまたまジェイムズ・ボンドはその方面でも腕がよかった。

「それでは、二時に」

ウェイターがドクター・アンダーソンの食事を運んできて、どこからともなく醸しだされていたエロティックな緊張がとぎれた。注文した品はチーズ・エンチラーダ、フリホーレス・レフリートスにワカモレ・ソースだ。

「うまそうだな」

「テクスメクスは好きよ。肉がはいっていなければね。厳格な菜食主義者なの」

「そんなふうには生きられないだろうな」ボンドは言った。

「わたしは動物の肉を食べる」

「そうでしょうね」ドクター・アンダーソンは思わせぶりな口調だ。

「さて、ゆっくり食事を楽しんでください。そろそろ友人のところへもどるとしよう。ではあすの午後に、よろしいですね？」

「楽しみにしているわ、ミスター・ボンド、でも、わたくしのために急いで去らなくてもいいのよ」

「できることなら、まだそばにいたいんだが、もう行かないと。すてきな夜を」ボンドはそう言うと、立ちあがってライターとマヌエラのもとへもどった。

「彼女、ぼくの話を鵜呑みにしたよ。チャールズはヨーロッパに出張だそうだ。と、ドクターは主張している。あすになれば、行方がわかるだろう」

「でかした」ライターは言う。「帰りにハッチンソンの家をのぞきにいこうと思うんだが。疲れてるかい？」

「いや、だいじょうぶだ。元気を回復してきたよ。そうしよう」

アルフレッド・ハッチンソンのアメリカの家は、樹木の茂った閑静な場所にあった。ウェストレイク・ヒルズの西はずれの一般道からはいったところだ。道路から家は見えない。そこでマヌエラは私道の入り口まで進め、郵便受けのわきにとめた。ボンドは車からおりた。

「一時間くれ」

「さっきの道路に出たところでひろうよ」ライターが言った。「そのまえに必要になったら携帯をつかってくれ」車が静かに走り去り、ボンドは暗闇に取り残された。街灯はなく、密生した木々にさえぎられてひと筋の月光もささない。蟬の大群が鳴きしきっているので、枯れ葉を踏みしめる足音を聞きつけられる恐れはない。

Q課支給の暗視ゴーグルをかけると、周囲の光景がよみがえって、何もかもはっきり見えた。

小道を百メートルほど忍び足で進むと、丸太小屋の風情がある広々したランチハウスにたどりついた。家は真っ暗でしんとしている。ボンドは立ちどまって右足の踵を開いた。ブースロイド少佐がくれたアラームセンサー解除器を取りだし、作動させて家のほうに向けた。赤いライトがついているので、押し入ろうとする者がいれば警報ベルが鳴りだすことを示している。緑のボタンを押すと、赤いライトが点滅をやめた。

ボンドは建物の横手にまわり、壊さないでもあけられそうな窓を探した。裏口があった。普通の錠だ——デッドボルトじゃない——これなら簡単にあくだろう。裏手の警報装置を解除したあと、ベルトのバックルから錠前破りを取りはずす。二分ほどいじっていると、ドアが開いた。

屋内はしばらく人がいなかったかのように、湿ったにおいがして、ひんやりとしている。ボンドは洗濯室と家事室らしきところを抜けてキッチンにはいった。その先はダイニングルームとほかの部屋へ通じる廊下だ。リビングルームをざっと調べてから廊下を進み、ベッドルーム二室を通りすぎた。その奥が探していた部屋だった。そのありさまを見てとって、ボンドは深く息を吸いこんだ。

ハッチンソンの書斎は荒らされていた。室内には書類が散乱し、マニラ・フォルダーが開いたままになっている。ファイリング・キャビネットの抽斗もあけっぱなしだ。ひときわ目立つ大きなロールトップ・デスクもこじあけられている。引きぬかれた抽斗が床に投げだされ、中身がグレーのカーペットにばらまかれている。デスクの上にはIBMと互換性のあるゲートウェイ2000がのっている。

ボンドは重要そうなものを探しながら、そっと紙屑の上を歩いた。ほとんどの書類は講義関連の資料か、機密ではない外交情報だ。ファイリング・キャビネットには何も残っていなかった。荒らしまわった者が目当てのものを見つけたかどうかは不明だ。アルフレッド・ハッチンソンはいったい何を隠していたのか。〈サプライヤーズ〉とかかわりがあったのだろうか。連中がギリシャとキプロスの襲撃の黒幕で、アルフレッド・ハッチンソンを殺したのだろうか。

ボンドはコンピュータに近寄って、起動させた。一分後、見慣れたウィンドウズ95の初期画面がモニターにあらわれた。〝マイ・コンピュータ〟のアイコンをクリックして、ハードディスクにあるファイル・フォルダの名に目を通す。

〝マイ・データ〟という名称のパーソナル・フォルダだけが標準システムのものではなかった。そのフォルダのなかにはさらにフォルダがふたつあり、ひとつには〝教職〟、もうひとつには〝大使〟という名がついている。〝大使〟フォルダをクリックすると、さまざまな題名のファイルが四ダースほどあったが、どれもみな無害で無用に見えた。〝教職〟フォルダにも興味をひくものはなかった。

すべてのファイルで〝サプライヤーズ〟という語を検索しようとしたとき、外で車のドアが閉まる音がした。ボンドは凍りついた。もう一度ドアがバタンと閉まった。何者かが外にいる。

ボンドはすばやくコンピュータを終了させた。玄関のドアが開き、男の声が聞こえてくる。「おい、警報装置が切れてるぞ」

女の声がする。「おかしいわね。たしかに出るとき元どおりにしておいたのに」

「まえにも切ったままにしといたことがあったよ」

「そうだけど。さあ、急いで。書斎よ」

正体はわからないが、男女はまっすぐボンドのほうへ近づいてくる！

8　丘の上の邸宅

もう書斎を出る時間はない。ボンドはすばやく空っぽのファイリング・キャビネットのほうへ向かった。片側をそっと壁からずらし、その後ろに体を押しこむ。そこからだと視界がかぎられ、デスクとコンピュータ端末がかろうじて見えるだけだ。ボンドはかたずを呑んで待った。

男女が書斎にはいってきて、明かりをつけた。まぶしい光で目がくらむ。ボンドは暗視ゴーグルをはずさず、スイッチだけを切った。

「散らかったままだぜ」男が言った。

「メイドがきれいにしてくれるとでも、あてにしてたの？」女は辛辣な口調で言う。聞き覚えのある声だ。それに、部屋にはいるまえからふたりはなかの状態を知っていた。

女は紙屑を踏みつけて、デスク上のコンピュータのところへ行く。背中が見える。ビジネススーツとブロンドの髪を目にしても、ボンドは驚かなかった。ドクター・アシュリー・アンダーソンはコンピュータを起動し、車輪つきの椅子にすわった。男が視界にはいってきて、女のかたわらに立ってモニターをのぞきこむ。さっきのカウボーイ、ジャック・ハーマンだ。

「どうやったら、そいつで例の物を見つけられるんだ？」ハーマンがきいた。

「コンピュータをつかったことがないの、ジャック？　ハードディスクにあるファイルなら、要求すれば見つけられるのよ」

「そこにあるのかね？」

「せかさないで。探してるんだから」

　カウボーイは肩をすくめてデスクから離れ、紙屑を蹴飛ばしはじめる。自分のほうへ来なければいいがと、ボンドは不安になった。近づいてよく見れば、ファイリング・キャビネットの後ろに隠れているのがわかるだろう。上体を後ろにそらして壁にはりつく。これで書斎のなかは見えなくなった。耳をすませて待つ。ブーツで書類をかきまわしながら歩いているカウボーイの足音が近づいてくる。一フィートほどしか離れていない。

「音をたてないでくれる？」ドクター・アンダーソンが命じた。「気が散るわ」

「ごめん」カウボーイはデスクのそばにもどっていく。

「おれにはなんでこんなことしてんのか、わかんないんだ。とにかく、こいつはだれなんだ？　〈サプライヤーズ〉となんの関係がある？」

「そんなこと心配しないで、命令されたことだけしなさい、ジャック」

　カウボーイは不服げにうなる。「見つかったかね？」

「まだよ！　ここにはないわね。削除したのかもしれないわ。いいこと、わたしはクリニックに行かなきゃならないの。このあいだ紹介した男の人を覚えてるでしょ？」

「ギリシャから来たってやつか？」

「そう。あの人がお屋敷にいるから、そこへ行って知らせてちょうだい。ファイルは見つからなかったって。いいわね?」

「どっちみち、そこへ行くんだ。そいつを消して、行こう」

ドクター・アンダーソンがコンピュータの電源を切り、ふたりは明かりを消して部屋を出ていった。

「警報装置を作動させておいて」ドクター・アンダーソンが言った。

しばらくすると、足音は玄関に着いた。ボンドはそっとキャビネットの後ろから出て、ゴーグルのスイッチを入れた。急いで裏手にまわり、ふたたびアラームセンサー解除器をつかい、はいってきたドアから出る。できるだけ静かに枯れ葉を踏みながら正面に移動する。

ドクター・アンダーソンはピンクのポルシェに乗りこむところだった。カウボーイはくたびれたフォードF150ピックアップ・トラックに乗っていた。後部にはカワサキ・エンデューロが縛りつけてある。ドクター・アンダーソンは車を発進させ、私道を走り去った。カウボーイがピックアップのエンジンをかける。

いまだ。ボンドは体を低くして駆けより、トラックが動きだすと同時に後部によじのぼった。尾板をまたいで、荷台に身をふせる。

あとについていく。カウボーイは通りに出ると、ポルシェのあとについていなければならないので、トラックの行く先は見えない。腹這いになって、ゴーグルをはずし、首から離れないように革ひもを締めた。幸い、運転台にはカウボーイひとりしかいない。背後のラックにショットガンが立てかけてあるのが見える。

二台の車はビー・ケイヴズ・ロードで分かれた。ポルシェは左へ曲がって、オースティンへ向かった。ピックアップは右へ曲がり、丘陵めざして西進する。キャピタル・オブ・テキサス・ハイウェイとも呼ばれるループ360に出ると右折した。

公式にはまだトラヴィス郡だが、ここは郊外だ。薄黒い雲がかかった空から、半月がなだらかに起伏する丘陵を柔らかな光で照らしている。秋の葉はほとんど落ちて、木々はまるで骸骨のようにおどろおどろしく見える。広い道路はカーブしながら崖に沿ってのぼっていく。ときおり暗闇に通じる脇道を通りこす。十二分ぐらいたったころ、トラックはループ360をそれて、ファーム・ロード2222をふたたび西へ向かった。この道路はいくぶん路面の不安定なハイウェイでトラヴィス湖に通じている。カウボーイの運転は無謀で、急カーブを切りつづけている。とはいえ、ボンドから見えるのは、片側は切り立った崖、もういっぽうは夜空だけだ。

まもなくトラックは左へ折れて、シティ・パーク・ロードという丘の上へと蛇行する二車線道路にはいった。わずかに身を起こすと、東の方角に街の灯が広がっているのが見える。道順を覚えていられればよかったが、不案内な場所なので、まるで見当がつかなかった。

ようやくトラックは密生した木々を切りひらいた砂利道にとまった。ボンドは荷台の尾板に体を押しつけ、カウボーイがおりるときに後ろを見ないでくれることを願った。ドアが開き、ブーツが砂利を踏みつける音がする。ドアが閉まり、足音がトラックから遠ざかる。

荷台の縁からのぞくと、古代ギリシャ神殿を模したような邸宅が見えた。古風なガス灯の柱が邸宅のそこここに配置されている。屋根の外辺には女人像柱まであって、アテネのアクロポリスにあるエレクティオン神殿に残っているものとそっくりだ。等身大のギリシャの神々や英雄たちの像が手前の芝生に点々と立っている。この邸宅は見るからにまがまがしく、それが持ち主の意図でもあるらしい。カウボーイは家の正面にあるアーチ道へ歩いていく。

ジャック・ハーマンの姿が消えるや、ボンドは尾板を飛びこえて縁にしがみついた。家の外に人影がないのを確かめたあと、走って建物の横にまわる。正面は明るく照らされているが、幸い横手には照明がない。ボンドは大きな窓にそっと近づき、なかをのぞいた。

カウボーイは浅黒い肌をした巨漢とあいさつしている。綿の黒いタートルネックに黒いズボン姿、黒い巻き毛、黒い眉、それに黒い顎ひげと口ひげをたくわえている。背は並みはずれて高い。ジャック・ハーマンも筋肉隆々の大男だが、浅黒い肌の男はさらに大きい——二頭筋を見ればボディビルで鍛えているのが明白だ。体重は二百五十ポンドかそれ以上あるだろう。しかし、その体には一オンスの皮下脂肪もない。首はほとんどなく、ただ大きな頭が両肩にのっかっている。

もうひとりカウボーイの身なりをした男がボディビルダーの隣にあらわれて、ジャック・ハーマンと握手した。長身にブロンドの髪、やはり荒くれ者タイプで、ハーマンの仲間のようだ。ボディビルダーのほうは、地中海人種特有の浅黒い肌と顔立ちのせいで場違いに映る。そういえば、ジャック・ハーマンが男をギリシャ人だと言っていた。

三人は玄関ホールからリビングルームに移動した。古代ギリシャ風の外観と調和した部屋で、床は大理石、家具はシックな木製の模造アンティーク、それに剣、盾、鎧鉾のコレクションが石壁に飾ってある。ボンドは家の横手に沿って隣の窓に進み、なかをのぞいた。三人のほかに、肘掛け椅子にひとりいる。その男はずっと若く、まだ二十代だろうと思われる。ハンサムで、髪はとび色、目はブルーだ。ツイードのジャケットと黒っぽいズボンを粋に着こなしている。ボンドには資料で見覚えのある顔だった。チャールズ・ハッチンソンだ。

話の内容は聞こえないが、室内ではジャック・ハーマンがギリシャ人に向かって首を振っている。たぶん悪いニュースを知らせているのだろう。アシュリー・アンダーソンがアルフレッド・ハッチンソンのコンピュータで目当てのものを見つけられなかったことを。チャールズ・ハッチンソンが立ちあがった。疑心と不安の表情を浮かべている。浅黒い肌の男がチャールズを鋭くにらみつけた。ギリシャ人が〝邪視〟と呼ぶ目つきだ。チャールズが動揺して、何か言おうとした。だが、ギリシャ人に手の甲で殴りつけられ、床に倒れた。ふたりのカウボーイは突っ立ったままにやにや笑っている。ギリシャ人に追いはらわれ、ふたりは部屋を出ていった。

やがてチャールズが身を起こし、屈辱的に顎をさする。そしてさっきのように木の肘掛け椅子にすわり、まっすぐ前を見つめた。ギリシャ人は何か言い残し、部屋をあとにした。

ふたりのカウボーイが玄関から出る音がする。物陰にかがんで見守っていると、ふたりはトラックの尾板をあけて、カワサキのバイクを架台からはずしにかかった。苦悶の五分間が過ぎて、ようやくバイクをトラックからおろす。それから玄関前の砂利道を押していき、見えなくなった。ボンドはふたたび立ちあがって窓のなかをのぞいた。チャールズはまだすわったままで、ふさぎこんだ顔をしている。

ボンドは隣の窓に移動した。ギリシャ人がデスクにつき、コンピュータのキーボードを一本指で打っている。手はひじょうに大きく、指は優に葉巻大の太さがある。

その部屋はモダンな家具をそなえた狭い書斎だった。デスクの上の壁に、一風変わった旗が掲げてあるのがとりわけ目をひく。ざっと四フィート四方の正方形で、黒い地に十個の赤い点でできた正三角形が描かれている。底辺に四つの点が並び、その上に三つ、さらにその上にふたつ、てっぺんにひとつ――整列したボーリングのピンを上から見た図にそっくりだ。反対側の壁には大きな鏡があり、運よくちょうどいい角度で、ボンドのいる位置から男の背中とコンピュータのモニターが鏡越しに見える。遠すぎて画面の文字は読めない。けれど、どうやら男はインターネットでだれかとチャット中らしい。画面の下にテキストメッセージの行があらわれるのでわかる。そのとき、男が一本指でキーボードを打ち、リターンキーをたたいた。これでテキストメッセージの新たな行があらわれ、ついで別の行がつづくだろう。

カウボーイのひとりがバイクのキックスターターを踏む音が、家の正面から聞こえてきた。ひとりが叫ぶ。「ヤッホー!」アイドリング音に加えて、ときおりエンジンを吹かす音がする。まことに騒々しい。

とつぜん、その音の半分もない犬の吠え声が数ヤード離れたところから聞こえた。おもての騒音が、裏にいたドーベルマンの注意をひきつけたのだ。成犬の雌で、石炭みたいに黒い。獰猛な目を暗闇でらんらんと光らせている。ボンドに向かってうなったり吠えたりし、少しでも動いたら飛びかかろうという態勢だ。

吠えさせておいて男たちが気づくのを待ってはいられない。ボンドは攻撃にそなえて覚悟を決め、犬に立ちむかった。ドーベルマンが歯をむきだして飛びかかってくる。ボンドは犬の体がかすった瞬間ひらりとあおむけに転がり、同時にその首をつかんだ。サーカスの軽業師とダブルオー・エージェントだけが互角にできるわざだ。襲いかかる勢いを利用して後ろへ放りながる。ドーベルマンは吠えながら、ガラス窓を粉々にした。これで非常ベルが鳴った。

すかさず立ちあがり、ボンドは玄関のほうへ走った。きっと犬は窓を飛びこえて追跡してくるだろう。ふたりのカウボーイはとつぜんの騒ぎに呆然として凍りついている。ジャック・ハーマンはかたわらに立ち、ブロンドの男はバイクにまたがっている。ボンドは走り寄るとキックでジャック・ハーマンの顔を蹴りつけ、地面に倒した。すぐさま脚を振りまわして、ブロンド男の胸に一撃を食らわし、カワサキから落とした。横転する寸前にバイクを受けとめて飛び乗る。そしてエンジンを吹かして、砂利道を走りだした。

「ヘイ!」カウボーイのひとりが叫び、ドーベルマンの吠え声がつづく。追っ手がすぐあとに迫っている。

カワサキKDX200エンデューロは耐久性の高いオフロード・バイクだ。その1シリンダー2ストローク・エンジンは速くて、扱いやすい。荒れ地を走るにはもってこいで、ドッグレッグ形のコントロール・レバーはビニールのハンドガードでおおってある。まことにありがたいことに、ボンドのために誂えたようなマシンだった!

ボンドは加速して砂利道を抜け、シティ・パーク・ロードにはいった。じきに時速七十マイルに達し、蛇行する二車線道路でははなはだ危険な速度になる。すでに犬は土埃のなかにおきざりにされた。だが、フォードのピックアップ・トラックは背後に迫っている。片手で暗視ゴーグルをかけなおし、バイクのライトを消した。それから時速八十マイルまであげて、前かがみになる。マシンと一体になって空気を切り裂き、カーブに集中する。対向車はほとんどない。

トラックがじりじり追いあげてきている。背後でショットガンの発砲音が響く。だが、まだはるかに射程外だ。

見通しのきかないカーブを曲がったとき、二台の車が接近してくるのを見て心臓がとまりそうになった——一台はおなじ車線だ！　そのドライバーはむちゃな追い越しをしようとしていて、バイクと衝突するまでものの二秒と離れていない！

ボンドは右にかわした。カワサキが道を飛びだして森へ突っこむ。地形は危険な傾斜に変わった。バイクが急坂を滑っていくあいだ、００７は必死に車輪をまっすぐな状態に保ちつづけた。できるだけ木々をよけたが、枝に顔と肩をぶつけて危うくバイクから落ちそうになる。傾斜がますますひどくなっていき、いまにもトラクションがかからなくなりかねない。そうなれば、バイクもろともこの先の切り立った崖へ転落するだけだ！　ブレーキをかけようとしたが、カワサキを横すべりさせただけだった。重力が勝り、バイクは山の斜面で横だおしになった。ジャンプして木につかまろうと試みたが、しくじった。斜面をカワサキのあとから転がりおちはじめ、とまれなくなる。大きな岩に激しくぶつかって、息がとまりそうになった。だが、それでも落下しつづける。

いきなり斜面がとぎれ、険しい崖の縁に出た。カワサキは崖を越えて宙に飛んだ。ボンドは体をくるりと回転させ、超人的な努力で崖の上にはりだした木の枝をつかんだ。そこにぶらさがったまま、空気を求めてあえぐ。

二十五フィート下はファーム・ロード２２２だ。ボンドはハイウェイの上にぶらさがっていた。バイクは道路に激突し、そこに横たわっていた。もしかしたら、飛びおりて回転すれば、これ以上怪我をしないですむかもしれない。しばらく木の枝をつかんだまま、ひと息いれる。顔も肩もひどく痛む。右の脇腹もやられている。肋骨が折れたにちがいない。

そのとき、ピックアップ・トラックが眼下の道路を猛スピードで向かってきた。ドライバーはカワサキの残骸に気づくのが遅かった。そこに突っこんだせいで、車体がそれてボンドの真下の車線に来る。００７は枝を放して、トラックの荷台に着地した。フォードは進みつづけ、元の車線にもどった。助手席のブロンド男が拳銃を手にしている。カウボーイは窓から身を乗りだしてボンドを撃ったが、位置が悪くて銃をしっかり構えられなかった。ボンドはホルスターからワルサーPPKを抜いて、トラックの後部ガラスに穴をあけた。ブロンドのカウボーイは顔に弾を食らった。

ボンドは運転席側に移動し、割れたガラスから腕を突きだして、ワルサーをジャック・ハーマンの頭に突きつけた。

「おんぼろトラックをとめろ」ボンドは命じた。

ハーマンはうなずいたが、運転しつづける。

「とまれと言っただろ。無理にとめさせてやろうか」

トラックの後ろには車がつづいている。対向車線にも車が見えはじめている。

「ここじゃ無理だ！　この先にとめさせてくれ。もう一本車線があるから」カウボーイは嘆願した。

「嘘をつくなよ」

ところが、ジャック・ハーマンはスピードを落とさず、逆にアクセルを踏みこんでトラックを低速車線に入れた。右手は危険な崖だ——ボンドが転げおちた斜面が砂丘に見えるほど、こっちのほうが切り立っている。ちくしょう！　このろくでなしは逮捕されるよりも、自分を道づれにして自殺するつもりだ！

ボンドはフロントガラスの割れ目から腕を引きぬき、フォードが猛スピードでガードレールを越えると同時に荷台の側面から飛んだ。舗道にしたたかにたたきつけられ、その衝撃で転がった。ピックアップはスローモーションで空を飛んでいるみたいだった。ジャック・ハーマンの悲鳴が聞こえ、そのあとトラックは視界から消えた。一瞬のちにトラックが崖の斜面に激突して爆発する音がした。

ボンドは立ちあがり、足を引きずりながら道端に寄った。トラックは炎につつまれ暗闇の底へと崖を転がりおちていく。

ボンドは体を調べた。額と顔の左側をひどくすりむいて、出血している。肩もはげしく痛むが、どこも脱臼していないらしい。右の脇腹は最悪だ。以前にも肋骨を骨折したことがあり、この感覚はいやになるほどそのときと似ている。それにしても、いまの出来事を切り抜けられたのは奇跡だ。

近くにワルサーが落ちていたので、ホルスターにおさめる。ポケットに手を入れると、フェリックス・ライターの携帯電話はぺちゃんこになっていた。車が何台も、右手の崖底の火の玉に気づかず、かたわらを疾走していく。ボンドは足を引きひき、東の方角の街をめざした。車をとめて、助けがいるかどうかを確かめてくれる者はいない。それに、ボンドもヒッチハイクをするつもりはなかった。

二時間後、道路の右手のはずれに〈酒場〉という名の小さなバーが見えた。扉に警告の張り札がある。〝テキサスにかまうな〟ボンドはよろめきながらなかにはいり、店内を見まわした。サロンと呼んだほうがふさわしいような店だ。カウボーイと長髪のバイク乗りタイプという奇妙な組み合わせの客がわんさといる。ジュークボックスが途方もない音量でジョージ・ジョーンズの有名なビール飲みの曲をがなりたてている。全員が動きをとめて、ボンドに見いった。ビリヤードをやっていた男がショットの途中で顔をあげ、戸口にいる打ち傷だらけの姿を見て、台をひっかいた。

ボンドは全員を無視して、カウンターに直行した。

「ウイスキー」ボンドは注文した。「ダブルで」

バーテンダーは何も言わず、ジョニー・ウォーカーをふたつのグラスに注いだ。

「ダブルをダブルでどうぞ、ミスター。いったいどうしたんです？」

「なに、たいしたことじゃない」ボンドは答えた。「崖から落ちただけだ」

一杯目のグラスをひと息にあけると、体中が暖かくなって元気が出た。ボンドは目をぎゅっと閉じて、咳をした。考えてみれば、まだ時差ボケはなおっていないし、風邪とも闘っている最中だ。よくぞ死なずに、厳しい試練を切り抜けられたものだ。ボンドは消耗しきっていた。

二杯目のウイスキーを飲みほしてから、電話を貸してくれと頼む。バーテンダーは公衆電話を指さしたが、すぐに言った。「いや、いいから、これをつかいなよ」カウンターの上に電話を置き、ただでフェリックス・ライターと話をさせてくれた。

古い諺にあるとおり、テキサス人は根っから親切だった。

ともあれ、おおかたの連中は。

9 精子バンク

ロサンゼルスを襲った謎の病は、アトランタにある疾病管理センターの注意をひきつけた。最初の既知の症例である男にちなんで〝ウィリアムズ病〟と名づけられた病により五十二名が亡くなった原因を調べるため、特別調査チームが到着した。ロサンゼルスの検疫官はパニックが起ることを恐れて、事態を公表することに反対している。アトランタから派遣された調査チームは、患者が亡くなるまでの二十四時間に接触したかもしれない人間を割りだすという、気の遠くなるような仕事を開始した。この時点で、病原や感染経路を把握できる者はひとりもいなかった。予備検査では、感染者が死ぬとすぐにウイルスも死んでしまうことがわかり、生化学者が研究できるサンプルは得られなかった。

なる。東京では事態はさらに悪化していて、死者の総数は七十名にのぼった。二十四時間後には、病はニューヨーク市とロンドンにもあらわれ、一日に十二名の死者が出ることになる。

ボンドはゆっくり眠って、前夜の激しい活動で消耗した体を回復させた。マヌエラが傷の具合を丹念に調べ——彼女は凄腕の捜査官であると同時に、看護師の資格もあることがわかった——肋骨は折れていないと断言した。とはいえ、ひどい打撲傷があり、脇腹もかなり痛んだ。額と頬にはすり傷があるが、それはすぐになおるだろう。左の肩は脱臼していたものの、完全にはずれているわけではない。マヌエラがカイロプラクティック療法をほどこすと、元の位置にもどった。

前夜の居場所を正確に伝えることができなかったので、昼食後、マヌエラとライターはゆうべひろったバーの先のファーム・ロード222へボンドを連れていった。シティ・パーク・ロードへ出るランプには見覚えがあった。そこから丘の上の邸宅を見つけるのはわけもない。ライターはボンドが〈リプロケア〉での二時の約束へ出かけているあいだに、住人について調べておくと言った。なにより、007が邸宅でチャールズ・ハッチンソンを見かけたことは興味深い事実だ。マヌエラはハイドパーク地区にあるチャールズのアパートへ行き、管理人から彼が部屋を引きはらったことを知らされていた。管理人はひじょうに怒っていた。チャールズが賃貸契約を破り、ひと月まえに通知することもなく出ていったから。荷物は前日、引っ越し業者が運んでいった。管理人はチャールズ・ハッチンソンには直接会っていないが、弁護士から退去を知らされた。マヌエラはFBIの身分証明書で管理人を恐縮させ、部屋のなかと弁護士からの手紙を見せてもらった。一時間後、そんな弁護士は存在しないことが確かめられた。

チャールズ・ハッチンソンは悪い仲間とつるんでいるか、あるいは無理やり邸宅に監禁されているかのいずれかだ。

ボンドを街へ送るまえに、ライターは別の携帯電話を渡した。「これは壊さないでくれよ。もう予備がないんだ」

「ロンドンにいる兵器製造者に口調が似てきたな」ボンドは答えた。

〈リプロケア〉は三十八丁目のオフィスパークにはいっていて、近くにはオースティン中北部の大多数の需要を満たす大病院がある。ガラスのドアには〈リプロケア――不妊症療法、凍結保存センター〉と表示が出ている。

マヌエラとライターはそこでボンドをおろした。なかにはいると、ありふれた診療室のような狭い待合室がある。受付の奥では、口述録音機のヘッドホンをつけた魅力的なナースがタイプを打っていた。顔をあげてボンドを見ると、にっこりほほえむ。

「ご用件は」ナースは強いテキサス訛りで尋ねた。

「ええと、二時にドクター・アンダーソンと約束が。わたしはボンド、ジェイムズ・ボンドです」

ナースは予定表を調べた。「たしかに、ここにメモがあります。ドクターはただいま手が離せませんが、こちらの書類にご記入いただくよう言いつかっております。終われたら、第一回目の試料を採る部屋へご案内します」

「第一回目の試料?」

「ドナー志願者としてお見えになったんですよね?」ナースは訳知り顔にほほえんだ。訪問の目的に照れている男たちの扱いには慣れきっている様子で。

ボンドの考えとはちがったが、その話に乗ることにした。

「そうです」

「申込用紙の指示をお読みください。本日の予定が説明されています。そのまえにドクターとお話ができますから、どうぞご心配なさらず」

ボンドはナースからクリップボードを受けとり、待合室の椅子に腰をおろした。用紙は全部で十ページにもおよぶ。表紙には、ドナーになる条件が書かれている。十八歳以上であること。集中選考手続きを踏むこと。手続きには、病歴および遺伝歴に関する質問表への記入、研究室主任による個人面談、精液分析、医師による健康診断、主要感染症の検査などがある。ドナーになるための第一段階は質問表に記入すること。志願者がクリニックを訪れるまでに、最低四十八時間セックスを断つという要求を満たしていれば、簡単な問診のあと、第一回目の精子試料の取り出しがおこなわれる。ドナーに関するあらゆる情報は完全に極秘事項として扱われる。

質問表は徹底していた。志願者の病歴や出自を問うものから、個人的な興味や趣味を問うものまである。生活様式と行動については多くのページが割かれていた。既知のほとんどの病気、性的嗜好、過去から現在までに受けた治療および手術に関する質問もあった。このクリニックはひじょうに水準が高いから、質問表のほぼすべてに申し分のない答えを書かなければならないだろう。SISのエージェントになるより、精子提供者として認められるほうがむずかしそうだと思って、ボンドは忍び笑いをもらした。

記入しおえるのに一時間近く要した。ボンドは情報のほとんどを偽ったが、自分自身の楽しみとして、華々しいキャリアのあいだに経験したさまざまな負傷や入院を思いだしてみた。ナースにクリップボードを返すと、すぐに担当者が来るからすわって待つよう言われた。十分後、白衣姿の男が奥の部屋のドアをあけて言った。「ミスター・ボンド？」

ボンドは立ちあがった。男が手をさしだす。「こんにちは。ドクター・トム・ジェリニスキーです」ふたりは握手をした。「奥へどうぞ」

ふたりは狭いオフィスにはいった。「おかけください」「ドクター・アンダーソンはどちらですか。会う約束をしていたと思うんだが」

「急ぎの用件か何かがあるらしいんです。ご心配なく、ご不便はおかけしませんから」ドクター・ジェリニスキーは中肉中背で、三十代後半に見える。

ボンドは本来ならこんなことはやりたくなかった。アシュリー・アンダーソンと話をして、何を引きだせるか試してみるつもりだった。だが、クリニックの連中と調子を合わせていれば、なかの様子を観察する機会もあるだろう。

「質問表をざっと拝見しました、ミスター・ボンド」ドクターは言った。「もちろん、もっとよく読ませていただきますが、いちおう見たところではかなり好ましいと思います。お父さまがスコットランド人でお母さまがスイス人ということですね？」

「そうです」

「事故で亡くなられたと書いておられますが、もう少しくわしくお聞かせいただけますか」

「登山事故で、両親はともに亡くなりました」

「なるほど、お気の毒に」ドクターは感情のこもらない声で言い、用紙に書きつけた。「そのときはおいくつだったんですか」

「十一歳です。わたしは叔母に引きとられ、溺愛されました」

「なるほど、お気の毒に」ドクターはページをめくり、入院の項目のところでとめた。目が丸くなる。「おやおや、入院の多いこと！　これはめずらしい。ご職業はなんでしたかな？」ドクターは表紙のページにもどった。「ああ、あった。公務員？」

「そうです」

「どんなお仕事を？」

「英国政府で働いています」

「なるほど」つい癖で「お気の毒に」とつけくわえ、決まり悪さに咳払いした。「こちらの国にはどのくらいのご滞在で？」

「永住者です」ボンドは嘘をついた。

ジェリニスキーはうなずきつつ、なおも質問表を眺めている。「この病歴はまたすごい。指の骨折……第二度熱傷……バラクーダにかまれた？……神経毒による入院……銃創……踵にピンがはいっていて……重度の抑鬱症？」

「妻に死なれたもので」

「なるほど、お気の毒に」ドクターは書類を読みつづける。「ナイフの刺傷……脳震盪……電撃熱傷……この睾丸への外傷とはなんですか」

「ずいぶん昔のことです」

「どうされたんです？」

ボンドは体をもぞもぞ動かした。「喧嘩をして蹴られたんです」ふたたび嘘をつく。ル・シッフルの絨毯たたきの記憶は、あまりに鮮やかすぎる。

「なるほど、お気の毒に」ドクターは言った。「ですが、それ以降も、射精については問題ないんですね？」

ボンドはゆがんだ笑みを浮かべた。「ありません」

ドクターは用紙に何か書きつけてから説明した。きょうの試料取り出しは、精子細胞の数や活力とその他の特性を分析するためのものだ、と。初回のテストを通過すれば、またやってきて健康診断や血液検査を受け、二回目の試料を取りだすことになる。ドクターはつぎに、なぜドナーになりたいのかと尋ねた。子供に恵まれないカップルに協力できれば喜びを得られるからと、ボンドは生真面目に述べた。

志願者に満足したドクター・ジェリニスキーは、ボンドをともなって廊下を進み、ドアを抜けて別の区画に案内した。廊下には四つのドアがあり、いずれも〝使用中〟か〝空室〟になるスライド式の掲示があった。ドクター・ジェリニスキーは一室のドアをあけ、診察室というより寝室のような狭い部屋にボンドを通した。室内にはビニール製のカウチ、テーブル、洗面台、テレビとビデオのセットが置かれていた。テーブルの上には空っぽの試料容器とティッシュの箱とタオルがある。成人向きビデオテープがビデオデッキの上に、男性雑誌がテーブルわきのラックに用意されている。部屋には窓がなく、ドアの鍵は内側からかかる。壁に電話が取りつけられていた。

ドクターは言った。「はじめるまえに、石鹸で手を洗ってください。試料を取りだすのに、潤滑剤やコンドームは使用しないようにお願いします。精子にとって有毒ですので。試料容器には、お名前、時間、最後に射精してからの期間を書きいれたラベルを貼ってください。どうぞごゆっくり。ご入用でしたら、その種の小説やビデオはふんだんにあります。プライバシーのためにドアには鍵がかかります。終わったら、試料をこの定温器に入れるだけ」ドクターはテーブル上の小さな白い器械を指さした。「処置するまで精子の温度を一定に保つ容器です。何か用がありましたら、0をダイヤルしてください。よろしいですね？」

「ええ」

ドクターはボンドの手を握って言った。「おそらく、きょうはもうお目にかかれないと思います。精子を凍結しなければなりませんので」

「なるほど」ドクターがドアを閉め、部屋にひとりきりになると、ボンドはつけくわえた。「お気の毒に」

ボンドは五分待ち、それからドアをあけた。廊下にはだれもいない。こっそり部屋から出て、〝職員専用〟と記された扉まで行った。そっと扉をあけて、なかをのぞきこむ。そこにはさらに無人の廊下があり、オフィスが並んでいた。なかにはいり、慎重に扉を閉めると、さも目的ありげに廊下を進む。いくつかのオフィスのドアはあいていた。気づかれないように、書類仕事や顕微鏡をのぞきこむのに忙しい医師や専門家に目をやる。廊下の突き当たりは大きな金属製の扉だった。通行するにはキーカードがいる。おそらく、精子を凍結保存したタンクがある場所だろう。〈リプロケア〉がほかにもそこに保管しているものがあるのかどうか知りたい。

廊下に通じるドアがあいて、人声が聞こえてきた。ボンドは近くのオフィスに駆けこみ、壁に背中をぴったりつけた。ドアを静かに閉めたが、少しだけあけたままにした。

話し声が近づいてくると、聞き覚えのあるアシュリー・アンダーソンのテキサス訛りだった。

「あなたの飛行機は明朝八時四十五分にヒースロー空港に着くわ。先方が発つのは十二時だから、少し時間があるわね」

ドクター・アンダーソンと男の連れは、ボンドがいるオフィスの外で立ちどまった。ドアの隙間から、アンダーソンが標示のない金属扉の前でキーカードをつかっているのが見えた。彼女は扉をあけてキーカードを白衣のポケットにしまい、連れのチャールズ・ハッチンソンのために扉を押さえた。彼のあとから聖域にはいり、扉を閉める。

ボンドはオフィスから出て、金属扉の奥に耳をすませた。だが、扉が厚くて何も聞こえなかった。キーカードを手に入れて、クリニックの終業後に押し入るしかない。

ボンドは〝職員専用〟エリアを離れ、ドクター・ジェリニスキーに案内された診察室にもどった。アシュリー・アンダーソンとチャールズ・ハッチンソンはこっちのほうへもどってくるだろう。ほかに出口があるなら別だが。ボンドはドアをやや開いて、待った。

思ったとおり、十分後にドクター・アンダーソンとハッチンソンが廊下をやってきた。開いたドアから、ハッチンソンが金属製のブリーフケースをかかえているのが見える。ドクター・アンダーソンが話している。「……どんなことがあっても、瓶をあけてはだめよ。じゃ、またね。気をつけて」

ハッチンソンが待合室へと出ていくのが聞こえ、ボンドは行動を起こした。すばやくジャケットを脱ぎ、銃のはいったショルダーホルスターをはずして抽斗にしまう。つぎに空の試料容器をつかみ、ドアを大きくあける。戸口に立って、アシュリー・アンダーソンがもどってくるのを待つ。

ボンドの姿をみとめると、ドクター・アンダーソンはほほえんで言った。「あら、こんにちは。お元気？　まあ、その顔、どうしたの？」

ボンドは言った。「ゆうべ、事故にあってね。だが、たいしたことない」

「そうだといいけど。お相手ができなくて、ごめんなさいね。ちょっと用事があって。書類やなんかはもうすんだの？」

「ああ。あとは試料を採るだけだ」ボンドは空の容器をかかげた。

「そのようね。じゃあ、わたくしに邪魔させないで」笑みを浮かべながら言う。

アシュリー・アンダーソンはジェイムズ・ボンドには心安い女のひとりだった。ある種の異性が、すぐ自分に魅力を感じるのは直感的にわかる。自分が相手に性的な影響を与えることはよく承知していたし、つねにその才能を効果的に利用していた。

「それがね、じつを言うと、なかなか気分が盛りあがらないんだ。なんていうか、ここは……あまりに病院っぽいだろ？」ボンドは粉をかけるように言った。

アンダーソンの眉があがる。

「だから、いっしょに来て、教えてくれないかな。きみの会社のことや……何かを」手ぶりで部屋にはいるようながす。

アシュリー・アンダーソンはまちがいなくその気になっている。廊下の左右に目をやり、それからボンドと部屋にはいった。ドアを閉め、鍵をかける。

「いいわ、ミスター・ボンド、何をお手伝いすればいいかしら」

ボンドは女に近づき、ドアに押しつけた。

「きみにも、面談してくれたあの医者にも嘘をついた」ボンドは彼女の青い瞳をのぞきこみ、唇に見入りながら、つぶやいた。そして、ブロンドの髪をそっとなでる。

「そうなの？」アンダーソンがささやく。

「そうなんだ」ボンドは彼女のアクセントをまねて言った。「精子提供者になることには興味がない。少なくとも、こんな形ではね」空の容器をかかげ、緩やかに洗面台に放りなげる。

「こんなことしていたら、とても困ったことになるわ。あなたの狙いはなんなの、ミスター・ボンド？」息をはずませて尋ねる。

「狙いはきみだ」ボンドは唇を近づけながら言った。口が重なると、彼女が首筋に腕を巻きつけてきた。熱いキスを交わし、女の舌が口のなかを探りまわる。アシュリーは息を激しく荒らげ、ボンドのたくましい肩から背中に両手を走らせた。

「悪いわね」キスの合間に言う。「あなたは自分で……このプログラムに参加したのよ……わたくしには確かめる義務があるわ。あなたが……望ましいドナーかどうかを」

ボンドは白衣を脱がせ、ワンピースの背中のジッパーをゆっくりおろした。服の下は、黒いブラジャーとパンティ、それに黒いガーターベルト。体を持ちあげてカウチに運ぶあいだも、女はボンドの腰に脚をからませていた。アシュリーはたちまち燃えあがり、ボンドのシャツを脱がそうとしてボタンをひとつ、もぎとってしまうほどだった。彼女の猫のような性質は性愛行為にもあらわれていた。愛を交わすあいだも、ほとんどボンドの背中に爪を立て、悦びにうなり声をあげていたから。

その後、部屋中に服を脱ぎちらかしたまま裸でビニール・カウチに横たわりながら、ドクター・アシュリー・アンダーソンはジェイムズ・ボンドが望ましいドナーであることに満足をおぼえていた。

「どうしてこの仕事に興味を持ったの?」ボンドは尋ねた。

「ずっと生殖について関心があったの。婦人科医になろうと思っていたんだけど、不妊症のほうがおもしろくなって。それで、ヨーロッパの〈バイオリンクス〉という製薬会社にはいったのよ。一年前に社が〈リプロケア〉を買いとったとき、わたくしが代表として送りこまれたというわけ。だから、いまではわたくしのもの」

「〈バイオリンクス〉の本社は?」

「アテネ。社長はメリナ・パパスという優秀な生化学者よ」

「それで、きみは国中に精子を売っているのかい」

「正確には世界中」アンダーソンは起きあがった。「うちは一流の供給会社なの。特にヨーロッパや中東に強いわ」

「精子をどうやって生かしておくの?」

「液体窒素のなかで。ここの研究所に冷凍機があるの。すべてコンピュータ化されていて、液体窒素の蒸気を利用している。二時間ぐらいで精子は凍結するわ。摂氏マイナス八十度まで下げて、マイナス百九十六度のタンクで保存する。サンプルは小瓶に入れてから箱に詰め、特製の五十五ガロンのドラムタンクに保管して、運ぶときには、数日間冷凍が保てる特製メタルケースをつかうの」

「すばらしい」

「そうよ」アンダーソンは笑いながら言った。「あなたもすばらしいわ、ミスター・ボンド。脇腹のひどい傷はどうしたの? ゆうべ、何があったのかしら」

「このテキサスの中央にある壮大な山々のひとつから落ちたんだ」

「きっとそうでしょう」アンダーソンは立ちあがった。ボンドはその長い脚と鍛えられた体をほれぼれと眺めた。屋内で過ごす医師にしては、すばらしく均整のとれた体つきをしている。尻は形よく引き締まり、ウェストはくびれている。「仕事にもどらなきゃ」

ボンドは立ちあがり、彼女が服を集めるのを手伝った。白衣をひろいあげ、そっとポケットに手を入れてキーカードをつかむ。アンダーソンが後ろを向いているすきに、自分の服の山にカードを落とし、足でシャツをその上にかける。それからドクターが着替えるのに手を貸した。ドクターがこちらを向いて、ふたたびキスをしたとき、ボンドはまだ裸のままだった。

「もう少し試料を提供することを考えてみてほしいわ」

「してもいいが。まず、今夜夕食でもどうかな？」

「いいわ」

「あのレストランで会う？」

「〈チャイズ〉？　そうね、そうしましょう。テクスメクスなら二日つづけて食べられる。時間は？」

「ここは何時に終わるの？」

「きょうは五時には出られると思う。通常は五時半までだけど。六時には行けるわ」

「じゃ、六時に。ああ、もうひとつ。ここへ来たいちばんの目的はチャールズ・ハッチンソンのことなんだ。彼がどこにいて、いつもどってくるか、調べてもらえたかな？」

アシュリー・アンダーソンはしれっと答えた。「そうそう、彼はイタリアにいて、来週までもどらないの。でも、メッセージを伝えることはできるわ。きょうはロンドンに行っているはずよ。そのせいで、あなたがオースティンを離れることにならなければいいけど」

「デートを優先しよう」

アンダーソンはもう一度キスをしてから部屋を出た。あとは全員が建物からいなくなる五時半以降に、忍びこむ方法を見つけるだけだ。

ボンドはすばやく服を身につけ、銃をもどし、キーカードをポケットに押しこんだ。部屋をあとにして、待合室にもどる。先ほどのナースが、クリニックを訪れる男たちと共有するささやかな秘密を認めて、意味ありげにそっとほほえんだ。

外に出たときには四時半近かった。クリニックから見えないところまで一ブロックほど歩き、携帯電話でライターに連絡する。

「フェリックス、ただちにチャールズ・ハッチンソンを見つけてくれ。いまごろは空港にいるだろう。彼はメタルケースを持って、ヒースローに飛ぶ。そこで乗り継いでヨーロッパのどこかへ向かうはずだ。ブリーフケースにはかなり危険なものがはいっているとみてまちがいない。だれかの精子だけじゃない」

「さっそく取りかかるよ。それじゃ、クリニックで収穫があったんだな？」

「これほど楽しい診療はめったに受けたことがないね。クリニックが閉まったら、なかに忍びこんでみる。確認しておきたいものがあるんだ。もうひとつ頼みがあるんだが、きみでもマヌエラでもいいが、五時二十五分ちょうどに〈リプロケア〉に電話をかけてくれないか。こういうことなんだ」ボンドは一分ほどで計画を説明した。

「了解」ライターは言った。「きみは一枚上手だな。ハッチンソンの件は空港当局に警告しておくよ」

電話を切ってから、ボンドは時間をつぶすため小さなコーヒーショップにはいった。

10 攻撃

五時になると、アシュリー・アンダーソンが退社し、三十八丁目の通りを渡って駐車場へ行き、ピンクのポルシェに乗りこんで走り去った。ボンドは五時二十五分になるまでもうしばらく待った。職員の大部分がすでに建物から出てきている。

ボンドは通りを全速力で渡り、クリニックにはいった。仕切りの向こうでは、ナースがバッグに荷物を詰め、軽いジャケットをはおったところだ。

「すみません」ボンドは言った。「先ほどの部屋に忘れ物をしたようなんですが。見てきてもいいですか」

そのとき電話が鳴り、ナースが応対に出た。彼女はライターの話に耳を傾けながら、顔をしかめている。もう一度パントマイムで質問を伝えると、ナースはうなずいてボンドを手ぶりで通した。なかへはいり、静かに診察室が並ぶ廊下まで進む。さっきとはちがう部屋に足を踏み入れ、開いたドアの背後に立つ。

ライターの気をそらす電話は、忙しい一日の終わりに恰好の混乱をもたらした。テキサス人に存在しない請求について尋ねられ、ナースはコンピュータで調べるはめになった。電話の相手に、そんな請求は発生していないと確約したときには五時三十一分になっていた。電話を切り、荷物を持って、廊下を見渡す。診察室のエリアまで行き、どの部屋もドアがあいていて、人がいないことを確かめた。ナースは肩をすくめ、忘れ物を取りにきた男は目当てのものを見つけて、自分がファイルを調べているあいだに玄関から帰ったのだろうと思った。ナースは踵を返し、おもてに出て玄関の鍵をかけた。

ボンドはもう数分待ってから、隠れていた場所から出た。建物のなかは静まりかえっている。だれも残っていないのはあきらかだった。〝職員専用〟の扉の向こうをのぞいて自分ひとりなのを確認し、廊下を標示のない金属扉まで進む。アシュリー・アンダーソンのキーカードをスロットにさしこむと、かちりと音がした。ボンドは扉をあけて、なかにはいった。

そこは大きな研究室で、ワークステーションがいくつかあった。テイラー－ウォートン社の17Kシリーズ凍結保存タンクが壁の二方に並んでいる。上部の口から出し入れする洗濯機にそっくりだ。ソリッドステート自動制御装置をそなえた冷凍容器には、それぞれ視覚信号と音響信号がついた調整可能な低レベル・アラームとともに、遅延型遠隔警報器が装備されている。どれかタンクをあけようとすれば、だれかのポケットベルがとつぜん鳴りだす仕組みだ。

なかでも興味深いのは遮蔽されたワークステーションだった。ガラスで囲ったふたつのブースには、機械じかけのアームとハンドがある。技術者が揮発性薬品または危険薬品を扱うときに操作するのだろう。精子バンクにそれほどの防護がなぜ必要なのだろうか。

意外なことに、もうひとつドアがあって小さな温室に通じていた。温室は天井から太陽の光を直接とりこめる形だ。

ふたつのテーブルの上には、トレイで栽培中の植物がのっている。そばでよく見ても、不妊症や精子保存と何も関係がないのはまちがいない。三種類の植物は、ヒマとトウアズキと毒ニンジンだった。どれも有毒物質を生じるものだ。

ボンドは研究室にもどり、色鮮やかなスクリーンセーバーが表示されているパソコンを見つけた。マウスを動かすと、モニターにデスクトップ画面が映る。インハウス・システムになっているが、メニューはわかりやすかった。ボンドは〝出荷〟という名前のフォルダを選んで開いた。なかには何百ものファイルがある。日付のいちばん新しいものを開いてみる。今月はじめからの精子の出荷状況のリストがあらわれた。

日付▼顧客▼量▼クーリエ
十一月二日▼ファミリー・プラニング社　ニューヨーク、NY▼1s／1b▼CH
十一月四日▼リプロダクティブ・システムズ　ロサンゼルス、CA▼1s／1b▼CH
十一月六日▼ザ・ファミリー・グループ　ロンドン、UK▼1s／1b▼CH
十一月七日▼Rt．3　ボックス2　バストロップ、TX▼1b▼CH
十一月八日▼バイオリンクス社　アテネ、ギリシャ▼1ケース▼CH

ボンドはログを調べ、ちがうイニシャルの出荷状況を探した。チャールズ・ハッチンソン以外のクーリエは世界の別の地域を担当していた。テキサス州バストロップの宛先は妙だ。医療クリニックらしくない。ボンドはバストロップの住所を記憶して、プログラムを終了した。

コンピュータを見つけたときの状態にもどしてから、凍結保存タンクのひとつの制御装置を仔細に眺めた。ブースロイド少佐がくれた便利な警報解除器は、ここのタンクにも効果があるだろうか。試してみる価値はある。ボンドは右の靴の踵を開き、装置を取りだした。それをタンクに向けると、赤い表示ライトが〝警報設定〟から〝警報解除〟

に切り換わった。ロンドンにもどったらブースロイド少佐にランチをごちそうしよう、と心にとどめた。

タンクをあけたら、さっと冷風が襲ってきた。すばやくあたりに目を配り、丈夫な防護手袋を見つける。両手を保護して、ボンドはタンクのなかの棚をのぞきこんだ。棚には小瓶が詰まった箱がいくつもあった。だいたい、ひとつのタンクに五千から七千の小瓶があると見当をつけた。瓶を二本引きぬいて観察する。ドナー番号、試料を採った日付その他の関連情報がラベルに記載されている。中身は精子のようだ。

さらに三台のタンクを調べ、四台目で精子ではないものが保管されているタンクに当たった。タンクをあけ、〝危険！　取り扱い注意！〟というラベルが貼られた箱を見たとき、目当てのものに行きついたと思った。

箱をひとつ取りだし、なかの小瓶をじっくり眺める。〝塩化シアン〟や〝シアン化水素酸〟と書かれている。猛毒だ。つぎの箱の小瓶には〝ソマン〟〝アブリン〟と記されていた。どちらも死を招く物質だ。三番目の箱には〝リシン〟〝ラバン〟〝サリン〟がはいっていた。四番目でついに、〝ボツリヌス毒素〟を見つけた。ろくでなし連中は有毒化学物質を扱っているだけでなく、細菌戦物質をいじりまわしていたのだ。

「それを落とさないで」あまりになじみのある声が背後から聞こえた。

「ドクター・アンダーソン」ボンドは振りむかずに言った。「いつから不妊症で悩むカップルにボツリヌス毒素が必要になったんだい？」

「慎重にその箱を置いて、こっちを向いて。ゆっくりよ」

ボンドは言われたとおりにした。アシュリー・アンダーソンは片手にブリーフケースを持ち、もう一方の手でコルト38口径をボンドに向けている。「これをつかうわよ。飾りだなんて思わないで」熱情や媚態は消えていた。アンダーソンは冷ややかな目でボンドを見つめ、あざ笑った。

「その手袋を脱いで、下に落としなさい」

「愛しいアシュリー」ボンドは手袋をはずしながら言った。「この距離から撃てば、弾はわたしを貫通してタンクに当たる。瓶のなかの物質が空気にさらされたらきみがどうなるか、考えたくもないね。わたしは死ぬかもしれないが、きみも汚染されずにここを出ることはできない」

ボンドが正しいことはアンダーソンにもわかっていた。

「床に横になって。早く！」

「なんと、もうつぎの精子サンプルがほしいのかい？」ボンドはからかった。

「黙って身をふせなさい。本気なのよ！」

「こんなことをしてもどうにもならないよ、アシュリー。きみはわたしを撃たない」

アンダーソンはボンドの足元の床を撃った。耳を聾するばかりの銃声が研究室に響く。

「つぎは足を狙うわ。とっとと床にふせなさい！」

ボンドはしたがった。細心の注意を払って、盗んだキーカードを右手に握りしめていることを隠した。

「やっぱり、〈リプロケア〉が〈サプライヤーズ〉の隠れ蓑だという読みは正しかったのかな？」

アシュリー・アンダーソンは作業台にブリーフケースを置き、ボンドに狙いをつけたまま、もう一方の手だけで開いた。「じきに死ぬんだから、教えてあげてもいいわね。そうよ、この研究室は〈サプライヤーズ〉のためのもの。一年ほどまえに、彼らととても実入りのいい取引を結んだの」

アンダーソンはブリーフケースからコーヒーマグ大の円筒形の物体を四つ取りだした。どうやらプラスティック爆弾らしい。ボンドから銃をそらさず、それを四方のテーブルに配置した。「でも、〈サプライヤーズ〉との仕事は終わった。わたくしへの指示はもっと高次の権威者からくだされるの。あなたたちは——警察か何かなんでしょうけど——もう〈サプライヤーズ〉の心配をする必要はなくなるわ」

「チャールズ・ハッチンソンはどこへ行った？　何を運んでいるんだ？」

「死ぬ人間にしては質問が多いわね、ミスター・ボンド。それがほんとうの名前なら。ハッチンソンはつまらないやつよ。〈サプライヤーズ〉の運び屋をやっていて、世界中につくりあげたクライアントに化学生物兵器を届けている。精子の小瓶に隠して運ぶのよ。密輸にはこれ以上ない方法でしょ。冷凍精子を丹念に調べたいと思う税関検査官はあまりいないわ」

「妙案だね。きみが仕えている権威者とは何者だい？」

「それは墓にさえ持っていくことのない知識よ」アンダーソンはブリーフケースにはいっている装置のボタンをいくつか押した。四つの爆弾が電子音を発する。「これでよし。五分後にはこの建物ももはや存在しなくなる」アンダーソンはボンドが横たわっている場所から六フィートほど離れたところに立っている。「じゃ、お別れね、ミスター・ボンド。残念だわ。ほんとうに優秀なドナー候補者だったのに」

「爆発で致死性の毒素が噴出するのは気にならないのか」

「炎が焼きつくしてくれる。危険はないでしょう。どっちにしても、ここに保管してあるものはね」アンダーソンは笑みを浮かべた。「あのね、チャールズが最後に運んだいくつかの品は、まったく別物なの。究極の代物と言ってもいいわ。でも、もうここにはない。さあ、口を閉じて」

アンダーソンは射撃のかまえをとって、両手でボンドの頭部に狙いをつけた。

訓練で培い、長いキャリアで実践した技術を用いて、ボンドは左に転がってあおむけになった。ドクター・アンダーソンが放った弾丸をかろうじてかわし、手首のスナップをきかせてキーカードを投げつける。SISの自分の講習で開発し、教えた〝日常品をいかにして強力な武器に変えるか〟というテクニックだ。

カードの角がアシュリー・アンダーソンの顔面を激しくとらえ、三ミリほどの深さに突きささった。痛みと不意をつかれたショックで、アンダーソンは後ずさりした。カードはちょうど眉間に刺さっていた。ボンドはすばやく立ちあがると女に駆けより、レボルバーを手からたたきおとして、顎を強打した。アンダーソンは床に倒れ、意識を失った。眉間からカードを引きぬく。致命傷ではないが、小さな傷跡が残ってボンドを思いだすよすがになるかもしれない。

ボンドはアンダーソンを立たせると、抱きかかえて研究室をあとにした。爆弾を無力化する時間も気持ちもなかった。〈サプライヤーズ〉の本部と研究室が破壊されるなら、それに越したことはない。

アンダーソンをかかえたまま非常口から三十八丁目へ出て、通りを渡る。顔から血を流した女をかかえた男が通りに駆けてくるのを見て、ドライバーたちは車を急停止させた。だれもが怪我人を隣のブロックの病院へ運ぶところだと思ったようだ。

〈リプロケア〉は半マイル先まで聞こえるような大音響とともに爆発した。建物の地下に埋設された公益設備はもろに影響をこうむり、ただちに付近一帯の電気と水道がとまった。通りでは車どうしが衝突し、歩行者が悲鳴をあげる。ブロック全体が大混乱に陥った。

ボンドはアシュリー・アンダーソンを歩道に横たえ、携帯電話をつかんだ。まず、消防署と警察に通報し、それからフェリックス・ライターにかけた。

テキサス州バストロップは、オースティンから三十マイル南東にある農業と牧畜が盛んな地域だ。青々と茂った緑、牧場、オースティンとヒューストン間の交通路などで名高い。

〈リプロケア〉クリニックが壊滅した翌日、日の出とともにFBIの特別機動隊が、ハイウェイ71から一マイル離れた牧場の周囲に集められた。クリニックのコンピュータにあった住所をジェイムズ・ボンドから知らされたマヌエラ・モンテマイヤーが、強制捜査を要請したのだ。ボンドとライターは〝オブザーバー〟として同行したが、おとなしくFBIの仕事を見守るよう言われていた。

「言うはやすしだよ」フェリックスはマヌエラに言った。「撃ち合いにでもなったら、ジェイムズは完全に気が変になっちまうだろう。一枚加わりたいんだから。おれだってそうさ！　そうじゃないか、ジェイムズ？」フェリックスは同意を求めるように旧友を見た。

ボンドはかぶりを振った。「こっちを見るなよ、フェリックス。ぼくはただのオブザーバーなんだから」

「静かに」マヌエラが言った。

彼らは地所を囲む有刺鉄線の柵から少しさがった木立ちにしゃがんでいた。地所はランチハウス、納屋、サイロ、それに三十エーカーの放牧地からなっていて、三十頭あまりの牛が大儀そうに反芻している。ライターはアクション・アローの電動車椅子におさまっているものの、ボンドにはそこから飛びだしてお楽しみに加わりたくてうずうずしているのがわかった。ふたりとも念のため、FBIから借りたチーム・ジャケットと防弾チョッキを身につけている。

マヌエラは捜査を指揮する男にボンドを紹介した。ジェイムズ・グッドナー捜査官は長身で顎は冷酷そうだが、きらきら輝く、感じのいい目をしている。

「フェリックス・ライターの友人なら、だれでもわたしの友人です」グッドナーはボンドの手を握った。「どうか後ろにさがって、面倒から離れていてください。なんとかすみやかに終わらせたいものです」

「この場所については、どこまで判明していますか」ボンドは尋ねた。

「所有者はビル・ジョンソンという牧場主です。まったく合法的に家畜を飼育し、われわれのどのリストにも載っていません。彼が〈サプライヤーズ〉の一員だとしたら、うまく隠しおおせたものですね。部下をランチハウスの玄関に送り、令状を提示します。穏やかに捜索に応じてくれれば、われわれの出番はないでしょう。だが、なんとなく、そうはいかないような気がします」

「ウェーコの二の舞はごめんだよ」ライターは言った。ボンドは数年前にテキサスのその町でFBIがおこなった、戦闘的カルト集団の悲惨な手入れを思いだした。

マヌエラがグッドナーに近寄った。「あなたの部下は準備が整っています。わたしも玄関まで行きます」

「なんのために？」ライターがきいた。

「あなた、これはわたしの事件よ。これはわたしの縄張りで、わたしの仕事なの！」

「まあそれなら、気をつけるんだよ、ハニー」ライターは言った。マヌエラはかがんで、彼の頬にキスをした。

「心配しないで。今夜のことでも考えててね」マヌエラはそう言うと、ボンドにウィンクし、ふたりの捜査官といっしょに歩いていった。

「今夜って？」ボンドはきいた。

ライターは肩をすくめ、いたずらっぽい笑みを浮かべた。

「撃ち合いとなると、あいつを夢中にさせる何かがあるようだ。刺激的なヒスパニックの血が流れてるせいだろう。よくわからないが。まったく扱いにくくなっちまうんだ。ある晩も――」

「静かに」グッドナーがささやいた。マヌエラとふたりの捜査官が、五十ヤード先の家の玄関に近づくのが見える。彼らが潜んでいるのは見通しのきく場所で、ランチハウスと納屋と、サイロの一部が望めた。別のグループが地所の反対側に待機しており、この場所は包囲されていた。

グッドナーは双眼鏡をのぞいている。「玄関をノックしました。待っています……よし、ドアがあいた。マヌエラが身分証と令状を提示しました。戸口に出てきたのは女です。おそらく、ミセス・ジョンソンでしょう。なかへ通しました」

ワイヤレスのヘッドセットに向かって伝える。「よし、全員落ちついて。三人は家のなかにはいった。できることなら、円満に終わってほしいものだ」

三分が経過したが、何事も起こらなかった。だしぬけに、裏口のドアがさっと開き、カウボーイ姿の大男が走りでてきた。ショットガンをかかえ、納屋のほうへ向かっている。

グッドナーは拡声器を持ちあげて言った。「その場でとまれ！　FBIだ！　とまらないと撃つぞ！」

ビル・ジョンソンは銃を振りあげ、声がしたほうに発砲した。同時に、AK47らしきライフルを持った三人の男が家から出てきて、木立ちを掃射しはじめた。

「攻撃開始！　撃て！」グッドナーはヘッドセットに叫んだ。

FBIチームはカウボーイたちに催涙弾を放ち、それから自分たちの武器を発射した。

納屋の扉が開き、さらなるオートマチック・ライフルを持った男たちがどっと出てきた。少なくとも、十人はいるだろう。彼らは遮蔽物を求めてあちこちへ走った。

「マヌエラはどこだ？」ライターが叫んだ。「無事なのか」

「落ちつけよ、フェリックス」ボンドはじっと見守りながら、自分も参加したくなっていた。「彼女はきっとだいじょうぶだ」

一斉射撃はさらに数分つづいた。ふたりのFBI捜査官が撃たれたが、防弾チョッキのおかげで命拾いした。〈サプライヤーズ〉は三人が倒れた。

ビル・ジョンソンは仲間たちが弾幕射撃をしている間にふたたび家に駆けこみ、マヌエラを盾にして出てきた。彼女の頭に銃を突きつけている。

「武器をおろせ。この女を撃つぞ！」ジョンソンは大声をあげた。マヌエラは必死にもがいているが、いかんせん男が大きすぎる。

「マヌエラがつかまった！」フェリックスが悲鳴をあげた。

「心配するな、フェリックス」ボンドは言った。「FBIにまかせよう」

グッドナーがヘッドセットに向かって言った。「攻撃やめ」

途方もない騒音のあとに、とつぜん訪れた静寂は落ちつかないものだった。

「よし、これからトラックに乗って、脱出する」ジョンソンは叫んだ。「ここから出してもらおう。さもないと、女の頭に風穴をあけるぞ！」

グッドナーは拡声器をかかげた。「逃げきることはできない、ジョンソン。この場所は包囲されている。彼女を放して、仲間に武器を捨てるように言うんだ。でないと、だれも生きて出られないぞ！」

「ふざけるな！」ジョンソンがどなりかえした。マヌエラをつかんだまま、納屋のほうへ移動しはじめる。

ボンドはFBIが自由につかえる補給武器に目をやった。アメリカ製のM21がある。M14ライフルを発展させた申し分のないスナイパー・ライフルだ。ボンドはそれをひろいあげ、グッドナーにささやいた。「わたしはこれの扱いがうまいんだ。前に出て、やつを狙えるかどうか確かめさせてください」

「それはひじょうに異例ですよ、ミスター・ボンド。われわれにも射撃の名手がそろっている」

「だが、ここは絶好の位置です。やつが彼女を連れたまま納屋のほうへ近づけば、こっちのチャンスは少なくなる」

「いいでしょう。だが、わたしは何も知りませんよ」

「彼と話しつづけてください」ボンドはそう言うと、数ヤード先の大きなオークの木まで移動した。こっそり木にのぼって、大枝まで行く。そこからなら、全体が見渡せた。

グッドナーは拡声器に言った。「ジョンソン、要求はなんだ？　言ってみろ！」

「くたばれ！」

「あの野郎はまかせてくれ」ライターが言った。車椅子の隠しコンパートメントをあけて、ASPを取りだす。

ジョンソンがマヌエラを納屋のほうへひっぱる。まわりには仲間が数人いて、飼い葉桶や樽の背後にかがんでいる。

「あのくそったれの気をそらせて、ジェイムズが狙いやすいようにしないと」ライターは言った。

「ばかな真似はするなよ」グッドナーが言った。

ジョンソンは納屋の大きな扉まで到達し、仲間に扉をあけるよう身ぶりで指示している。なかにはフォードのピックアップがとめてあった。仲間が乗りこみ、エンジンをかける。

「くそっ、逃げられちまう」ライターはぶつぶつ言って、ボンドを見あげた。「あの野郎を狙えそうか、ジェイムズ？」

ライフルを向けてみたが、位置が悪い。マヌエラの顔が邪魔になる。「まだだ」ボンドはささやいた。

「ええい、ちくしょう」ライターはだしぬけに木立ちから牧草地へ飛びだし、車椅子を全速力で家のほうへ走らせた。

「ライター！　いったい何を……」グッドナーがどなった。

「イヤーッホー！」ライターは奇声をあげた。

あまりにちぐはぐな光景なので、両軍とも呆気にとられて見つめていた。銃撃戦の膠着状態のただなかに、電気車椅子に乗った男が開けた場所に疾走してきて、狂人のように叫んでいるのだ。

「フェリックス！」マヌエラが叫んだ。

驚いたジョンソンは、思わず手の力をゆるめた。それを感じとったマヌエラは、相手の腹に強烈な肘鉄を食らわせた。

そのとき、ジョンソンの額がきれいに照準にはいった。ジェイムズ・ボンドはトリガーを引いた。ビル・ジョンソンの顔が血に染まり、体が納屋の扉まで吹っ飛ぶ。マヌエラはライターのほうへ逃げだした。

残りの〈サプライヤーズ〉の仲間が、ふたたび木立ちに発砲しはじめる。FBIチームも攻撃を再開した。ボンドがぞっとしながら見守るなか、ライターとマヌエラは牧草地のまんなかで出会い、それでもどうにかこうにか飛弾をよけていた。マヌエラがライターの膝に飛びのると、車椅子は木立ちへもどりはじめた。

無事に牧草地を抜けだすまえに、ライターはまたもや「イヤーッホー」という奇声を発し、ひょいと後輪走行で向きを変えると、猛スピードで牛の群れに近づいていった。銃声と奇妙な車椅子で完全に気が転倒した牛たちは、パニックに陥りだした。有刺鉄線に退路を阻まれ、前方へ逃げるしかない。大急ぎで車椅子を通りこすと、牛の群れは納屋のほうへどっと押し寄せ、〈サプライヤーズ〉の残党を遮蔽物の陰から飛びださせた。牛たちはまた、ライターとマヌエラの盾のかわりもつとめてくれたので、ふたりは無事に木立ちへたどりついた。

ボンドは首を振りふり笑わずにいられなかった。

五分後、すべては終わった。開けた場所に走りだした残党は、恰好の目標になった。さらにふたりがやられると、残りは降伏した。牛は駆り集められ、囲いに入れられた。逮捕された男のひとりが進んでFBIに協力したおかげで。

納屋のなかは、化学兵器を詰めたコンテナと、非合法の武器を詰めた木箱でいっぱいだった。グッドナーによれば、小さな戦争を起こせるくらいの量だそうだ。ボンドはとりわけ化学生物兵器に興味を示した。

「うちにはそいつを扱うスペシャル・チームがある」グッドナーが言う。「われわれは触ったりしないさ」

ライターとマヌエラは納屋のわきにいた。彼女はまだライターの膝にのったままだ。

「ジェイムズ！　みごとだった！」ライターが言った。

「ありがとう」と、マヌエラ。「あなたは命の恩人よ。あなたがた、ふたりとも」

「フェリックス、まったくどうしようもないやつだな。死んでいたかもしれないんだぞ！」

「なに、危険を冒す価値はあるさ」ライターはそう言って、マヌエラのうなじに鼻をすりよせた。「おれたちはもっと危ない目にあったこともあるじゃないか、相棒」義手をかかげてみせる。「おれには命が九つあるんだ、そうだろ？　まだふたつしかつかってない」

ボンドはFBIチームのほうへ目をやり、チャールズ・ハッチンソンが持っていたのとそっくりな金属製のブリーフケースをかかえている男に気づいた。

「待った！」呼びとめると、男は立ちどまった。ボンドはブリーフケースをちらりと眺め、グッドナーを呼び寄せた。

「このケースは化学生物兵器チームがあけたほうがいい。おぞましいものが詰まっている気がする」

「そうしますよ」グッドナーは言った。「LAの様子を聞いたあとじゃ、百万ドルもらってもそいつを扱うのはごめんだ」

「ほお？　LAで何があったんだい？」

「聞いてないのか？　不気味な伝染病が広まってる。レジオネラ症みたいなやつですよ。まだLAだけだけど、知らなかったんですか？　ともあれ、ご協力ありがとう、ミスター・ボンド」

「どういたしまして」

ボンドはロサンゼルスの見当違いなニュースにはあまり気をひかれず、友人のもとへもどったときにはすっかり忘れていた。ライターたちは熱い抱擁の真っ最中だった。そっとその場を離れ、ふたりだけの休息のひとときをつづけさせてやる。ボンドは納屋をまわって煙草に火をつけ、彼らが無事だったことを幸運の星に感謝した。

11　第二の三つの襲撃

キプロスの首都ニコシアは、城壁に囲まれた周囲わずか三マイル程度の都市だ。トルコ人とトルコ系キプロス人は一九七四年の侵攻以降、自分たちの住む側を元の正式名称にもどしてレフコシアと呼ぶ。さらに、占領したキプロスの北部地域を北キプロス・トルコ共和国と呼ぶ。キプロス共和国初代大統領のマカリオス大主教とかつて友人であり仲間でもあったラウフ・デンクタシュが、一九八三年に独立を宣言したためだ。

西側諸国に大いに支えられ、ギリシャ系キプロス人が住む南側はここ数年、地中海の島々のなかでも観光地として栄え、政治的関心も集めている。いっぽう、北キプロス・トルコ共和国（TRNC）が観光客をひきつけるにはもっと努力が必要だ。ギリシャや南キプロスから北部へ行きたいと思っても日帰りしか許されておらず、それもギリシャ系キプロス人やギリシャ人でない場合にかぎられている。トルコやほかの国からTRNCにはいる旅行者は南側へは渡れない。その結果、TRNCの景気はおのずと南側の隣人のものとはちがってきている。キプロス共和国がニコシアの半分を近代的なショッピングモールやビジネスセンターをかかえる街に発展させているのに対し、TRNC側の半分は依然として低開発、過疎の貧しい町のままだ。

キプロスのギリシャ系住民とトルコ系住民は、ずっと自分たちの側の歴史を熱烈に支持してきた。どちらも事実の解釈において見解が相容れず、しばしば相手の存在を完全に否定する。客観的な立場のイギリスやアメリカはキプロス人に協力し、問題の解決につとめてきた。だが、どちらも自分の立場を頑として譲らず、膠着状態がもう何年もつづいている。〝世界最後の分断都市〟と呼ばれるようになった場所で暴力事件が起こると——よく起こるのだが——双方のあいだに緊張が高まるのは避けられない。

グリーンライン沿いのいわゆる〝バッファゾーン〟は、

一九七四年のトルコ侵攻以来ときがとまった不気味な緩衝地帯で、幅が百メートルの地点もあれば五百メートルにおよぶ地点もある。ニコシアばかりでなくキプロス全島を分断するこの地帯は、国連平和維持軍が監視し、有刺鉄線や高い塀がめぐらされ、ぞっとする写真が並べられている。バッファゾーン内に取りのこされた建物は打ち捨てられ、爆撃を受け、痛々しいほど静まりかえっている。それぞれの国境にはプロパガンダが飾られているので、停戦ラインを越える旅行者は双方の見解を知ることになる。北部のゲートには垂れ幕がさがり、南側へ行こうとする者は英語で書かれた声明を目にする。〝時計は元にはもどせない〟

ニコシアの南と北を行き来するバッファゾーンのゲートは〈レドラ・パレス・チェックポイント〉という名で知られている。レドラ・パレスはかつてニコシア一豪華なホテルだった。いまは国連軍の本部になり、南北に軍門を持つバッファゾーンの真ん中にでんとかまえている。旅行者は日中にかぎり、徒歩で緩衝地帯を通過することができるが、夜になるとチェックポイントは閉まる。南から北のゲートに着く五分のあいだに、旅行者はさまざまな姿の兵士を見かける。南側はギリシャ系住民とギリシャ軍のこげ茶の迷彩服、北側はトルコ軍の緑の迷彩服、そして真ん中が国連軍の薄茶の軍服だ。

テキサス州オースティンの〈サプライヤーズ〉の本部が木っ端微塵になった翌日の午後五時、ニコシアのグリーンライン沿いはかなり平穏だった。北側の門を受けもつ四人のトルコ兵士は、正式にゲートを閉めようとしていた。まだTRNCに残っている旅行者がいれば、北レフコシアの荒れ果てたホテルに投宿させられることになる。二階建ての白い衛兵所の裏にある狭い駐車場では、タクシーやこの建物で働く職員の車が出払いかけていた。

衛兵所からさして離れていないところで、深緑色の一九八七年型プリマスがケマル・ゼイチノグル・ストリートをゆっくり走っていた。屋根には、レフコシアのタクシーがすべてそうするように、〝タクシー〟という言葉が英語で書かれている。ドライバーは車をとめ、南へ通じる無人の通りをしばらく見つめていた。午後五時十分ちょうど、プリマスはたそがれの静寂を破り、タイヤをきしらせて急発進し、通りを疾走した。停止もせずに角を右折すると、いまや南へとまっしぐらにチェックポイント・ゲートに突き進んでいた。

トルコ兵たちは向かってくる車を見て、最初はタクシーの運転手が飲みすぎたのだろうと思った。しかし、車は近づくにつれてスピードを増し、ゲートを突っ切ってバッファゾーンに不法侵入する勢いだった。四人の兵士はいっせいに立ちあがり、通りに飛びだして武器をかまえた。プリマスのドライバーは急ブレーキを踏んで車輪をスピンさせ、検問所の前で百八十度方向転換した。ガスマスク、フード、迷彩防護服姿の人物が、タクシーの後部座席から飛びだしてくる。半円形にタクシーを囲んだ兵士たちは、大声で呼びかけて発砲しようとした。だが、それより早く、不審人物は兵士たちの前の地面に手榴弾を投げつけた。完全に不意をつかれて逃げる間もなく、手榴弾は兵士たちの面前で破裂した。

化学爆弾はもくもくと白い煙を発散した。四人の兵士は爆発では傷つかなかったものの、煙で前が見えなくなった。煙に含まれているもののせいで目がひりひりし、呼吸がとてつもなく苦しくなる。兵士たちは地面に倒れ、安全だと思われるほうへ手探りで進んだ。ひとりはタクシーのエンジンがかかる音を聞いた。爆発から三十秒後にはタクシーは走り去っていた。三分後に煙がすっかり吹き払われたとき、兵士たちはまだ咳きこみ、空気を求めてあえいでいた。検問所の建物の壁に数字の〝5〟がスプレーで描かれていることには、だれも気づかなかった。数字の下の地面には、智の女神アテナの小さなアラバスター像が置かれていた。

兵士たちはなんとか立ちあがろうとした。ひとりが衛兵所に這っていき、軍当局に連絡した。彼は番号をダイヤルし、上官に事態を伝えることはできた。それから、激しい吐き気をおぼえ、急激な腹痛に苦しんだ。

警察とさらなる兵士たちが検問所に到着したときには、兵士ふたりが死亡し、残りのふたりも虫の息だった。面前で手榴弾が爆発してからの三十分間に、彼らはいきなり襲いかかって段階的に激しさを増す数々の症状を示した。呼吸困難からひどい吐き気、嘔吐、腹部の激痛、大便失禁、痙攣とつづき、最後に心拍数が減少する。彼らはサリンという神経剤にやられた。即効性があり、毒性が強い、きわめておぞましい化学物質である。

襲撃側のプリマスと覆面をした謎の人物についていえば、車は検問所の北三ブロックのところに乗りすてられていた。暗殺者は一九八八年型フォルクスワーゲンに乗りかえ、何食わぬ顔で港市ファマグスタへ向かっている。

北キプロス・トルコ共和国（TRNC）は島の北東部にあるふたつの主要港を利用している。レフコシアの真北に位置するキレニアはおもに旅客用の港で、もっぱらトルコ人観光客や移民の入国地点になっている。島の東岸に位置するファマグスタは商港だ。ニコシア／レフコシア同様、ここも城壁をめぐらせた都市で、栄えた時代もあったのだろうが、いまはさびれている。おそらくキプロスでもっとも長く多彩な歴史を持つファマグスタは、何度もその領有者を変えてきた。いまはTRNCの国旗――トルコの旗にそっくりだが赤と白が逆になっている――がシェイクスピア・ストリート沿いの波止場で風になびいている。

北東の海岸線で中心となるのは、波止場そのもの、〈シー・ゲート〉と呼ばれる町への玄関口、〈オセロ城〉として知られる荘厳な古代の城だ。シェイクスピアはこの城を舞台に、ヴェニスのために戦った伝説の黒い肌のイタリア人、イル・モロ（ムーア人）と呼ばれた傭兵の物語を、あの有名な劇に仕組んだと言われている。

男がひとり、暗闇のなかで城の頂上に立っている。男には南東に突きでた長い板張りの遊歩道が見えた。トルコ軍衛兵所の小さな白い建物、作動中のクレーン、入港した二隻の船も見える。そのうちの一隻はトルコから食料や物資を積んできた船だ。のぞいていた双眼鏡を波止場の端へ向けると、ついに迷彩服の人物が闇からあらわれた。時間どおりだ。

その人物は城のほうにペンライトを三回点滅させた。脱出路を準備する合図だ。男は了解したしるしに、自分もペンライトを一回光らせてから、城の一階まで暗い石段をおりはじめた。この城へは開館時間に入場料を払ってはいり、暗くなるまで隠れていた。あとは物置にある長い木のはしごをつかって城壁を越え、通りに降りたてばいいだけだ。

いっぽう波止場では、迷彩防護服にガスマスクとフードをかぶった人物が、滑るようにさびれた白い衛兵所へ向かっていた。夜のこの時分には、トルコ軍兵士はふたりしか詰めていない。荷揚げは朝におこなわれる。通常は安全が保たれているので、船のまわりにさらなる兵士を配置する必要はない。兵士たちには危惧をいだく理由は何もなかった。ファマグスタ港が地中海一熟練した暗殺者の最新のターゲットになるなどとは。そのナンバー・キラーは、この仕事にかけては世界で自分の右に出る者がないと考えてもおかしくないほど卓越していた。

殺し屋は大胆に衛兵所に近づき、戸口に立った。ふたりのトルコ衛兵は顔をあげ、空恐ろしい人物を見て息をのんだ。ほんの一瞬、彼らには自分たちを殺す相手を眺める時間があった。彼らに見えたのは昆虫の頭によく似たガスマスクだけだった。

ナンバー・キラーは、韓国製のデーウーDH380ダブルアクション式セミ・オートマチック・ピストルでふたりを撃った。サイレンサーが兵士たちを壁まで吹き飛ばした380ACP弾の音を消した。ふたりはおびただしい血を流しながら、重なるように床に崩れおちた。

迷彩服の人物は、数メートル先に接岸している船まですばやく移動した。デッキには船員がひとりいて、煙草を吸っていた。ナンバー・キラーは冷静に前進し、そのままタラップをのぼって乗船した。トルコ人の船員は目の前の不気味な人物にぎょっとして、叫ぶこともできなかった。デーウーから新たな弾が放たれ、船員は手すりを越えて海に落ちた。

別の船員が下からトルコ語で呼ばわった。「どうかしたのか」ナンバー・キラーはためらわずハッチをあけ、船の底までステップをおりた。暗殺者のつぎの行為を目撃する者がいなくなるまで、さらに二発を要した。

暗殺者は貨物倉をあけ、なかにはいった。船には待ち望まれた本土からの食料が満載されていた。野菜の木箱、卵のカートン、袋入りのじゃがいも、その他の食品。北キプロスのあらゆる市場に、最低でも三日分は補充できるほどの量だった。何もかも計画どおりに進めば、品物が荷揚げされてTRNCの各地点に運ばれたときには、すべて目に見えない恐ろしい病原菌でおおわれているはずだ。

防護服の人物はバックパックをはずして床に置いた。すばやくあけて、金属製の密閉容器を取りだす。蓋をまわしてあけると、液体入りのガラス瓶が四本、容器に取りつけてあるのが見える。つぎに、ナンバー・キラーはバックパックから吹きつけ器（スプレーガン）を取りだした。殺虫剤をまくときにつかう、ありふれたガーデン用品のようなものだ。ガラス瓶入りの容器は、スプレーガンの後部にぴったりとはまった。

ナンバー・キラーは立ちあがり、野菜に噴霧しはじめた。レタスやじゃがいもの表面がこまかな霧におおわれる。パンや卵は無味無臭の化学物質に包まれた。十分後には効率よくスプレーガンの中身を空にした。貨物倉のなかは、すでに乾きはじめた液体だらけになった。もうひとつ、やるべきことが残っている。バッグの底に手を入れ、スプレー塗料を引きだして、貨物倉の壁に数字の〝6〟を描いた。それから、商業や豊穣の神ヘルメスのアラバスターの小像をそっと床に置く。道具をすばやくしまうと、ナンバー・キラーは来た道を通って船をおりた。

波止場には依然としてなんの動きもなかった。ふたりの衛兵の死体はまだ発見されていない。ナンバー・キラーは落ちついて遊歩道をシー・ゲートまで歩いた。さっき残してきたロープがそのままになっている。壁をのぼり有刺鉄線を越えると、今度は壁のてっぺんで有刺鉄線をまたいだまま、ロープを引きあげた。壁の向こう側の下方には公益企業のトラックがとまっている。ハイウェイの建設や補修につかわれるもので、荷台には砂がこんもりと盛りあがっている。殺し屋は冷静に飛びおりた。

オセロ城の頂上にいた男は、トラックの運転席にすわっていた。殺し屋が砂山におりた音を合図に、彼はトラックを発進し、ファマグスタの北西に出る大通りジェンギズ・トペルをめざした。

一時間後にファマグスタ警察へ匿名の通報がなければ、

船に積まれた食料は八万人以上のトルコ系住民に供給するため発送されていただろう。電話をかけてきた者は英語を話し、ギリシャとトルコのいずれの訛りもなかった。波止場に入港している貨物船の食料は焼きはらうべきで、けっして防護服やガスマスクなしに船内にはいってはいけない。内部には致死性の生物剤が散布されているから、という内容だった。はじめのうち、通報はいたずらだとして相手にされなかった。だが、ひとりのトルコ系キプロスの警察官が、様子を見にいっても損にはならないだろうと考えた。衛兵所で兵士の死体を発見し、警察官は急を告げた。

翌日の正午までに当局は断定した。食料が最終目的地に送られていたら、一週間以内に北キプロスで恐ろしい炭疽病が猛威をふるっていただろう、と。

太陽がアナヴァトス村を照らし、ヒオス島の十一月にしては季節はずれの暖かさを生じていた。朝早く、イタリアからの観光客がふたり訪れたが、昼下がりまでには姿を消した。イタリア人たちには、崖のてっぺんにある中世の要塞のなかに〈デカダ〉本部の近代的な複合施設が隠れているとは思いもよらなかった。石の跳ね上げ戸の真上を歩いても、その下の四角い会議室でおこなわれている集会にはまったく気づかなかった。

モナドの機嫌はよくなかった。彼の精鋭集団のうち八名が出席していた。ふだんならナンバーテンがつかうクッションはあいていた。モナドは儀式をほとんど省略し、五分間の沈黙だけをおこなうと集会を開始した。リラをつまびき、口を切る。

「ようこそ」弟子たちを魅了する穏やかな声で言う。「ミッションナンバー5が滞りなく完了したことを報告できてうれしい。北キプロスを不当占領していたトルコ兵四人が始末された。ミッションナンバー6も上首尾に終わった。ナンバーツーであるデュアドが勇敢に任務を遂行したことを賞賛せざるをえない。しかし、遺憾ながらミッションナンバー6が完全に成功したわけではないことを告げねばならない。ナンバーツーが使命を完遂させたにもかかわらず、北キプロスに炭疽菌をばらまくという最終目的は達成されなかった。そのもくろみは船から積み荷がおろされるまえに、当局によって発覚した」

〈デカダ〉のメンバーは一様に気づかわしそうな顔をした。とりわけ、ナンバーツーは怒りを浮かべている。

モナドは両手をあげて、彼らを安心させた。「友よ、おまえたちが心配することはない。わたしには答えが出ている。何が起こったのかわかっているのだ。神々はつねにわたしにやさしい。組織のなかに裏切りのもとがあることも教えてくれた。だが、裏切り者を裁くまえに、もうひとつ大事なニュースがある。ナンバーテンはもうわれわれの計画に参加しない。ドクター・アンダーソンは二日前、アメリカで逮捕された。正式な確認はまだとれていないが、彼女はおそらく死んでいるものと思われる。われわれのきわめて厳格な方針にしたがい、尋問を受けるより、みずから死を選んだにちがいない。残念なことだ」

ナンバーツーは必死に感情を押し殺した。ナンバーエイトを見やると、苦悩を察した顔をしている。

モナドはつづけた。「〈デカダ〉はテキサスの戦闘派との取引を断った。彼らはもはや必要ない。これより、われわれ独自の努力によって、〝一〟は〝多〟になる。あいにく、計画の一部を変更しなければならないが。ミッションナンバー7は、組織の裏切り者を処置することにあてるべきだろう」

モナドは手を二度打った。深緑の迷彩服姿の兵士が、若い男の腕をつかんで引っ立ててきた。〈デカダ〉のメンバーはその若者の顔に見覚えはなかったが、何者かは知っていた。

「忠実なる仲間たちよ」モナドは言った。「イギリス人のチャールズ・ハッチンソンを紹介しよう。彼は父親同様、〈デカダ〉の敵だ。ファマグスタ港の貨物船が汚染されていることをキプロス警察に通報した。この嫌疑を否定するかね、ミスター・ハッチンソン？」

「おまえはぼくの父を殺したんだ。人でなし野郎」ハッチンソンは吐きだすように言った。

「きみの父上はわれわれが必要とする貴重な情報を提供しなかった。それどころか、イギリス当局にわれわれの正体を明かそうとした。われわれの第一段階の目的が達成されるまえに。死んで当然だ」

チャールズ・ハッチンソンはにわかにおのれの運命を悟った。恐ろしさに体が震えだす。

「待ってくれ」ハッチンソンは口ごもりながら言った。「悪かった……ぼくはただ、父のことで動転してて……」

「弁解はよせ」モナドは命じた。「テキサスの〈サプライヤーズ〉がどうなったか知っているか。われわれの忠実なるナンバーテン、ドクター・アシュリー・アンダーソンの身に起こったことを知っているのか」

恐怖に言葉を失ったハッチンソンは、すばやくかぶりを振った。

「彼らはもういない。研究室は指示どおり、ナンバーテンが破壊した。〈サプライヤーズ〉組織の主要メンバーの名前は、不利な証拠とともにアメリカのFBIの手に渡った。彼らはいわゆる一斉検挙された。本部が発見され、強制捜査の手がはいったのだ。われわれはナンバーテンの代わりを探さねばならない。より忠実な傭人のなかから起用するとしよう」

モナドは立ちあがり、チャールズ・ハッチンソンに近づいた。若者の首の付け根に手を置き、握りしめる。

「〝デカダ〟よ！」モナドは力強い声で言った。「裏切り者にして、われわれの主義の敵、チャールズ・ハッチンソンだ。どう思う？ 有罪か、無罪か」

「有罪！」八名の弟子はいっせいに叫んだ。

モナドはハッチンソンのほうを向いた。「手短な裁判は大好きだよ。結論が出た。きみはもう用なしだ。さあ、〝一〟に加わってもらおう。〝一〟が〝多〟になるとき、きみは許されるだろう」

モナドは見張りにかすかにうなずいた。男はハッチンソンを引っぱっていった。

アナヴァトスの頂上にある中世の城塞は断崖の突端にあり、四分の一マイル下方の樹木の茂った丘陵地帯まで垂直に落ちこんでいた。観光客の目をあざむくための石垣の前に立つと、息をのむような光景が広がっている。

石の跳ね上げ戸が開き、三人の見張りがチャールズ・ハッチンソンを連れだした。ハッチンソンは叫び声をあげたが、さびれた村のふもとに住む老人たちには聞こえるべくもない。不吉な崖のまわりを飛ぶ鳥だけが、彼の悲鳴を聞いた。

ハッチンソンは崖っぷちに連れていかれ、目隠しをさしだされた。だが、おびえすぎて、彼らが何を指示しているのか理解できなかった。見張りは肩をすくめ、目隠しをしまった。ハッチンソンは自分がまもなく死ぬことはわかったが、その方法まではわからなかった。アナヴァトスからどこか辺鄙な場所まで運ばれるのだろうと思っていた。いきなり押されて、ハッチンソンは仰天した。

城のなかでビデオモニターを眺めていたモナドは、うなずいて神々に祈りを唱えた。モナドは満足した。彼が果たした復讐は正しいという天の声が聞こえたから。

ナンバーツーはモナドの背後で、懸命に感情を抑えようとしていた。少なくとも、ナンバーテンは亡くなるまえに組織の計画を軌道にのせた。それを完遂するのはいまや自分とナンバーエイトの役目だ。

12 隠された意図？

ボンドはテキサスでさらに二日半過ごしたのち、ロンドンにもどったところで、キプロスでのナンバー・キラーの襲撃を知らされた。いったんフラットに寄って、きちんと積み重ねられたここ数日間の郵便物と新聞に目を通す。二時間ほどかけて旅の疲れを落としてから、ベントレーを運転して報告に間にあうよう本部に出向いた。外はあいかわらずの雨で寒い。

マネーペニーの秘書室にはいっていくと、ちょうどドアの上の緑色のライトが点滅した。

「おしゃべりする時間はなさそうね、ジェイムズ」マネーペニーは言った。緑色のライトはなかへはいれという合図だ。ボンドは眉をちょっとあげてみせ、奥の部屋に進んだ。

Mは背中を向けたまま、テムズ河を望む大きな窓から外を眺めていた。ボンドは一拍おいてから言った。「ごきげんよう、部長」

Mは振りかえり、手ぶりでデスクの前の黒い椅子を示した。「おすわりなさい、007」そう言うと、デスクにもどってボンドの向かいに腰をおろした。顔のしわがさらに目立つ。疲れているようで、顔色も悪い。

「だいじょうぶですか、部長」

「はい、はい」Mはため息をついた。「つらい数日だったわ」

「そうでしょうね」

「アルフレッドの財産整理を手伝うよう事務弁護士に要請されたわ。先妻たちは何もかかわりたくないらしくて。でも、彼のことだから、おそらく彼女たちにも遺言で相当なものを遺しているでしょう。有名人が私生活を公表するときどんな気持ちになるか、ようやくわかりました。タブロイド紙に追われるような段階まではいってないけど、《タイムズ》の死亡欄でわたしの名前も言及されたのよ。ひと月かそこら、この国から逃げだしたい気分だわ」

「そのほうがいいかもしれません」

「そんなの臆病ね。忘れてちょうだい。ちょうどマンヴィル・ダンカンと話をしたところです。中東からもどってきたけど、かなり打ちひしがれている。わたしとおなじくらい、アルフレッドの死に心を乱しているの。アルフレッドの後任には向いていないけど、当座の代わりはなんとかつとまるでしょう。キプロスでの事件については聞いていますね？」

「ええ、要約した報告を読みました」

「さらなる二件の襲撃。ひとつはニコシアで、もうひとつはファマグスタ。どちらもトルコ側に向けられた攻撃です。またもや数字が残され、またもやギリシャ神の小像が残された。何者かがトルコ系キプロス当局に通報し、食料が汚染されていることを警告したのは幸いでした。いちおう、われわれの味方がいるということね」

「意味をなしませんね。なぜ、わが軍の基地につづいて、トルコ人が攻撃されたのでしょう。まるでわれわれが駐留しているのは、トルコの介入からキプロスを守るためじゃないみたいだ。イギリスはむしろ、ほかの西側諸国同様、トルコの占領に不賛成だというのに」

「いかにも。北キプロスを国家として承認しているのはトルコだけです。われわれはTRNCを共和国とは認めていません。共和国と呼ぶのは〝北キプロスを不当占領した〟と言いにくいからよ。世界はトルコの占領をあまりに長く黙認しすぎているんじゃないかしら。いろいろな意味で、トルコが介入するのも無理はないと思っているから。彼らの言い分によれば、一九六〇年代に、ギリシャ系住民はトルコ系住民に恐ろしくひどい仕打ちをしたそうです。ギリシャが軍事クーデターを起こすまで。トルコには自分たちの民族を守るという建前がある。といっても、わたしはトルコを擁護するつもりはありません。彼らはキプロスでむごい残虐行為を働いたんですから。でも、それはおいておきましょう。〈サプライヤーズ〉のことを聞かせてちょうだい」

「〈サプライヤーズ〉のことはもう案じるにはおよびません。彼らの組織は完全に解体されました。わたしも二日間残ってFBIの捜査に手を貸しましたが、〈サプライヤーズ〉のメンバーと目されるあらゆる人物の家に踏みこんで、かなりの逮捕者を出しています。彼らの本部と武器庫は、バストロップというオースティン近郊の小さな町の納屋にありました。発見された化学兵器はびっくりするほどの量です。〈サプライヤーズ〉が世界でも相当巨大な流通組織だったことはまちがいないようです。FBIは、彼らが世界中の五十以上のクライアントに販売していた証拠を見つけました」

「黒幕はだれなの？」

「目下捜査中です。それだけが難点でして。本来のボスは投獄されています。当座のリーダーはわかっていませんが、うまく逃げおおせたようです。逮捕されたメンバーたちはだれひとり口を割ろうとしません。それ以上わたしにできることはなくなったので、もどってきました。あとはFBIの領分です」

「クリニックの女性はどうなったの？」

「死にました」

「自殺？」

ボンドはうなずいた。「取り調べに応じる機会も与えず、隠し持っていた青酸カリの錠剤をのみくだして」

Mは指先でデスクをたたいた。「なぜそんなことを？何を知っていたの？」

「彼女は〈サプライヤーズ〉でなく、ほかの人物のために動いていたようです。自分でも〝もっと高次の権威者〟からの指令だと言っていました。〈サプライヤーズ〉にはなんの忠誠も示していないとはっきり感じました」

「われらがナンバー・キラーとつながりがあるのかしら」

「そうでしょうね。ナンバー・キラーの兵器は〈サプライヤーズ〉が提供していました。証拠はありませんが、それはまちがいないと思います」

「アルフレッドの息子については？」

ボンドはかぶりを振った。「FBIはオースティンを発ってからの足取りを追いました。彼はロンドンに来て、父親の葬儀の手はずなどを整えるために一日費やしているようです。直接、話をされましたか？」

「いいえ。連絡をとろうとしたけど、彼はずっと弁護士につかまってて。気がついたら、もう国外へ脱出していたの」

「そうでしょう。アテネに飛んでいます。居場所を突きとめたときには、とっくにアテネ入りしていて。税関で引きとめるのも間にあわなかったんです」

「じゃ、チャールズはギリシャのどこかにいるのね」

「われわれはそう踏んでいます。〈リプロケア〉を所有していたのは〈バイオリンクス〉というアテネの一流製薬会社です。調べてみる必要がありますね」

Mは立ちあがり、ふたつのグラスにバーボンを注いだ。ボンドには何も尋ねもせずに、ひとつを手渡す。

「彼が〈サプライヤーズ〉の販売相手に化学薬品を運んでいた以上、まっすぐ家に帰るとは思えないわね？〈サプライヤーズ〉がもう存在しないことは、まちがいなく知っているでしょうから」

「逃亡中か、どこかに潜伏しているか」

「あるいは死んでいるか」

「その可能性もありますね」ボンドはバーボンをひと口飲んだ。「オースティンの邸宅にいた男は、チャールズを同等には扱っていませんでした。最初は捕虜になっているのかと思ったぐらいです。〈サプライヤーズ〉はミスター・ハッチンソンのコンピュータでファイルを探していました。見つけることはできませんでしたが。そのファイルに何が書かれているかがわかれば、おおいに助かるでしょうね」

「覚えている？　アルフレッドがキプロス事件に関して見せたいものがあると言っていたのを」

「ええ。なんだったんでしょう」

「わからないわ。わたしには言わなかったの。彼のフラッシュドライブも丹念に調べたんですけどね。チャールズはこの情報に関係しているのかしら」

「FBIはオースティンの丘の上の邸宅に踏みこみましたが、がらんどうでした。住人はあわてて立ち去ったようです。家具さえありませんでした。ライターが所有主を調べだしました。コンスタンティン・ロマノスというギリシャ人だそうです」

「聞いたことがあるわ。学界の大物じゃなかった？」

Mはコンピュータにその名前を打ちこみはじめた。

「そのとおりです。個人的にも裕福な、アテネ大学の立派な数学者。作家にして哲学者でもある。まだくわしくは知りませんが、わたしもコンピュータで調べたところです」

ボンドは膝の上のファイルを指先でたたいてから開いた。

「ですが、この写真の人物は、邸宅で目撃した男とは別人です」ボンドはコンスタンティン・ロマノスの白黒の広報写真を取りだした。邸宅で見た男はボディビルダーのような体つきに、大きな手、黒い髪で、濃い口ひげを生やしていた。写真に写っているのは五十がらみの長身痩軀の男だ。その巻き毛はたしかに黒いが、ややグレーがかっている。顔立ちは驚くほどハンサムで、盛りを過ぎた映画スターのようだ。

「たいした情報は集まらなかったので、G支局とギリシャ情報部にさらなる身元調査を要請しました。犯罪記録についていえば、ロマノスには前科はありません。だが、おもしろいものを発見しました。彼にはひとりだけ身寄りがいます。またいとこのヴァシリスで、生まれ故郷のギリシャの町でボディビルのチャンピオンになっています。ヴァシリスの写真はありませんが、わたしが邸宅に忍びこんだ晩にその場を仕切っていた男がロマノスにやや似ていたから、彼にまちがいないでしょう」

「ロマノスはなぜテキサスに家を持っているの？」

「コンスタンティン・ロマノスの数ある業績のひとつに、テキサス大学哲学科の客員教授として五年間つとめたことがあげられます。アルフレッド・ハッチンソンが同大学で客員教授をつとめたのとおなじころです」

ぎょっとする偶然だった。Mが黙ったままなので、ボンドはつづけた。「チャールズ・ハッチンソンが〈サプライヤーズ〉のために化学兵器をアテネに運んでいたことはわかっている。そこからどこへ消えたのかが謎です。彼を見つけださなくてはなりません」

Mはうなずいた。「そうね。アテネに行ってちょうだい。チャールズ・ハッチンソンの身に何が起こったのかを突きとめ、このロマノスという男に会ってみて。彼を監視しなさい。ギリシャからは全面的な協力が得られるよう手配します。それから、例の製薬会社についてもさらに情報を集めてみましょう」

Mは立ちあがり、ゆっくり窓のほうへ移動した。また雨が降りだした。「アルフレッドが殺されたのは、息子がかかわっていることに気づいたからかもしれないわね。チャールズのことはあまり話さなかった。一度だけ、息子は〝もてあまし者〟だと言ったけど」

アルフレッド・ハッチンソンが健全な父子関係を築けなかっただけではないと思っていることを、ボンドは口にしたくなかった。ハッチンソンとロマノスが五年間おなじテキサスの街にいたという偶然は、関心をひかずにはいられない。ふたりは知り合いだったはずだ。ハッチンソン自身が〈サプライヤーズ〉にかかわっていたとしたらどうだろう？　外交用郵袋を利用して、中身をあらためられずに兵器を他国に運ぶこともできる。

「襲撃の様式が気になるの。ギリシャ神の像がどんな意味を持つのか、いま特定させているわ。数字については、数を加えるためだけにあるんじゃないかしら。攻撃はさらにつづくでしょう。だけど、それがいつどこでなのか。あなたが突きとめなければなりません。攻撃の重大さも増しているわ。あの炭疽菌がばらまかれていたら、ひどい伝染病を引きおこしたでしょう。おおぜいの命が失われたにちがいない。わたしの個人的なかかわりはさておき、この一件は国家の安全を脅かしかねない事態になる恐れがあります」

ボンドはMが先をつづけるのを待った。

「キプロスは一触即発の状況よ。ギリシャとトルコはいずれもNATOの加盟国です。両者が戦争状態になったら、ヨーロッパ全体に害がおよぶわ。トルコはこのところずっと政局が不安定です。イスラム原理主義者はこれ幸いと俗人から支配権を奪いとろうとする。そうなったら、彼らがイランやイラクといった国と危険な同盟を結ぶ日も遠くない。ギリシャとの戦争は、すでに失業率二〇パーセントの国に多大な負担をかけることになります。原理主義者たちはその情勢を利用するでしょう」

Mはファイル・フォルダーをボンドに返した。「参謀長に、あなたが明朝着くことをギリシャ情報部に伝えさせます。空港に出迎えが来るでしょう。チャールズ・ハッチンソンがどうしているのか知りたいの。彼の足取りを追って。彼にコンスタンティン・ロマノスとの接点があるようなら、どうすべきかわかるわね」

「はい、部長」

「あなたはつねに、針の穴から大きな山を見つけだすコツを心得ているわ。今回もそれに期待します。以上よ、007」

ボンドは立ちあがり、部屋を出ていきかけてためらった。

「なんですか」Mはきいた。

ボンドはかぶりを振った。「なんでもありません」

「なんでもなくないわ。わたしにはわかります」Mは間をおいてから言った。「この件にアルフレッドが関与していたのではないかと言いたいんでしょう。それはわたしも考えました。個人的な感情で判断を曇らせないようにしているつもりだけど、確たる証拠を見るまではその疑念は無視することにします」

「当然です」

Mはボンドを一心に見つめ、ややあって視線を落とした。

「こないだの晩のことはごめんなさいね、ジェイムズ。自分のもとで働いている人間に、あんなむきだしの姿を見せるものじゃないわね。自分がとても……恥ずかしいわ」

「お詫びにはおよびません、部長。生きていればだれでも、ショックな出来事を経験するものです。友人に囲まれていることをせめてもの慰めにしてください」

Mは目をあげて言った。「ありがとう。それに、この件をうまくさばいてくれてありがとう。あの晩、タナーが004に連絡しそうになったんだけど、あなたに電話してほしいと頼んだの。あなたならきっと……理解してくれると思ったから」

ボンドはなんと答えていいかわからなかったので、励ますようにうなずいてから退出した。

その瞬間をこのあと数カ月のあいだに、ボンドはたびたび思いだすことになる。そのとき以来、たがいに尊重しあう気持ちが著しく強まったのだ。

オフィスをのぞいたら、フェリックス・ライターに連絡するようにという伝言を見つけた。電話が通じると、ライターは言った。「ジェイムズ！　つかまってよかった！」

「どうしたんだ、フェリックス？」

「それがな、バストロップで見つけた金属製のブリーフケースがあっただろ？」

「ああ」

「異様なものがはいってたんだよ、相棒。隔離された状態でケースをあけたんだが、それに身をさらした者はみんな死んだ。ウイルスのようなものが混入されてたんだ。それもいままで知られてるようなやつじゃない。リシン中毒に似たような症状を起こすが、そいつは細菌なんだ――伝染するんだよ！　そいつは密閉されて、アトランタの疾病管理センターに送られた」

「驚いたな。ケースの中身は正確にはなんだったんだ？」

「精子のサンプル。液体入りの小瓶がサンプルのなかに隠され、ひとつは割れてた。細菌はその小瓶に入れられてたんだろう。だが、それだけじゃないんだ」

「なんだ？」

「LAや日本の東京で奇妙な伝染病がはやってるらしい。得体の知れない病気で死人があちこちに出てる」

「FBIの人間もそう言っていたな」

「おれもいま詳細について知りはじめたところなんだが、もう幾日もまえからつづいてるんだ。ともあれ、あっちではパニックになってるよ。病人を収容した建物を立入禁止にし、検疫官が躍起になって解明につとめてる。情報がいまごろもたらされたのは、各都市の当局がはじめのうち秘密にしたがったからなんだ。きみが見つけた細菌も、LAや日本のものとおなじなんだろうか」

「たいへんだ、フェリックス、最近、チャールズ・ハッチンソンはそんなブリーフケースを何度も運んでいるんだ。LAや日本だけじゃないぞ！」

「おれもそれを恐れてたんだよ、ジェイムズ。〈リプロケア〉の記録はすべて消滅してしまったし。FBIもにわかに懸念を高めてる。そういったケースの行方を突きとめて検疫しないと。すでに、きみが〈リプロケア〉のコンピュータで見つけた都市のあらゆるクリニックを調査しはじめてる。ちくしょう、ニューヨークとロンドンなんて。何日かかると思う？」

「わかるよ。すぐMに警告しよう。こっちでも手助けできるだろう」

「それでこそ親友だぜ、恩にきるよ。まだあわてるな。きみが見つけた菌が、LAや日本のものと同一だと決まったわけじゃないんだから」

「新しい情報がはいりしだい、ファックスしてくれ。いいな？」

ふたりはたがいの幸運を祈り、別れを告げた。

電話を切ると、ボンドはMのオフィスにもどった。

ボンドはまるで知らなかったが、ロンドンでも〝ヴィリアムズ病〟の最初の患者が出ていた。病院で輸血を受けた六十二歳の女性が罹病したのだ。

アルフレッド・ハッチンソンはバッキンガム宮殿近くのキャッスル・レーンにオフィスをかまえていた。ジェイムズ・ボンドはタクシーをおり、歩道の縁にたまった汚い雨水をまたいで建物にはいった。警備員に名前を告げ、上へ通される。

エレベータから足を踏みだすと、マンヴィル・ダンカンがドアをあけて待っていた。

「ミスター・ボンド、これはびっくりしたな。中東からもどったばかりなんです。あすはフランスへ発ちます」

「少しだけお時間を拝借したいと思いまして」ふたりは握手をした。ボンドはふたたび、ダンカンの手がねっとりしていると感じた。

「さあ、なかへどうぞ」

オフィスには豪奢なエドワード様式の装飾が優雅にほどこされていた。ボンドは大邸宅の書斎にまぎれこんだような気がした。

「ここはアルフレッドの仕事場でした。まだ自分のオフィスから荷物を運びこむ時間がほとんどなくて。もとの部屋にいるほうが気楽なんです！」ダンカンはボンドを秘書室に案内した。マンヴィル・ダンカンの妻の写真がデスクにのっている。書類やファイル・フォルダーが散乱し、臨時大使のだらしなさを示している。

「どうぞおかけになって――ああ、ちょっとその本をどかしてください。さて、ご用件はなんでしょう？」ダンカンはデスクにつき、ボンドに向きあった。

「マイルズ卿のパーティの晩に、ミスター・ハッチンソンはキプロス事件に関して情報を持っているとおっしゃった。それを翌日、Mとわたしに託すつもりだったんです。それがどんなものか、ご存じありませんか」

「Mにもきかれました。残念ながら、さっぱりわかりません」

「オースティンの家のコンピュータにあったファイルが、とても重要なものらしいんです。こちらにそのコピーがあるかもしれない。何がはいっていたか、見当がつきませんか」

ダンカンはしばし考えてから、首を振った。「だめですね。それに、ここのハードディスクはMI5がすっかり調べました。わたしには想像もつきません」

「チャールズ・ハッチンソンについては、何をご存じですか」

「どうしようもないやつです。ありがたいことに公にはなりませんでしたが、悪さをしでかしました」

「どんな？」

「父親が親善大使になったすぐあとで、チャールズはドイツで逮捕されたんです。酔っぱらって治安紊乱行為を働いて。数カ月後に、今度はフィリピンでレイプ容疑がかかって起訴されそうになり、父親が訴えを取りさげさせました。ほんとうかどうかわかりませんが、チャールズは罰を逃れたようです」

「ふたりはよく会っていたんですか」

「アルフレッドが自分で言っていたよりはしょっちゅう。たびたびテキサスに出かけていました。あの土地が好きだからという理由で。でも、オースティンに行ったときは息子と会っていたにちがいありません」

「Mの話では、息子には失望していたということだが」

「そんなことわかりませんよ。あの子はアルフレッドの外交旅行によく随行していました。外交官という庇護のもと、ただで同行していたんです。彼は世間を知り、プレイボーイというイメージを不滅にして面倒を起こしていた。自分では面倒をこうむらずにね。外交特権にはいろいろ有利な点がありますから」

「チャールズが働いていたオースティンのクリニックについては、何か知っていますか」

「いいえ。アルフレッドはチャールズがオースティンで何をしているのか、めったに口にしませんでした。チャールズが中退したのを喜んでいなかったことはたしかですが。息子が潜在能力を発揮していないと考えていました。だが、息子の仕事や活動に関するかぎり、アルフレッドは気にもとめていなかったと思います。わたしの見るところ、チャールズが違法なことにかかわっているのをアルフレッドは知っていたはずです」

「どうしてわかるんです？」

「はっきりとは指摘できません。彼が息子のことを話すときの様子です。息子を何かから守っているような口ぶりなんです。それで思いだした――亡くなる一週間ほどまえに、チャールズと電話で言い争っていました。内容は聞き取れませんでしたが、アルフレッドはチャールズに〝危険すぎる〟と言っていた。わたしがオフィスにはいったときは、電話を切るところでした。息子に告げた最後の言葉は〝ほかに方法がない〟だった」

「どういう意味だと思いますか」

「憶測でものを言うのは気がひけますが、どうしても知りたいですか」

「ぜひ」

「アルフレッド自身も関与していたのだと思います」ダンカンは重々しく言った。「出してはいけないところに手を出してしまったのではないでしょうか。自分の立場を利用して、何かを成し遂げようとした。アルフレッドには野望というか目標のようなものがありました。それがなんだかわからないので、説明はできませんが。アルフレッドには隠された意図があるという印象をずっといだいていただけです。イギリスのために働きつつ、自分のためにも働いていた。大きな計画のようなものを持っていました」

「犯罪にかかわるような？」

ダンカンは肩をすくめた。「たんなる憶測にすぎません。息子が彼に暗雲を投げかけたので、よけいあやしく思えたのでしょう」

「ハッチンソンがキプロスについて話したことは？」

「仕事に関する範囲内だけです。情勢をとても気にかけていました。キプロスは優先事項のひとつだと感じていたようです」

「どちらかに肩入れしていたと思いますか」

「そうだったとしても、口には出しませんでした。その件に関してはまったく中立で、どちら側も悪く、たがいにそれを自覚しているとつねに言っていました。双方とも自分たちの非は認めたがらないから、意地の張り合いだと。アルフレッドは和平の進行に参加したいと願っていました。ノーベル賞がほしかったのかもしれません」

「コンスタンティン・ロマノスという名前に聞き覚えは？」

ダンカンは眉をひそめ、やがて首を振った。「何者ですか？」

「哲学者であり数学者でもある。アテネで教鞭をとっていますが、テキサスでもハッチンソンと同時期に客員教授として招かれています。亡くなった大使が彼について言及していた記憶はありませんか」

「ありません」

ボンドはわらにもすがる思いだった。マンヴィル・ダンカンは何も知らないようだ。その憶測にはあいまいなところさえある。それでも直感で、ダンカンが一点だけ正しいのがわかった。アルフレッド・ハッチンソンにはたしかに隠された意図があった。大使としての職務には分類されないことに関与していた。ボンドにも見当はつかなかったが、それを突きとめようと心に決めた。

「ありがとうございました、ミスター・ダンカン」ボンドは立ちあがりながら言った。「さしあたり、以上でけっこうです。つつがない旅を。いつ戻られますか」

ダンカンは書類をかきわけ、手帳を見つけた。「フランスには二日間滞在します」

「何か気づかれたことがあったら、情報部にご連絡ください。伝言がわたしのもとに届きますから」

「どこかへお出かけですか」

「チャールズ・ハッチンソンを探してみます」

「なるほど。居場所の手がかりは？」

ボンドは明かすのをためらった。「おそらく、ヨーロッパのどこかに隠れているのでしょう」

ダンカンはうなずいた。「おそらく。では、幸運を祈ります」

オフィスをあとにして、雨のなかへ出ていきながら、ボンドはアルフレッド・ハッチンソンの亡霊が笑っているような感覚をぬぐえなかった。

13 ギリシャの情報部員

ギリシャ憲兵隊のパノス・サンブラコス特務曹長は、毎月この日は夜明けとともに目覚めて、ヒオス島にある偽装をほどこした武器庫の定期点検にそなえる。だがこのときは、太陽はすでに水平線に沈みかけ、かすむオレンジの光をエーゲ海に投げかけていた。トルコの沿岸に目をやると、東の方角にはっきりと見える。これほど近くに敵がいるのに、一発の銃弾も発射されないのは、いまだに驚きだった。

サンブラコスは二十五歳になる長身の若者で、憲兵としての役目を楽しんでいた。憲兵であるかぎり、島のどこへでも自由に出入りできるエリートの身分を与えてくれる。女と出会える機会も、無視できない役得だ。だが、ほとんどの時間は自分の地位を、兵卒たちに権力をふるうことにつかった。制服を身につけると力を感じ、まるでちがう権威ある人間になったような気がする。肩をそびやかして通りを歩き、自分の前で縮こまっている兵士に違反切符を切るのは気分がよかった。最初は義務兵役を恐れていたが、憲兵隊の仕事についてからはこのうえなく楽しい思いをしているのを実感していた。

サンブラコスには自分を重要な人間だと感じるもうひとつの理由があった。ヒオス島の指揮官のひとりディミトリス・ゲオルギオウ准将の極秘計画にたずさわっているのだ。

二カ月前に准将が接近してきて、最近死亡した士官の代わりを見つける必要が生じたと言った。その士官は准将の副官を十二年間つとめた男で、自動車事故で悲惨な死を遂げたのだ。准将はサンブラコスに、その仕事に興味があるかと尋ねた。職務には極秘資料を扱うことも含まれ、話しあわれるのはすべて特定の者しか知らない情報だ。サンブラコスはゲオルギオウ准将の言葉に驚き、光栄に思い、好奇心をそそられた。そして、一種の試験として、准将のために内密の任務を遂行することを快諾した。

任務のうちのひとつは単純でありきたりの仕事だった。

島に点在する武器庫の点検をおこなうことになり、その場所は准将みずから案内してくれた。大量の武器や装備はこういった掩蔽壕に隠され、上から見てもわからないようにカムフラージュされていた。その区域は有刺鉄線を張った柵で一般人の立ち入りを遮断し、撮影を禁ずる掲示で威嚇していた。サンブラコス特務曹長の仕事は、たんにひとりでジープを運転して各武器庫へ行き、すべてが無事に保管されていることを確認するだけだった。月一度のこの点検は、島中をまわらなければならないため午前中いっぱいを要した。

だが、今夜はちがった。日没にはじめるよう准将から言いつかった。これが三度目の点検で、サンブラコスはそつなくこなそうという意欲に燃えていた。あいにく、彼はひどい頭痛もかかえていた。前日は午後にウーゾを少々飲みすぎたあと夕食会に出席し、それが午前三時までつづいた。その後一睡もせず、午前四時から通常の憲兵隊のつとめについたのだ。

サンブラコスは240GDメルセデス軍用ジープに乗りこみ、半分眠ったまま宿営地から走り去った。島の北端にある基地からはじめて、南下してくる予定だ。ヴィキという小さな村のそばにあるその武器庫は、ふたつの点でほかの場所とちがっていた。ひとつには、ほかの補給所のような特徴がない。外から見ると、まるで打ち捨てられた納屋のようだ。ふたつめは、弾頭のないパーシング1Aミサイルが収容されていることだ。ゲオルギオウ准将がこっそり教えてくれたところでは、ギリシャ軍が八〇年代初頭にNATOから手に入れたものだという。着装が必要になったらNATOが弾頭を提供するという了解のもと、運びこまれた。ギリシャは三方が敵に面していて攻撃を受けやすい地形なので、なんとかNATOから〝ローンで〟ミサイルを入手したのだ、と准将はサンブラコスを納得させた。パーシングを運んだのはフォードM656輸送トラックで、トラックそのものがミサイルの発射台になる。そのうち、サンブラコスもM656に習熟し、いざというときには運転しなければならない。サンブラコスは、この存在を知るひと握りの人間のひとりだとゲオルギオウに言われ、秘密厳守を誓わされた。トルコの沿岸にほど近い島にギリシャがパーシングを保有していることは、けっしてトルコに知られてはならないことだから。

それがゲオルギオウ准将が語った話で、サンブラコスは愚直に信じた。

ジープは島の丘陵を越えて北岸に向かった。途中で海沿いに出る。サンブラコスは古代ギリシャ人が沿岸のそこかしこに配置した、刳りぬいた石のシルエットをうっとり眺めた。まるでチェス盤に並んだルークのようだ。それは海賊船が近づいていることを村人に警告するためのものだ。刳りぬいた石のなかには薪がたやさず置かれ、敵の船が見えると火がおこされた。沿岸に煙の合図があがると、人々は海賊を撃退する準備をした。

夜空が真っ暗になったころ、サンブラコスはようやく荒れ果てた納屋から百メートルの地点の道にジープをとめた。車から飛びおり、ゲートに取りつけられたふたつの南京錠をあける。

納屋まで来ると、両開き戸の南京錠がはずれていることに気づいた。アドレナリンが駆けめぐるのを感じながら、特務曹長は扉をさっと開いた。

なかに足を踏み入れ、心臓がとまりそうになる。

ゲオルギオウ准将がそこにいて、彼を待っていた。懐中電灯とブリーフケースを手にしている。

ミサイルとトラックは准将の背後にあり、作業灯の明かりを受けて光っている。アメリカ製のパーシング1A、またの名をMGM-31Aは直径が三・五フィート、長さが三十五フィート近くある。百マイルから四百六十マイルの射程を有し、これまで作られたなかでもきわめてすぐれた命中精度を誇る移動式核ミサイルだ。支援装備には、未測量地域からでも発射できる自動方位レファレンス・システムや、即座に発射したいときに応答時間を短縮するシーケンシャル・ローンチ・アダプターなどがある。

「ああ、やっと来たか」准将は言った。「トラックに乗れ。ミサイルを運びだす。極秘任務だ」

サンブラコスは驚いた。「准将どの?」

「聞こえただろう。さあ行くぞ」ゲオルギオウは特務曹長をなかへ引っぱった。

サンブラコスは何かおかしい気がした。准将の物腰にどこか穏やかならざるものがある。

ギリシャ憲兵隊の軍服を着たふたりの男が、トラックの陰から進みでた。サンブラコスには見覚えのない顔だった。そして、この島にいる憲兵は全員知っていることに思いあたった。

「こちらはカンダラキス曹長とグラモス曹長だ。ふたりもいっしょに行く」准将はそう言うと、背を向けてトラックに近づいた。

サンブラコスは一歩も動かなかった。何が起ころうとしているにせよ、やはりおかしい。なぜそう感じるのかは自分でもはっきりわからなかったが、直感的に命令に背いていた。

「准将どの、もう少し説明していただきたいと思います。この男たちは何者ですか。これまで見かけたことがありません」

准将は副官のほうを振りかえった。「わたしはきみに命令したんだよ、特務曹長。質問はするな。行くぞ」

いまやサンブラコスは、ひどく思わしくない事態になっているのを悟った。准将は恫喝するような口調だった。何かよからぬことを企んでいて、それをとやかく言われたくないのはあきらかだ。

もう一度振りかえって、准将は言った。「サンブラコス？　来るんだろう？」

「いいえ、行きません」

准将はいぶかしげに目を細めて若者を見た。かぶりを振って言う。「こんなにいきなりきみを引きいれるべきじゃないことはわかっていた。きみがほんとうにつかえるかどうか、確認する時間がなかった」

准将は身をひるがえして歩きだし、ふたりの男にうなずいて合図した。

サンブラコスはあまりにびっくりして、身動きすらできなかった。男たちのひとりが拳銃をかまえて、胸を撃った。サンブラコスはとつぜんの闇に襲われつつ後方に倒れた。

暗殺者はおもてを見まわし、だれも銃声を聞きつけていないのを確かめると、サンブラコスの体をわきに引っぱった。

「おまえが代わりに運転しなくてはな」准将はもうひとりに言った。「うまくやってくれよ。行くぞ」

三人の男はM656に乗りこみ、納屋から走り去った。

〈デカダ〉のナンバーファイブ、ディミトリス・ゲオルギオウ准将は新入りの選択に腹をたてていた。特務曹長はヒオス島の軍隊とのあいだの緩衝装置としてはしばらく役に立った。だが、忠誠を試すにはあまりにも早すぎた。いまや准将は、ギリシャ軍でパーシング・ミサイルの存在を知る人間のうち、生き残ったただひとりになった。そのミサイルは十二年前にフランスのNATO基地から自分の手で盗んだものだった。

ジェイムズ・ボンドは午前なかばにアテネに到着した。エリニコン国際空港には一時、防犯成績がお粗末だと思われていた時期があった。八〇年代にテロリストに悩まされて以来、改善したとの評判だが、ボンドは心からほっとしたことはない。しきりに背後を気にせずにはいられない場所だ。

この国にはジョン・ブライスという名で入国した。長年、つかうことのなかった偽名だ。携行したワルサーは二挺――PPKとP99――で、X線を通さない特殊な裏打ちをしたブリーフケースにおさめてある。無愛想な税関職員にさっさと追いはらわれ、ボンドは到着ターミナルに足を踏み入れた。あたりを見まわし、出迎えに来ているはずのギリシャ国家情報庁員の顔を探す。だれがあらわれるのかは知らなかったが、同類を身ごなしや服装や装身具で見分ける訓練はできていた。その目をとらえる者はまだ見当たらない。

人込みのなかを出口のほうへ歩きつづけていると、どこからともなくニキ・ミラコスが近づいてきて声をかけた。

「ギリシャのガイド付きツアーは五分後に出発します。切符はお持ちですか」

ボンドは顔をほころばせて答えた。「ええ。はさみも二カ所入れてもらいました」

「じゃ、そのままお持ちになって、ついてきてください」

ニキはほほえみながら言った。

「元気かい、ニキ?」

とび色の瞳をきらめかせる。「元気よ。また会えてうれしいわ、ジェイムズ……じゃない、ジョン」

「まったくうれしい驚きだ」

ニキはボンドを外の駐車場まで案内した。「あなたがアテネに来るという報告があった。キプロスでちょっと協力したことがあったから、わたしの役目になったの」

「ついてるね」

ニキはボンドを熱っぽく見つめた。「ついてるのはあなたのほうよ。まだ知らないだけ」

ふたりは一九九五年型の白いトヨタ・カムリまでたどりついた。ニキはボンドのために助手席のドアをあけ、ぐるっとまわって運転席についた。車を発進させながら言う。

「おんぼろでごめんなさい。あなたはもっといいのに乗ってるわよね」

「今週、車のことで謝られたのはきみでふたりめだ。時間どおりに目的地へ着けるなら、じゅうぶんさ」

「ゆうべ遅く、あなたの公用車が届いたから気になっただけ。車はあなたのホテルの駐車場にあるわ」

では、XK8のほうがボンドより先に到着していたのだ。そいつはすごい。

「そうか、情報部は少しばかりジャガーに金をかけた。おおかたはぼくが主張したせいだけど」

陽光はさんさんと降りそそいでいる。ロンドンの気のめいるような天候に比べたら、ここは熱帯の楽園だ。

「こっちはまだ陽気がいいでしょ」ニキがボンドの心を読んで言う。「あのね、ヘラスの快適さは一年三百六十五日、地上のあらゆる国をしのぐのよ。気候って社会の進化とおおいに関係があるんじゃないかしら。人々が古代アテネに移住したのはつねに太陽が輝いてたからなの」ニキは〝ヘラス〟という言葉を用いた。ギリシャ語で〝ギリシャ〟をあらわす語だ。ボンドはギリシャ語が堪能ではない。読むことはできるものの、二、三のよく知られた言葉や表現をのぞけば、話すほうはさっぱりだった。

ギリシャは何度も訪れたことがある。そのたびに、暖かくて、親切な国だと思った。人々は働き者だが、それ以上に遊ぶことを楽しむ。午後はウーゾを飲み、メゼを食べ、人生の意義について語りあうのがギリシャの習慣だ。ボンドはとりわけ、国民の大多数が愛煙家で、公共の場で煙草に火をつけても咎められないのが気に入っていた。ギリシャは人口における喫煙者の割合がヨーロッパ一高いというあまりほめた話ではない特徴を持っている。

「あなたが火曜じゃなくて木曜に来てくれてよかったわ」

「ほお、なんで?」

「知らないの? ギリシャでは火曜は縁起が悪いのよ」

「どうして?」

「ビザンティン帝国がオスマントルコに敗れたのが火曜だったから。たいがいのギリシャ人は火曜に重要なことはしないの。結婚式とか旅行とか契約とか」

「ぼくはあまり迷信深くないんだが」

「だいじょうぶよ。わたしたちギリシャ人が大げさに信じたがるだけだから」ニキは胸元の鎖をまさぐった。目の形をした青いガラスの石がついている。それが〝邪視〟を払う魔除けだということをボンドは知っていた。

ニキはボンドを近代都市アテネの中心であるシンタグマ広場へ連れていった。舗装された大きな広場がその真ん中を占め、通りをはさんで古い王宮がある。その王宮のバルコニーから、一八四三年に憲法(シンタグマ)が発布された。建物は現在、国会議事堂としてつかわれている。ボンドが泊まるホテルはその王宮のすぐ北西だ。シンタグマ広場に建つ〈グランド・ブルターニュ〉がアテネ一豪華なホテルなのはほぼまちがいない。ここは一八六二年に訪れた貴人を宿泊させる邸宅として造られたが、その後、一八七二年にホテルに改造され、王族の常宿になった。第二次世界大戦中はナチの占領軍本部が置かれ、一九四四年のクリスマスイブにはウィンストン・チャーチルの暗殺未遂も起こった。〈グランド・ブルターニュ〉はいまもアテネの〝貴賓席〟という呼び名にふさわしいホテルだ。

「おなかはすいてる?」ニキが尋ねた。

「飢え死にしそうだ」そろそろ昼食の時間だ。

「チェックインをすませたら？　三十分後にホテルのレストランで落ちあいましょう。わたしは車をとめてくる」

「了解」

ボンドは昔の孫大佐事件以来、〈グランド・ブルターニュ〉を訪れるのははじめてだった。ロビーに足を踏み入れたとたん、このホテルの記憶がよみがえってきた。ロビーは広々としていて、ステンドグラス、緑色の大理石の柱、バビロン入りするアレクサンドロス大王の絵を模倣したゴブラン織りのタペストリーなどが重厚さを加えている。ボンドには八階の角のスイートがあてがわれていた。国会議事堂を見おろす窓がある居間に、キングサイズのベッドつきの寝室。バスルームは総大理石だ。テラスからはアクロポリスの雄大な眺めが望める。

ボンドは洒落たナッソー・シルク・ノイルのタン色のズボン、白いメッシュのクルーネックのニットシャツ、タン色のベストに着替えた。ワルサーPPKは、裏地つきの白い絹のジャケットの下につけたセーム革のショルダーホルスターにぴったりおさまった。普通ならワルサーはバーンズマーティンのホルスターと合わないのだが、Q課がボンド用の特別製をバーンズマーティン社に依頼したのだ。

二階建ての〈GBコーナー〉は、ホテル同様、気品ある造りのレストランだ。ブースやベンチや椅子は栗色の革張りで、各テーブルにはすりガラスのランプが置かれ、あたりに涼しげな明かりを投げている。

ニキはブース席でボンドを待っていた。すでにハチミハリの赤ワインを頼んである。

「アテネへようこそ、ミスター・ブライス」ニキは共犯者めいた口調で言った。「メニューにある料理はどれもおいしいわよ」

「ここへは何年もまえに来たことがある。料理のことも覚えているよ。きみはアテネに住んでいるのかな？」

「ええ。観光地の西のほう。生まれてからほとんどここで暮らしてるわ。少女のころ、いっとき田舎にいたことがあるけど」

「情報部にはいってからはどのくらい？」

「十年って言っても信じる？」

「みごとに若さを維持しているね」ボンドはニキが三十代なかばだろうと見当をつけた。日に焼けた肌がやわらかな光に輝いている。地中海人種の女性はエキゾティックだ。ニキは眺めても話をしても楽しい。きわめて魅力的なだけでなく、プロとしてもすぐれている。ボンドは普通なら単独か男たちといっしょに行動するほうが好きだが、今回はこれからの成りゆきを積極的に待ちのぞんでいる。ふいにニキの太腿の奥のしなやかな感触を思いだし、とりあえずいまは無理やりその記憶を頭から振りはらった。

「ありがとう。さっきも言ったけど、気候のせいじゃないかしら。さあ先に注文してから、おしゃべりしましょう」

ふたりとも前菜に、ギリシャの伝統料理ムサカをとった。ひき肉、ナス、タマネギにベシャメルソースをかけて焼いたものだ。メインにはライスを添えたスブラキ。ジューシーな肉をピーマンやタマネギと串焼きにした料理を味わっているうちに、ボンドはギリシャに来たのだと実感した。

コーヒーを頼んだところで、ニキが言った。「正式に協力することになったんだから、あなたと情報を分けあえるわね。こういうとき英語ではなんて言うのかしら、〝あなたを肌で感じる〟ことができる？」

ボンドはほほえんだ。「その表現〝くわしい情報を与える〟は、イギリスというよりアメリカ英語だと思うね。そう、きみの情報部と協力できるのはうれしい。G支局はここ数年ＳＩＳがおこなっている管理改革の犠牲になってね。予算削減のせいで、名目だけの部員がいる以外、業務全体が廃止されてしまったんだ。懐かしのスチュアート・トーマスはいまでも支局長だけど、週に二十四時間しか働かず、秘書も臨時雇いをつかっている。言うまでもなく、ロンドンの本部はG支局が提供した情報の少なさにがっかりしているよ。亡くなったクリストファー・ホイッテンは、一時的にアテネで活動していた現場部員だったんだ。だが、それはどうでもいい。ぼくを肌で感じてくれ」

ニキは笑って、煙草に火をつけた。

「あなたもご存じのように、ギリシャ人はキプロスの情勢をとても気にしてるわ。トルコ人が北にいることを許してない。その件になると、激する人が多いの。ギリシャはいつでもトルコとの戦闘準備が整ってる。もちろん、そうなってほしいと願う人はひとりもいない。何人か尻を蹴飛ばしたいトルコ人もいるけど、その楽しみをのぞけば戦争なんてじつに愚かなものだもの」

「わかるよ」

「ナンバー・キラーの目的は、キプロスの件でギリシャとトルコを衝突させることだとわれわれはにらんでる」

「なぜそう言える？」

「ことが起こるまえに、〈モナド〉と名乗る人物から情報部に手紙が届いたの。送り主はたどれなかった。手紙には〈デカダ〉というグループがこの先二カ月で十の暴力行為をおこなうと書かれてた。十番目の行為が完了したあかつきには、トルコとギリシャのあいだに戦争が勃発する。ギリシャの旗のもと、南キプロスと北キプロスは再統合されるだろう、って。手紙は美文調の詩的な文体で書かれてて、古代ギリシャ詩みたいだった。結びには〝神々は見守っている。なぜならこれは彼らの望みだから〟とあった」

「それだけ？」

「そう。手紙はいたずらの山に加えられた。キプロスでふたつの事件が起こるまではね。だって、そんなものはしょっちゅう受けとるんですもの。おびただしい数の〝グループ〟がいて、たいがい暴力的な目的を持った戦闘派だと主張するけど、結局は無害だとわかる。行き詰まりを打破するためにキプロスのグリーンラインで紛争をはじめると脅してきたのは、これがはじめてじゃないのよ。とんでもないことをしでかすかもしれない人間はいっぱいいるわ。軽軽しく受けとめることじゃないけど。とにかく、手紙のことを覚えてた者がいて、それを引っぱりだした。いまではわれわれも手紙がいたずらじゃないと確信してるわ。〈デカダ〉というのが何者であれ、たしかに存在する。彼らのことは何ひとつ知らない。どんなメンバーがいるのか、どこに拠点があるのかも」

「チャールズ・ハッチンソンについては何かわかったかい」

「行方不明よ。数日前にアテネに到着してから尾行をつけたの。彼は車を借りて、南のスニオン岬をめざし、そこでまんまと尾行をまいた。そこから船か飛行機で、島のひとつに渡ったんじゃないかと思うの。レンタカーはきのう、埠頭のそばの駐車場で見つかった」

「コンスタンティン・ロマノスという男についてはどうだい？」

ニキは笑った。「賢人は考えることがいっしょね。じつを言うと、ミスター・ロマノスにはここしばらく見張りをつけてるの。とても謎めいた過去を持つ男だわ」

ニキはすでにボンドが知っている詳細を説明した——アテネ大学の講師であること、有名な作家であり、西洋屈指の数学者だとみなされていること。

「金はどこからはいるんだろう」

「彼はとてつもない金持ちよ。それがここ数年、目をつけられてる理由のひとつなの。パルニサ山にあるカジノによく出入りしてるわ。大きく勝って、大きく負け、また取りもどす。彼はまた〈新ピタゴラス教団〉という宗教と哲学をいっしょにした団体の教祖でもあるの。メンバーはピタゴラスの教えにしたがう数学者ばかり。まったく合法の組織。だけど、ひとつだけおかしなことがある」

「なんだい？」

「教団はスニオン岬にある。ロマノスはアテネにいないときは、スニオン岬にある豪邸に住んでる」

「おやおや。急にミスター・ロマノスがいっそうおもしろい人物になってきたな。彼の背景についてはどんなことがわかっているの？」

「彼はなんていうか、〝たたきあげ〟の男よ。一九七四年に北キプロスから流れてきた。トルコ侵攻から逃れたおおぜいのギリシャ系キプロス人のひとり。キプロスでも名の通った講師にして数学者で、ニコシアで豊かな生活を送ってたの。それがアテネに来たときにはほとんどお金がなくて、住む家もなかった。トルコ人が起こした火災で妻と子供も失ってた。彼は公営住宅と仕事を与えられた。それから、われわれの記録では不明な時期があるの。一九七七年から一九八二年にかけて、彼がどこで何をしてたか知る者はいない。一九八二年の終わりごろに、一ダースの人間が一生に稼ぐより多いお金を持って、ふたたび舞台に姿をあらわした。税務署員が調べにいったら、国を離れてたあいだに中東で不動産投資をして儲けた金だと説明したわ。そのときから〈新ピタゴラス教団〉を創設したり、さまざまな講師の口を確保したり、会社を売り買いしたりして、いまではペルセフォネ号という大きなヨットをエーゲ海に走らせるまでになった」

「本物の立身出世物語だね」

「一年前、彼は〈バイオリンクス〉というアテネの製薬会社を買収した。社長はメリナ・パパスというかなり尊敬されてる科学者よ」

ボンドはほほえんだ。「賢人はほんとうに考えることがいっしょだね。〈バイオリンクス〉はチャールズ・ハッチンソンが働いていたアメリカのクリニックを所有していたんだ。彼はそこから、かなり汚染された精子サンプルを運んでいた」

ニキはうなずいた。「その報告を読んだところよ。びっくりしたわ。われわれの合同捜査が成果をあげてるってことよね？　こちらはすでに、事件が解決するまで彼らが保有する精子と血液をすべて差し押さえる裁判所命令を出したわ。ありがたいことに、まだ病人は出てない。あなたが望めば、いつでも〈バイオリンクス〉に踏みこんで調査できるわよ。でも、われわれの事件はアメリカや日本で起こってる伝染病とはつながらないと思うけど。どうかしら」

「ぼくがテキサスで見つけた菌と、LAで発見された菌が一致するとなれば、つながるだろう。残念ながら、それには時間がかかるが。ロマノスはどうして製薬会社を持ちたいと思ったのかな」

「さあ。彼が手に入れるまで、会社は赤字だった。今年は黒字に転じそうな様子よ。処方薬はいま研究開発段階ね。会社を調査したけど、まったく合法だった。でも、優秀な監視チームをつけて、しっかり見張ってる」

ボンドは細かい事実を思いめぐらせて、かぶりを振った。「数学と医薬品になんの関係があるんだろう」

「わたしに言わせれば、あの男はいかれてるわ。テレビで見たことがあるけど、話してる内容がさっぱりわからなかった。でも、数学はいちばん苦手な教科だったから」

ボンドはまた笑った。「ぼくもだ。〈新ピタゴラス教団〉は何をする団体なのかな」

「わたしもよくわからないけど、哲学のシンポジウムを催してるらしい。数学と哲学のコースを開講してて、そういったことに関心がある人のための宗教みたいなものね。彼らは数字にものめりこんでて……数秘学っていうんだけど、それが意味のあることとみたい」

「ミスター・ロマノスに会いたいな。きみが言っていたカジノはどうだろう」

「すごくすてきなところよ。あなたも気に入るわ」ニキは知らずしらず、ビジネスライクな仮面を脱いでいた。「山の上にあるから、ケーブルカーに乗らないと行けないの。彼はたいてい金曜の夜にプレイする」

「ぼくにぴったりの場所みたいだな」

「何から手をつけたい？　どこからはじめましょうか」

「まずジャガーを取りにいって、スニオン岬までドライブしよう。その〈新ピタゴラス教団〉というのをちょっとのぞいて、ロマノスの住まいも確認しておきたい。あすは〈バイオリンクス〉だ」

「了解。武器は持ってる？」

「もちろん」

「じゃ、そろそろ出かけましょう」


青いジャガーXK8は快調にアテネからアッティカ半島を南東に進んだ。海岸線の道路はボンドが新しい車を試すのに絶好の場所だった。曲がりくねった四車線のハイウェイは途中で二車線にせばまり、一方には山、もう一方には海が見えてくる。グリファダ、ヴーラといった美しいビーチやホテルをかかえる高級リゾート地を過ぎていく。道はそれほどこんでいない。ボンドは安全運転を保ちつつ、少しずつ加速していった。ステアリングの握り心地は最高で、エンジンのパワーが手に伝わってくる。ジャガーのスピードを限界まであげられる直線道路が待ちどおしかった。

ニキは助手席でおとなしくすわったまま、海を眺めていた。その物思いはバッグのなかの携帯電話の音で破られた。ニキは電話に出て、ギリシャ語で何か話してから切った。

「スニオン岬に着いたら、まっすぐポセイドン神殿へ行かなくちゃならなくなったわ。そこで事件があったらしいの。アイゲウスとポセイドン神殿の物語って知ってる？」

「教えてくれ」

「古代にアイゲウスという名の王がいたの。遠征に出かけることになった息子に、帰還したら船に白い帆を張るようにと言った。無事を知りたいから。使命は成功したのに、息子は父親との約束を忘れて黒い帆のまま岬に近づいた。王は息子が死んだものと思いこみ、海に身を投げた。それ以降、海はアイゲウスの名をとってエーゲ海と呼ばれ、王を偲んでポセイドン神殿が建てられたというお話」

「ぼくも見たことがある。壮大な廃墟だ」

ポセイドン神殿は海抜六十五メートルの岩だらけの岬の突端にある。建てられたのはパルテノン神殿とだいたい同時期の紀元前四四四年で、ドリス式の大理石の柱からできている。現在はその柱も十六本しか残っていない。

「ポセイドン神殿はイクティノスが建てたと広く信じられてるわ。古代アゴラのヘファイストス神殿を建てた建築家よ」

「ホイッテンの死体が捨てられていた場所だな」

「そのとおり」

アテネからちょうど二時間足らずでスニオン岬に着いた。ポセイドン神殿は道路からも見えて、遅い午後の日差しのなかで白く光っていた。だが、現場に近づくと、警察車両が道をふさいでいて、先へ進めなくなった。

ニキが警察官のひとりと話をし、身分証を見せた。警察官はしぶしぶ車を通し、ボンドとニキが丘をのぼっていくことを廃墟にいる上司に無線で連絡した。

通常は混雑している観光名所もその日の営業をやめ、砂利をしいた駐車場には公用車が数台とまっているだけだった。ひとかたまりの人たちが神殿のそばでシートにおおわれたものを眺めている。車をとめると、ボンドとニキは丘をのぼって警察に合流した。ニキと話していた巡査部長が、人込みを分けてふたりを白いシートのところまで案内した。

ふたりが最初に目にしたのは、〝ゴミはここへお捨てください〟と英語とギリシャ語で書かれた看板に、赤で走り書きされた数字の〝7〟だった。シートの下には死体があった。警察官はギリシャ語でなにやら言い、犠牲者の顔が見えるようにシートを引っぱった。

死体はひどく傷んでいたが、ボンドには見分けがついた。それはチャールズ・ハッチンソンだった。

14　新ピタゴラス教団

ボンドとニキは犯罪現場に二時間残り、ギリシャ警察の警部と話をしてできるかぎりの情報を収集した。ポセイドン神殿を離れるまえに、ボンドは断崖の突端に立ち、海を見渡した。どういうわけか、物悲しさが襲ってきた。西の水平線を眺めやる。太陽がちょうど沈むところで、オレンジ色の光を海に投げかけている。景色はまるでちがうけれど、その光景はジャマイカと恋しいシェイムレディ荘を思いださせた。ボンドはそこへ行きたくてたまらなかった。ニキが背後から近づいてきて、しばらく彼を見つめていた。「ずいぶん悲しそうね」ようやく声をかける。「どうしたの？」

ボンドはため息をついた。「別に。さあ、もう日が落ちてきた。ロマノスの家に行ってみたほうがいい」

ニキは横目で見ていたが、ほうっておくことにした。

「あっちを見て、北のほう」

ニキは神殿から離れた山々を指さした。

「あの建物、見える？ 〈ホテル・アイガイオン〉よ。そのちょっと先に、赤い屋根とベージュの壁の邸宅があるでしょ？」

「ああ」

「そこがロマノスの住まい。行きましょう。車のなかで警部から聞いた話を教えるわ」

ふたりはジャガーに乗りこみ、現場から走り去った。

ニキが言う。「死体は解剖されるけど、現場にいた検死官は死後およそ三日たってるとみてる。チャールズ・ハッチンソンはあそこで殺されたんじゃなくて、夜のうちに運ばれたようだわ。けさ、観光客に発見されたの」

「数字の〝7〟があったけど――チャールズが殺されたのが三日前なら、北キプロスで起こったふたつの事件とおなじころだな。そっちは〝5〟と〝6〟だった」

「そうね、すべておなじ日におこなわれた」

「最初の一連の襲撃はおなじ日じゃない。それに四件だ」

「ええ、でも、犯行の日時はかなり接近してるわ。数字そのものに意味があるんじゃないかしら。期間じゃなくて」

「ほかには？」

「あとで詳細な検死報告をもらうけど、死体の様子から判断すると、チャールズ・ハッチンソンは高所から落とされたようね。遺体にはかなり打撲のあとがあった――殴られたり拷問を受けたりしてできた傷じゃない――何かにたたきつけられたあとよ。それから、彼は口にギリシャの古いコインをくわえてた」

「ホイッテンとおなじだな。冥府の川の渡し守カロンへの渡し賃だ」

「死体がなぜポセイドン神殿に捨てられてたのか調べてみるわ」

「キプロスで発見された小像のなかにポセイドンもあったな」

ふたりとも黙りこんで謎を考えているうち、車は神殿から眺めた大邸宅の門に着いた。敷地には石垣がめぐらされ、インターコムの画面で訪問者を確認してから門が自動で開く仕組みになっている。二階建ての邸は一九二〇年代に建てられたものだ。窓のいくつかから明かりがもれているものの、人のいる気配といえばドライブウェイで黒のフェラーリF355GTSを洗っている黒服の男だけだった。男は顔をあげ、門の隙間からのぞいているふたりを見たが、そのまま車を洗いつづけた。

「気づかれたようだ。〈新ピタゴラス教団〉の本部はどこ？」ボンドはニキに尋ねた。

「この道の先。オフィスがまだあいてるかどうか確かめてみましょう」

邸宅から走り去り、車を大通りに乗りいれる。ニキが石としっくい造りの大きな白い建物を指さす。もともとはレストランか店舗だったような地味な建物だった。おもての看板にはギリシャ語と英語で〈新ピタゴラス教団〉と記されている。正面に車が三台とまっており、玄関はつっかいをしてあけたままになっていた。

ふたりはジャガーからおりて、なかにはいった。玄関口にはろうそくがともり、ドアのわきのテーブルにはパンフレットが積み重なっている。手に取ってみると、教義のあらましが説明され、メンバー申込書がついていた。

「何かご用ですか」ギリシャ語で尋ねる声がする。

ふたりの背後には、白いローブを着た四十がらみの男が立っていた。男は建物の奥へとつづくアーチ道からやってきた。髪は黒く、目はあざやかな青だ。

ニキがギリシャ語で答えると、男は英語に切り換えた。

「ようこそ。何かご質問がありましたら、遠慮なくお尋ねください」

「そちらの組織にとても興味があるんです」ボンドは言った。「わたしはイギリスからまいりました。哲学と宗教の結びつきについて本を書いています。新ピタゴラス学派について少し教えていただけたらうれしいのですが。本で言及することになれば、教団の宣伝にもなると思います」

男はにこやかにほほえんだ。「喜んでお手伝いしましょう。わたしはミルティアデスと申します。こちらのスニオン岬の施設を運営する者です。あなたがたは……」

「わたしはジョン・ブライス、こちらは……」

「カサンドラ・タロン」ニキが言った。「ミスター・ブライスのギリシャでのガイドをつとめています」

「なるほど。さて、ピタゴラスについてはどれほどご存じですか」

「ほんの少しだけ」ボンドは言った。

「ピタゴラスは偉大な数学者であり、哲学者のグループを創設しました。ピタゴラス教団と呼ばれるもので、万物の原理は数にあると考えます。メンバーはみな、宇宙のいっさいは数秘学によって説明、あるいは定義できると信じていました。念のため申しあげますが、十分程度でおわかりいただけることではないんですよ」

「かまいません。あなたの教団はどんなことをなさるんですか」

「われわれはピタゴラスの教えにしたがいます。内容はしばしば数学だけにとどまりません。彼は最初に精神性と日常の課題を結びつけた哲学者のひとりです。たとえば、食餌療法は肉体と調和する魂を得るために欠かせないことでした。われわれは動物も人間もおなじ道のりをたどっていると考えています。人間のほうが同胞の動物より少し先を進んでいるだけです。これを知れば、肉食を慎まないわけにはいかなくなる。メンバーは有名な数学者や哲学者ではほとんどがギリシャ人ですが、世界中にも散らばっています。発行する季刊誌は大学で読まれ、教団のために寄稿してくれる西洋の偉才もいるんです。われわれは収益のうちのかなりの額をさまざまな慈善事業に寄付し、アテネ大学のふさわしい学生に、数学の奨学金を与えています」

「そちらの教祖はミスター・ロマノスというかただそうですね。いま、いらっしゃいますか」

「いえ、あいにくミスター・ロマノスは不在です。最近、こちらへはあまり顔を出しません。お忙しいかたなので。わたしはここの全権を託されています。まったく過信されたものです！」ミルティアデスはひとり笑いをした。

「彼はこの近くにお住まいだとか？」

「ええ、そうです。ここへ来る途中、赤い屋根の邸宅をごらんになりませんでしたか。そこが住まいです。ミスター

・ロマノスはプライバシーを大切にされるかたです。ここ数年であまりにも有名になってしまいましたから」
「建物のなかを拝見していいですか」

「もちろん。こちらへどうぞ」

ミルティアデスはアーチ道をくぐり、聖堂のような広い部屋に案内した。ベンチ席が配され、入り口の正面に演壇がある。演壇の後ろの壁にかかったタペストリーの図柄を見たとき、ボンドは胸がどきりとした。

描かれていたのは十個の点からなる正三角形で、テキサス州オースティンのロマノス邸で見たものとそっくりだった。

「あの三角形にはどんな意味があるんですか」ボンドは質問した。

「ああ、あれは〈新ピタゴラス教団〉のシンボルです。ロゴと言ってもいいかもしれません。ピタゴラスと弟子たちは十を神聖な数字だと信じていましたからね。この三角形は十の点からできています。三角形を回転させても、つねに底辺は四つの点であることに注目してください。その上は三つ、その上はふたつ、そして三角形の頂点に十番目の点が来ます。それは完全をあらわしています」

つぎにミルティアデスは聖堂から出て、居間兼図書室に連れていった。室内には本がぎっしり詰まった書棚が並び、勉強用の机と椅子があって、若い男女が数人、席を占めていた。

「ここは図書室です。数学や哲学に関する文献が五千冊以上そろっている。弟子たちは低料金で図書室を利用できます。われわれの提供する資料を求めて、ヨーロッパ中からやってくるのです」ミルティアデスの態度にはどこか恩着せがましいところがあり、ボンドは反感をもった。

ニキとボンドは壁際に近づき、額入りの写真を眺めた。白いローブ姿の役員が勢ぞろいしたもの。さまざまな公式行事の場でのコンスタンティン・ロマノス。ギリシャ首相から賞を受けとっているものもあれば、メリナ・メルクーリと握手しているものもある。

ロマノスが写っているなかに、タキシード姿の男たちとディナーのテーブルについている写真があった。ロマノスの隣にすわっているのは、ほかならぬアルフレッド・ハッチンソンだった。一九八三年の日付がついている。

「この写真がどこで撮られたかご存じですか」ボンドは尋ねた。

ミルティアデスは写真をしげしげと眺めてから、首を振った。「残念ながら、わかりません。大学の晩餐会か何かじゃないでしょうか」

ボンドとニキは視線を交わした。これで、アルフレッド・ハッチンソンとコンスタンティン・ロマノスが知り合いだったという証拠が見つかった。それがMにどんな意味をもたらすのか、ボンドは気になった。Mは〝敵と寝ていた〟のだろうか。

あとは取りたてて目をひくものはなかった。ボンドは教団のパンフレットとミルティアデスの名刺がほしいとていねいに頼んだ。ふたりは礼を言い、建物をあとにした。

ジャガーにもどると、ボンドは言った。「あの三角形はテキサスで見たものといっしょだ。数字の様式がわかってきた気がする。やつらはあの三角形にしたがっているんだ。最初の四回の襲撃はおなじ時期におこなわれた。ホイッテンの殺害、キプロスの二カ所の基地の襲撃、アルフレッド・ハッチンソンの暗殺。つぎのグループは三だ——三角形の下から二番目の列。北キプロスの二カ所の襲撃、チャールズ・ハッチンソンの殺害。賭けてもいいが、このつぎの攻撃は二回だけ、それも大掛かりなものだろう。そして、とどめの一撃に持っていこうとしている。十番目の最大の攻撃だ」

「そのとおりでしょうね。じゃ、〈新ピタゴラス教団〉は〈デカダ〉の隠れ蓑だと思う？」

「それを突きとめたいんだ。できるだけ早くコンスタンティン・ロマノスに会ったほうがよさそうだな」

あたりはすっかり日が暮れ、ふたりとも空腹だった。ニキはアテネにもどるまえに知り合いのタベルナで食事をしようと提案した。ふたりは趣のある小さな店の前で車をとめた。〈アクロヤリ〉という店名は〝浜辺のはずれ〟という意味だそうだ。白木の建物に青い装飾がほどこされ、青いテーブルが配されている。店内とおもてのパティオに置かれたテーブルには、青と白のチェックのクロスがかかっていた。

一見したところ、店は営業していないようだったが、経営者のマリアはニキの姿をみとめたとたん、キッチンから走りだしてきて大歓迎した。おもては風が出てきたので、ふたりは店内のテーブルを選んだが、浜辺と海の全景が望める席だった。

マリアはギリシャ語でその夜の〝特別料理〟を説明しつづけていたが、どうやら十一月の平日に出るのはそれ一品だけらしい。ニキはボンドにささやいた。そのタベルナは通常、冬のあいだの平日は営業しないが、マリアは友達なので何か作ってくれるという。それもまた、ギリシャの温かいもてなしの好例だ。

マリアはヴィリツァという地元の白ワインと、水と、ウーゾの小瓶を二本運んできた。ウーゾ用に氷を入れたグラスも用意している。

ボンドはウーゾを注いだ。グラスの氷に触れると、透明な液体が白く変わる。香草酒の味わいはさわやかで、日本のサケを思いだした。

「ウーゾで毒が清められますように」ニキはひと口飲んで言った。

キッチンにいるだれかがラジオをつけた。ギリシャの民族音楽が流れてくる。ボンドとニキは、力強いけれど哀愁を帯びた音楽が終わるまで聴きいった。

「いまの歌に痛みを感じた？」ニキがきく。「ギリシャの音楽はみんな痛みを持ってるの。ある意味では、痛みを楽しんでるのね。歌詞はほんとうに悲しい内容だけど、歌声は楽しそうでしょ」

ボンドがワインを注ぎ、ふたりはグラスをかちりと合わせた。

「ワインを飲むときに、どうしてグラスを鳴らすか知っているかい？」

「いいえ、なぜ？」

「ワインを飲んでも、ひとつだけ満足させることができない感覚がある。視覚、触覚、味覚、嗅覚は満たすことができるが……聴覚だけは無理だ。だからこうして――」ボンドはグラスをふたたび合わせ、かちりという音をさせた。

「――ワインの音を聴くんだ」

ニキはほほえんだ。「あなたがまた元気になってよかった。さっきはほんとに暗い影がよぎってたもの」

「きみがウーゾを勧めてくれれば、いつだって元気になるよ」

ニキが笑ったところで、マリアがボウルいっぱいのグリークサラダとフォークを二本持ってきた。本場のグリークサラダは、トマト、きゅうり、タマネギ、オリーブの実、フェタチーズをオリーブオイルであえたものだ。蛸のから揚げとパンの皿も添えられた。ニキは〝ギリシャ風〟の食べ方をボンドに教えた――パンをちぎり、サラダボウルの底のオリーブオイルにひたしてから、ボンドにさしだした。

メイン料理はサルギという一フィートぐらいの鹹水魚だ。マリアの夫がおもての海で釣ったという。岩場によく集まってくるそうだ。卵とレモンを振りかけて焼いた魚は白ワインにとてもよくあう。

食事中も、マリアは笑みをたたえてテーブルのかたわらに立ったまま、猛烈な勢いでしゃべりつづけ、表現力豊かに両手をつかう。

ニキが通訳する。「たまに恋仲のふたりを見るのはいいことだって言ってるわ。いつもは携帯電話で仕事の話をしてる客ばかりなんですって。『仕事をしながら、どうやって食事を楽しめるのか』ってきいてる」

「ぼくたちは恋仲なの？」

「一度そうだった。それがあらわれてるんでしょ」

食事を終えると、ボンドは代金を支払い、チップをたっぷり渡した。席を立つふたりを、マリアは大騒ぎしながら送りだした。

ジャガーに乗ってスニオン岬をあとにしたときには、海岸線の道路はとっぷり暮れていた。背後から黒のフェラーリF355GTSが道路に乗りいれたことには、ふたりとも気づいていなかった。

ボンドは車の制御力を感じながら、山沿いの曲がりくねった二車線道路を時速七十五マイルで飛ばした。左手には真っ暗な海が広がっている。車が道からそれて断崖に転げおちるのを防いでいるのは、役に立たない金属製の低いガードレールだけだ。交通量は少ないが、ときおり対向車がカーブの向こうからあらわれて、ジャガーとすれちがっていく。

十分後、ボンドはヘッドライトに気づいた。後方の車はジャガーに速度を合わせてついてきている。

「なあ、ニキ、ギリシャ人もぼくみたいに飛ばすかい？」

「そんな運転をする人はギリシャにはひとりもいないわ、ジェイムズ。あなたの車は好きだけど、もっとゆっくり走ってもいいんじゃない」

ボンドはスピードをゆるめ、後方の車の様子をうかがった。時速五十五マイルまで落とすと、フェラーリは黄色いラインを越えて、違法な追い越しをかけた。車がわきを通りすぎるとき、ボンドは大柄な黒髪の男がこちらを見ているのをみとめた。

「ロマノスの邸宅で見た黒のフェラーリだ」

ボンドはただちにGPSナビゲーションを作動させた。リアルタイム・シリコン・グラフィックスで描画された沿岸道路の空からの眺めがスクリーンにあらわれる。黄色い輝点はジャガーを示している。フェラーリは赤の輝点を点滅させて、前方を走っている。たちまちステアリングが独自に動き、衛星ナビゲーションから送信されるルートをたどりはじめるのをボンドは感じた。そうしたいと思えば完全に手を放し、ほかの作業をすることもできるが、自分で操作するほうを選んだ。スピードを落としつづけ、フェラーリとのあいだにある程度の距離をおいた。

「あなたにすごく興味があるってわけじゃなかったのね。ずいぶん先へ行ってしまったわ」赤い輝点はまもなくスクリーンから消えた。ジャガーより三マイル以上先にいるということだ。

「まだわからないぞ」ボンドはジャガーの後ろに迫るふたつの赤い輝点を見ながら言った。二台はとてつもないスピードで追いかけてきている。

ボンドはまた時速七十五マイルにもどすことで応じた。別のスイッチを入れ、偵察機の姿をスクリーン上に映す。画像によれば、ジャガーの底にきちんと格納されている。

ボタンを押すと、読み出し装置が宣告した。〝偵察機、準備〟小さなジョイスティックがダッシュボードのグローブボックスから飛びだす。三秒後に、画面表示が変わった。〝偵察機、準備完了〟赤い〝発射〟ボタンを押すと、ジャガーが前方にがくんと揺れるのを感じた。同時に、〝シュー〟という音が車の背後から聞こえ、偵察機が格納庫から射出された。コウモリに似た機体は空へ舞いあがり、向きを変えた。いまやジャガーの三十フィート上空を並行して飛んでいる。

片手をステアリングに置いたまま、ボンドは左手でジョイスティックを操作した。偵察機を誘導してコースを変更し、追跡者のほうへ後もどりさせる。二台の車の上空に着いたところで、ボンドは別のボタンを押した。ダッシュボードのスクリーンに車の種類とスタイルがあらわれる――二台とも黒のフェラーリで、スピードを増している。

ボンドは速度を時速百マイルにあげた。ニキがかすかにあえぎながら、助手席のドアのアームレストにしがみついた。タイヤをきしませてカーブをまわったが、ジャガーのコントロールは抜群だった。やがて、銃声が聞こえてきた。

ジャガーの後部に三発の弾丸がつづけざまに命中した。一台のフェラーリはボンドの後方およそ三十ヤード地点にいる。助手席の窓から身を乗りだして狙撃している者の姿がバックミラーに映った。

さらなる直撃を受けたが、チョバム装甲が弾をはねかえしている。ブースロイド少佐がほどこした反応材質を用いた外装は銃弾が当たると爆発し、弾痕に粘性流体が広がって、あっという間に新しい塗料が穴をふさいだ。

ボンドはヘッドライトを消し、暗視機能の特性を利用した。光学装置が自然光を増大させ、風防ガラス内の第二スクリーンに道路の状況を映しだす。銃撃はつづいているが、射手の狙いは妨害されていた。銃弾はジャガーに当たりもせず、かたわらを飛んでいく。

対向車がカーブから飛びだしてきて、あやうくぶつかりそうになった。クラクションが鳴りひびく。ボンドは別のボタンを押して、偵察機が空中からの映像を送れるようにした。これで前方のカーブ付近が〝見える〟ようになり、反対車線から来る車があればわかるようになった。暗闇のなかで、前を行くのんびり運転の車を追い越した。だが、それでも二台のフェラーリはついてくる。

ボンドは速度をゆるめ、一台に追いつかせるようにした。

「何してるの？」ニキが尋ねる。

「やつらがどれほどぼくたちを必要としているのか、確かめてみよう」

ジャガーのスピードは時速七十五マイルまでさがり、フェラーリは背後にぴったりくっついた。どうして弾丸が貫通しないのかとまどいつつ、射手はかかえたウジを連射した。運転手は対向車が来ないことに賭けて、反対車線に寄った。

ボンドはフェラーリに横づけさせた。車内のふたりの男はボンドのほうをにらみつけ、暗い窓の向こうの顔をのぞきこもうとする。ボンドはボタンを押した。だしぬけに、フェラーリの前方のカーブに対向車のライトがあらわれ、だんだん大きくなってくる。ニキが悲鳴をあげた。追跡者たちの顔に驚愕の表情が浮かぶのをボンドは見た。運転手は車を避けようとして左にステアリングを切った。あいにく、フェラーリは道からそれ、金属のレールを突きやぶって宙に飛びだした。フェラーリは崖の側面にぶつかり、二秒後に炎上した。

ボンドが別のボタンを押すと、対向車のホログラムは消えた。

「いまの車はどうなったの？」ニキが目を丸くしてきく。

「きみの空想上の映像だったんだよ」

もう一台のフェラーリが加速して、距離を詰めようとしている。またもや窓から身を乗りだす男がいて、銃を発射してくる。今回はジャガーの後部に派手に銃弾が浴びせられた。ボンドはアクセルを踏み、スピードを時速百二十マイルにあげた。GPSナビゲーションで、最初のフェラーリ——ジャガーを追い越してかなり先へ行っていたフェラーリが方向転換して、こちらに向かってくるのがわかる。

「テキサスであなたの顔が知られたと思う？」ニキが尋ねる。

「あの不妊症クリニックに隠しカメラでもないかぎり、それはないだろう。ロマノスの家でぼくが顔を見られた男たちはもう死んでいる。クリニックにカメラがあったかもしれないな。しっかりつかまっていて。後ろのやつが災いを招きそうだし、前からは最初のフェラーリに乗った友がやってくる」

ボンドはジョイスティックをつかって偵察機を操作し、後方のフェラーリの真上に移動させた。いまや二台の車間距離は二十ヤードほどだ。フェラーリは徐々に近づき、いっときジャガーの後部バンパーに激突しそうになった。偵察機の標的装置は背後のフェラーリに固定され、スピードを維持している。もはやフェラーリには、真上の偵察機から逃れるすべはない。

最初のフェラーリのヘッドライトが前方のカーブにあらわれた。ボンドのほうへ猛スピードで向かってくる。ヘッドライトはハイビームになっていたが、暗視光学効果がまぶしさを防いでくれた。フェラーリはボンドの車線にはいってきて、ジャガーと正面からぶつかるかまえだ。

ボンドは西向きの車線にそれようとしたが、GPSナビゲーションのスクリーンはフェラーリのやや後方にもう一台いることを示している。おそらく、一般車だろう。背後のフェラーリは間隔を詰めており、射手はまた発砲しはじめている。まもなく、ジャガーは前方から来るフェラーリと衝突するだろう。右によければ山に突っこむ。車線を変えれば一般車と激突するか、崖から転落する。

ボンドはふたつのスイッチをつづけて入れた。ジャガーががくんと揺れ、シャシの下から巡航ミサイルが発射された。前方のフェラーリが爆発して大きな火の玉となり、傾きながら山腹に突っこんだ。一般車は走りつづける。ジャガーとすれちがったとき、運転者の目は恐怖に大きく見開かれていた。

背後のフェラーリはすぐそばに迫っている。ボンドはジョイスティックを操作し、偵察機をジャガーの少し前に出した。ボタンをいくつか押すと、コンピュータがすばやく高さと速度と距離を比べて計算する。偵察機を所定の位置につかせ、ふたたび目標を背後のフェラーリに設定する。

さらにボタンを押して、バックミラーを見た。

偵察機が小さなパラシュートをつけた爆弾の一群を投下した。コンピュータは爆弾が地面に達する時間を入念に計算し、偵察機の位置がじゅうぶん前方に来るようにしてあった。爆弾が地面に触れるとき、フェラーリがちょうどその場所を通過するように。爆弾が到達するや、フェラーリは炎上して道をそれ、崖から転落した。

危険が排除されると、ボンドはヘッドライトをつけ、安全速度を保ってアテネへ向かった。低速走行をして、偵察機が車体の下に合体するのを待つ。格納庫におさまったところで、厳重に鍵をかけた。

「すごいものね」ニキは言った。「兵器係に教えてやらなきゃ。あんなおもちゃ、うちでは手に入れたことないわ」

「女性があんなおもちゃをつかうのかい」

「この女性はつかうのよ」

ボンドはアームレストのなかの小物入れをあけ、鍵を取りだして手渡した。

「スペアキーだ。きみがおもちゃを必要になった場合のね」

ニキは目を見開いて受けとった。「ありがとう（エフハリストー）」

「またフェラーリに出会うといけないから、ジャガーをちょっと整形しておこう。車自体は変わらないが、しばらく敵を惑乱できる」ボンドはスイッチを入れた。車の塗料に含まれる電気に反応しやすい色素が変化した。ジャガーは青から赤になった。別のスイッチを入れ、ナンバープレートをイギリスからイタリアのものに変える。つぎに、GPS衛星ナビゲーション装置に手をのばしたが、そのままにしておくことにした。自動速度制御装置を設定し、沿岸道路をアテネまで誘導する命令を打ちこんだ。両手が自由になったので、ボンドはニキのほうに体を向けて抱きしめた。

「たいへん、車のなかでこんなことするのは十代のとき以来だわ」

ボンドはキスをしながら、そっとニキの胸に手を置いた。コットンシャツの下で乳首が固くなっているのがわかる。ニキは小さなあえぎをもらし、ボンドが性感帯に触れやすいように背をそらした。

「アテネに着くまで、あと一時間半はあるだろう。後部座席はひとりはいるのがやっとで、ふたりなんてとても無理だ。あいにく、バケットシートもこういうことを快適におこなうには向いていないと思うんだが」

ニキは言った。「だれが快適じゃなきゃいけないって言った？　なんとかなるわよ――とりあえず、この先のちょっと見晴らしのいい場所に着くまでは。そこなら、しばらく車をとめてられるわ」

そう言うと、ニキはシャツを脱ぎだした。

15　バイオリンクス

ボンドはにわかに目覚め、あたりを見まわした。ニキのシーツにくるまった体が隣にある。彼女はぐっすり眠っていた。

時計を見ると、とっくに朝を過ぎている。ゆうべはじつにすばらしかった。アテネの街を一望する〈グランド・ブルターニュ〉のスイートのテラスで、ふたりは愛を交わした。アクロポリスの壮観さの前で交わるのは、どこかふさわしいものがある。その後も、寝室の巨大なベッドに場所を移して愛の行為をつづけた。ニキの愉悦の叫びはホテル中に聞こえそうなほど大きかったが、ボンドは気にしなかった。激しい女は嫌いではない。この女はまぎれもなく熱情的な地中海人種で、飽くことを知らないようだ。ふたりがようやく眠りについたのは、日の出前の朝まだきだった。

静かな寝息をたてているニキを見ているうち、ボンドは物憂い気分にひたりはじめた。昨夜は五感を刺激されつくした。おいしい食事、死の危険、長時間のセックス。ニキの脚がウェストにまわされ、とび色の瞳に目をのぞきこまれたとき、ボンドは自分が生きていることを実感した。だが、朝が来て新しい一日がはじまると、みんなすっかり消えてしまった。ゆうべのことは薄れゆく記憶にすぎず、いまはむなしさを感じる。

見られていることに気づいたのか、ニキはもぞもぞ動きだし、伸びをした。ボンドのほうを向いて手をのばし、「おはよう（カリメーラ）」と眠そうな声で言う。ボンドはニキを抱きしめ、キスをして言った。「おはよう」

「いま何時？」あくびまじりに尋ねる。

「十一時近い。こんなに寝坊したのははじめてだ」

「あんな夜のあとだもの、休息が必要だったのよ」

ボンドはニキの体に手を置き、脇腹から腰のくびれをなぞって尻まで走らせた。

「電話をかけてくるよ」そう言ってもう一度キスをすると、起きあがってホテルのテリークロス地のローブをはおり、居間まで歩いていった。ボンドはQ課から標準支給された小型装置をつかって盗聴器が仕掛けられていないことを確かめてから、受話器を取りあげた。

ギリシャとイギリスの時差は二時間だ。この時間ならマイルズ・メサービイ卿も起きていて、クオーターデッキの庭を散歩しているか、コーヒーを飲みながら《タイムズ》を読んでいるころだろう。

ぶっきらぼうな声が応えたが、相手がボンドだとわかると、さっと声が華やいだ。

「やあ、ジェイムズ。どこからだ？」

「外国です。ちょっとお尋ねしたいことがあって、時間が早すぎないといいんですが」

「まったく平気さ。いまコーヒーを飲みながら《タイムズ》を読んでたところだ。たしかハッチンソン事件を担当しとったな？」

「ええ。パーティの晩のことを覚えておられますか。彼の家族についてご存じのことがあると言われた。なんだったんです?」

前任のMがため息をつくのが聞こえた。「あの男に対する偏見から反応しとったんだろう。われわれはどちらも相手が気に入らなかっただけだと思うよ」

「教えてください、マイルズ卿」

「きみが覚えとるかどうか知らんが、ハッチンソンが国際親善大使に任命されたとき、騒動が生じた」

「熱狂的に迎えられたということだけは覚えています」

「どこやらへ葬られてしまったが、ある記事が《エクスプレス》だかなんだか、そんな新聞に載った。彼の父親が大戦中、軍法会議にかけられたという内容だ。非難の声も少少あがったが、すぐに消えた」

「わかりませんね。どういうことだったんです?」

「ハッチンソンの父親のリチャード・ハッチンソンは、ギリシャ駐留の将校で、ナチの埋蔵金を〝置き忘れた〟として軍法会議にかけられた。ヨーロッパではそんなことはあちこちで起きとった。スイスは知らんふり。きみがジャマイカで調査した将校と似たような状況だよ。なんという名だったかな。自分の浜辺で死んだ男」

「スマイス」

「ああ、そうだった。ともあれ、リチャード・ハッチンソンはアテネの埋蔵所から大量のナチスの金を盗んだかどで告発された。結局、証拠不十分で無罪が認められ、名誉除隊となった。そんなわけで、それ以上の追及はなく、一般市民の生活をつづけた。言うまでもなく、金は発見されなかった」

「おもしろい。父親は有罪だと思いますか」

「彼がアルフレッド・ハッチンソンだったら、有罪だと言うだろう。わたしはあの男を……その、知っとるから。父親のことは知らん。だが、軍隊は通常、れっきとした理由もなしに将校を軍法会議にかけたりしないもんだ」

「アルフレッド・ハッチンソンのどこが神経に障るんでしょう、マイルズ卿?」

「こっちが不愉快になるほど偉そうなところがある。自分がだれより優秀だと思っとるんだ。あの男から中古車を買おうとは思わんね。信用しとらんから。それだけだ。ただの直感だけどな」
「いや、それでじゅうぶんです、マイルズ卿。たいへん参考になりました」
「じゃあな、ジェイムズ」おやじさんは言った。「気をつけるんだぞ」

〈バイオリンクス〉の社長メリナ・パパスとの約束は昼食後だった。あまりなごやかな面談とはいかないだろう。ギリシャ警察はすでに建物内の精子と血液の在庫を押収し、施設の営業活動を完全に滞らせていたが、それもしかたのない処置だ。ボンドとニキはミズ・パパスから文句を言われる覚悟でいた。

ニキの運転するトヨタの車内で、ボンドは〝バイオリンクス〟と記されたファイルを読んでいた。資料には白黒写真が添えられている。黒っぽい髪、わし鼻、すぼんだ口の四十代の女性で、〝メリナ・パパス、取締役社長〟というキャプションがついていた。彼女の履歴は目をみはるもので、三つの国際的な大手製薬会社の研究開発部門に所属したのち、六年前に〈バイオリンクス〉を設立した。

〈バイオリンクス〉はアテネ大学近くに、三階建ての近代的なビルをかまえていた。一階には不妊症に悩む患者の診察室や家族計画カウンセリング室があり、上層にはオフィスや研究室や製薬設備がはいっていた。

ふたりは口ひげのはえた太り肉の女性に連れられてエレベータに乗り、社長室に案内された。明るくて居心地のいい広い部屋で、一方に会議用テーブル、もう一方には優雅なデスクがあり、医学や生化学関係の本がびっしり壁際をおおっている。

しばらくすると、わし鼻の野暮ったい女性が社長室にはいってきた。小柄で、身長は五フィートぐらいしかない。

「メリナ・パパスです」その女性は不機嫌そうに言った。

ニキがギリシャ語で自分たちの紹介をはじめたが、英語でさえぎられた。「いつになったら、うちの精子と血液を返してもらえるのかしら。これがビジネスにどうひびくかおわかり？　わが社の研究開発は完全に停止してしまったのよ！」

「あなたの体液に何も問題がないことを確かめたいんです、ミズ・パパス。正確に言うなら、あなたの会社の体液に」ニキは言った。「それで病気になる人が出てほしくはないでしょう?」

「もう二十四時間が経過しています。いつまでつづくんですか」

「ミズ・パパス、もどってくることは期待できないと思います。すべて廃棄されるでしょう」

「とんでもないことだわ! 弁護士に連絡させます」メリナ・パパスはすぼんだ口をきっと結んだ。

「けっこうです」ニキは言った。「しかし、われわれの側にも法があります。では、よろしければ、二、三、おうかがいしたいのですが」

「よくないわ。でも、どうぞ。さっさと終わらせましょう」

「チャールズ・ハッチンソンをご存じですか」ボンドが尋ねた。

「いいえ」

「彼はテキサス州オースティンにあるあなたがたのクリニック、〈リプロケア〉から精子を運んでいました」

メリナ・パパスは首を振った。「そこからはもう何週間も品物が届いていません。その件なら、ほかの捜査官にもお話ししましたけど」

「ミズ・パパス、チャールズ・ハッチンソンがここへブリーフケースを運んだことはわかっています。その中身がなんだったかを知りたいんです」と、ニキ。

「どうしてアメリカからサンプルを取り寄せるんでしょう?」と、ボンド。「このギリシャでは精子を手に入れられないんですか」

「いいえ、もちろん手にはいります。アメリカのもののほうが質がいいと顧客が思いがちなだけで」

「おなじギリシャ人として、それは侮辱だと思いますが」ニキが言った。

「意外にも、ある程度あたっているのよ。アメリカの精子のほうが健康で、運動性があるようです。だからいいと言っているわけではありません。でも、顧客は安心する。市場がそれを求めているということです。われわれが販売する精子は多くの人種を扱っていることをご理解ください。顧客にはアジア人の父親を求める者もいれば、コーカサスもヒスパニックもいる……できるだけのことをして精子を手に入れなければなりません」

「こちらではどんな研究開発をおこなっているんですか」

「うちは薬を作る会社ですよ、ミスター・ブライス。それが本業です。不妊問題に取りくむ小さなチームもあります。さまざまな病気のワクチンに取りくむチームも。エイズ研究者もいれば、癌研究者もいる。ギリシャでも有数の評判の高い医学研究所なんです」

「ドクター・アシュリー・アンダーソンについてはどれほどご存じでしたか」ボンドがきく。

「会ったのは三回ぐらいでしょう。仕事の件で何度かここを訪れました。彼女が犯罪に関与していたとはまったく気づきませんでした」

「〈リプロケア〉は〈バイオリンクス〉が所有していたんですよね」ニキがきく。

「ええ。ですが、独立したクリニックで、運営はまかせていました」

「それならなぜ、そこから精子サンプルを手に入れていたんですか」ボンドが尋ねた。

「たんなるビジネスの一環です！　アメリカで起こったことを知ったときには、ほんとうに取り乱したんです。信じられない思いだった。彼女がうちの研究所とクリニックを利用して、化学兵器を流していたなんて。彼女は優秀で聡明な生化学者でした。アメリカ人は誤認逮捕したか何かにちがいないわ。まったく、信じられないことです」

「残念ながら、事実にまちがいありません」ニキは言った。

「幸いにも、クリニックの損失は保険がおぎなってくれます。でも、彼女がどうやって亡くなったのかまだ理解できません」

「自分で命を絶ったんですよ、ミズ・パパス」

「そうですか」

「コンスタンティン・ロマノスという男性はご存じですか」ボンドは尋ねながら、相手が一瞬ぎくりとするのを見逃さなかった。

「もちろん、知っています。この会社の所有者ですから。日常業務にはまったく口を出しませんが。そちらはわたしの仕事です。ここへは二度ぐらいしか来たことがないと思います」

「彼は〈バイオリンクス〉にかなり金を注ぎこんでいるのでは？」

「まあ、そうでしょうね。二年前に買い取ってもらわなければ、わが社は倒産していたでしょう。いまではかなりの資産価値がありますけど」

メリナ・パパスもその会社も、犯罪とつなげることはむずかしかった。ギリシャ警察とギリシャ情報部は〈バイオリンクス〉から何ひとつ異常を見つけられなかった。メリナ・パパスに前科はない。黒幕がだれにしろ、〈バイオリンクス〉を便利な道具として利用しているにすぎないという見方もできる。だが、ボンドの本能はそうではないと告げていた。

「クリストファー・ホイッテンという男性は知っていますか」

「いいえ、知らないと思いますけど。イギリス人ですか」

「ええ」

「やはり知りません」

「アルフレッド・ハッチンソンという名前に心当たりは？」

ふたたび、ボンドは相手が心ならずもめんくらったのを感じとった。「いいえ」とパパスは言った。

ボンドはニキを見やった。ふたりともこれ以上成果がないことを暗黙のうちに了解した。

「ありがとうございました、ミズ・パパス」ニキは言った。「ご迷惑をおかけしてすみません。あなたの、その、体液の損失が払いもどされるよう、手はずは整っていると思います」

「保証してもらえるの？」

「わたしにはその権限はありませんが、何ができるか確かめてみます」

ボンドたちはミズ・パパスの側近のひとりに部屋から送り出された。

りだされ、エレベータに案内された。ふたりきりになると、ニキがささやいた。「彼女、どれほどの嘘つきだと思う、ジェイムズ？」

「かなりのものだ。だが、じゅうぶんとは言えない」

オフィスでは、メリナ・パパスがグラスにスコッチを注ぎ、震えながらデスクについた。受話器を取りあげ、秘書につなぐ。

「クリスティーナ、二、三日、留守にしなければならなくなったの。すぐに発つわ。手紙や電話の処理を頼むわね。いいえ、行き先は言えないわ。連絡が必要なときは、ボイスメールに伝言を残して。こちらから電話するから。そうよ」

メリナは電話を切り、デスクの背後の戸棚をあけた。旅行かばんを取りだし、オフィスの所持品のうち最低限必要なものを詰める。メリナ・パパスは涙をこらえていた。もうこの地位にもどってくることがないのを知っていたから。

荷物をまとめおえると、メリナはふたたび受話器を取りあげ、ヒオス島に電話をかけた。


その日が終わるまでに、ロンドンではウィリアムズ病により、十五名が死亡した。さらに別の感染者が英仏海峡を越えてパリへ渡った。ニューヨークの死者は三十名になった。日本では死亡者数は百二十名に達した。ロサンゼルスでは九十八名が未知の病で最期を遂げた。

必然的に、報道機関は何が起こっているのか察知した。その夜、命にかかわる伝染病が世界中に広がる恐れがあることが、CNNのニュースで報じられた。

16 ロマノス

〈オ・モンパルナス・カジノ〉はアテネを囲む三山のうちのひとつ、パルニサ山の頂上にある。アテネ郊外のいちばん外縁に位置するトラコマケドニスという地区だ。カジノまでは車で山をのぼって建物のおもてに駐車することもできるが、おおかたはふもとに車をとめてロープウェイを利用する。頂上に着くまでの五分間に、アテネのすばらしい夜景を望める。街の灯は山から扇型にのび、暗い景色のなかを目の届くかぎり広がっていく。

午後十時、ジェイムズ・ボンドはジャガーをロープウェイ駅の駐車場にとめ、待合室にいる十二人の客に加わった。ブリオーニのグレーの三つ揃いで少々めかしこみすぎたきらいはあるが、ロマノスに会ったときに自分を印象づけたかった。

〈バイオリンクス〉を訪れたあとで、ニキはカテハキ通りにある本部にもどった。ボンドは翌朝、電話することを約束した。カジノへはひとりで行きたかった。パートナーがいるのもたいていはいいが、ギャンブルをするときには気をそらされたくなかった。ニキのような相棒は今宵すべきことの妨げになるだろう。それに、ニキにはチャールズ・ハッチンソン殺害事件の警察捜査を追跡する必要がある。正直なところ、ボンドは少し距離を置きたかった。すっかりなじみの倦怠感というやつだ。不幸なことにそれが悪循環を招く。ニキは宵のうちに二度、電話をかけてきた。ボンドの気を変えさせて、自分も同行しようというつもりだったのだろう。例によって、こちらが避けようとすると、女はますますボンドに興味を持つらしい。かつてフェリックス・ライターが言ったことがある。「女っていうのは切手みたいなもんだ――つばを吐きかければかけるほど、くっついてくる」

ロープウェイで絶景を楽しんだあとでは、カジノそのものはやや期待はずれだった。メインルームまでは地味な廊下を行かなければならない。想像していた豪華さとはほど遠く、〈オ・モンパルナス〉は小さなカジノだった。部屋は一室だけで、そこにさまざまなゲーム・テーブルが詰めこまれている。スロットマシンもなく、赤い絨毯は華麗だったものの、カジノには目をひくものはなかった。部屋の端にあるバーのそばには白いクロスのかかったテーブルがあり、ゆっくりすわって飲めるようになっている。

総体にみすぼらしいにもかかわらず、カジノは客を引き寄せていた。部屋はすでにいっぱいで、煙が立ちこめている。ブラックジャックのテーブルはいくつかゲームが進行中で、ルーレットテーブルのまわりはプレイヤーや見物人であふれ、ポーカーテーブルには近づくこともできなかった。

ボンドはひとつだけあるバカラのテーブルに行った。そこもこんでいて、空席はなかった。バーリントン・アーケードの〈H・シモンズ〉の煙草に火をつけ、ウェイトレスにウォッカ・マティーニを注文する。飲み物が来ると、ボンドは何気なく片側に寄り、テーブルを囲む人々を観察しはじめた。

コンスタンティン・ロマノスが親だ。その男には際立ったオーラが漂っていて、見えないけれどはっきり感じとれるカリスマ性を発散しているようだった。整った顔立ちに黒っぽい肌、すわっていてもわかる長身。その目は鋼のごとく冷たかった。不似合いな細い葉巻をシガレットホルダーにさして吸っている。煙が光輪のような円を頭上に描く。ロマノスの調子はいいようだった。目の前に賭け札の山を積み重ねている。

ボンドはまたいとこのヴァシリスがロマノスの背後に立っているのに気づいた。テキサスで目撃した浅黒いボディビルダーだ。ヴァシリスは無駄口ひとつきかない——ボスのボディガードとしてその場にいるのだ。男はとてつもない巨漢だった。

バカラはシェマン・ド・フェールと同種のゲームで、そのルールはカジノによってさまざまだ。ボンドが見たところ、〈オ・モンパルナス〉のゲームはシェマン・ド・フェールによく似ていた。ひとりのプレイヤーが親(バンク)をつづけ、その人物が負けると親とカード箱はテーブルをまわり、大金を賭ける気のあるプレイヤーと交替する。ゲームの目的はできるだけ合計点が九に近くなるカードを集めること。絵札と十は価値がない。

テーブルについている女性が「バンコ」と言って、賭け札を場に出した。〝バンコ〟と宣言するのは親と同額を賭けるという意味で、このテーブルの場合、百万ドラクマに相当する。ほかの客で賭けに応じたのはトルコ帽をかぶった中東の男性だけだった。ボンドはその女性をじっくり眺めた。歳のころは三十前後、燃えたつような赤い髪をしていて、すこぶる魅力的だ。青白い肌に青い瞳、かすかなそばかすが顔やむきだしの肩に散らばっている。

ロマノスがカードを配る。親は取り札なし（ナチュラル）の〝八〟で、カードをおもてにした。

「八」とロマノスは言った。赤毛の女は負けた。

ひとりの男がかぶりを振りながら席を立ち、ボンドに譲った。ボンドはさりげなく席につくと「バンコ」と宣言し、親の賭け金と同額の二百万ドラクマ分を出した。為替レートは一ポンドが約三百六十五ドラクマだから、二百万ドラクマは七万三千ポンドということになる。ボンドはギリシャに来るまえに、ＳＩＳの〝返済不要〟の事業経費専用の資金から現金を引きだしてあった。

コンスタンティン・ロマノスはボンドを見ると、軽く会釈し、カード箱から札を配った。ボンドには〝一〟と〝三〟が来た。ロマノスは手札をじっと眺めてからふせた。ボンドは三枚目を要求した。おもてを向けられたカードは――〝四〟だ。ロマノスは配られた手のままでカードを開いた。ボンドの〝八〟がロマノスの〝七〟に勝った。

「ツキがあるようですな、ミスター……？」ロマノスは英語で言った。

「ブライス。ジョン・ブライスです」ボンドは言った。

「ツキではありません。わたしは勝負をはじめるまえに、神々に祈ります。あなたは祈らないんですか」

ロマノスはやや狼狽して、ほほえんだ。ボンドには自分の正体がばれているのかどうかはわからなかった。またいとこのヴァシリスがものすごい目で、こちらをにらんでいる。近くで見ると、ヴァシリスは昔のサーカスにいた見世物のようだった。ボンドはまたもや男の押し出しに驚いた。首はほとんどない――フットボール型の大きな頭が、壁みたいな両肩の上にのっているだけだ。二頭筋はとてつもなく大きく、両手でつかもうとしても指が届かないのではないかと思う。

ロマノスは親の権利を失った。カード箱がテーブルをまわるが、だれも親になろうとしない。ついにボンドに順番がまわってきて、五十万ドラクマからスタートした。

ロマノスが宣言する。「バンコ」ボンドは手際よくカード箱から札を出し、テーブルにすべらせた。親は合計で〝七〟になった。ここは配られた手で勝負しなければならない。ロマノスが要求した三枚目は〝五〟だった。ふたりの男は手の内を見せた。

「八」ロマノスが言った。「今回は神に見放されたようですね」

ボンドは親の権利とカード箱を隣の人にさしだした。が、結局ロマノスのところまでまわった。ロマノスは賭け金を百万ドラクマに設定した。

「バンコ」とボンドは言った。二枚のカードが配られる。今度の手はナチュラルの〝九〟だった。だが、親もおなじ手だった。

「プッシュ」テーブル係が言う。

もう一度カードが配られる。ボンドはまた〝七〟でそのまま勝負するよりなかった。ロマノスは三枚目に〝三〟を引き、開いたカードは絵札と〝二〟だった。見物人が息をのむなか、ボンドは賭け札をかきあつめた。

「バカラで九が最高の数だというのは残念ですね」ボンドは言った。「十にすべきだと思いませんか」

ロマノスはぎくりとし、顔から薄笑いが消えた。「どういう意味かな?」

「あなたはコンスタンティン・ロマノス氏でしょう? 〈新ピタゴラス教団〉の教祖の」

ロマノスはほほえんでうなずいた。「われわれのささやかな教団について、ご存じのようだね?」

「少しだけ。もっと知りたいですね」

「それはむずかしくはないだろう」テーブルについただれもが、ふたりの男のあいだに走る緊張を感じとった。行きつもどりつの勝負がしばらくつづき、ふたたびロマノスが親になった。ボンドはテーブルのプレイヤーを見まわした。魅力的な赤毛の女がこちらをじっと見てから、大きく賭けた。

ロマノスがボンドに配ったカードは、まったく役に立たない絵札二枚だった。幸いにも、三枚目は七のカードだった。親は合計が〝六〟で、ボンドはからくも負けずにすんだ。赤毛の女に目をやると、訳知り顔でほほえみかけてきた。

「ミスター・ブライス、酒を飲みおえる暇も与えず、わたしを丸裸にするつもりですか。一杯おごらせてもらって、バーで休憩するというのはどうです？」ロマノスの英語は流暢だった。

「もうひと勝負だけ」そう言ってから、ボンドは親を辞退した。ロマノスは親をつづけ、賭け金は四百万ドラクマに達していた。

ロマノスは「よかろう」とでも言うようにうなずき、カードを配った。ボンドにはバカラで勝つには最悪の〝五〟が来た。三枚目を引くよりしかたないが、〝九〟を超えてしまう可能性がひじょうに高い。テーブルをすべってきた三枚目のカードは〝四〟だ。ロマノスも三枚目を引き、手を見せた。合計が〝七〟。ボンドは〝九〟でまたもや勝った。

「おめでとう」ロマノスは言って、カード箱をまわした。「怪我が大きくならないうちにやめるとしよう」男の言い方は謙虚だったが、大敗したことにうろたえているのはわかった。ボンドに五百万ドラクマ近くを奪われたのだ。ヴァシリスが椅子を引き、ロマノスは立ちあがった。優に六フィートを超える長身で、彫像のように堂々としている。その命令にしたがう弟子たちがいるのも無理はない。その命令には殺人やテロ行為も含まれるのだろうか。

ボンドはていねいにカード箱をまわし、テーブル係にチップをやってから、バーのかたわらのロマノスがいるテーブルに同席した。ウォッカ・マティーニをもう一杯頼む。

ロマノスはジントニックを注文した。

「教えてください、ミスター・ブライス。なぜ新ピタゴラス学派について、もっと知りたいのですか。あなたは数学者なのかな？」

「とんでもない。わたしは作家です。哲学と宗教についての本を書いているところでして、それであなたの教団に興味を持ったんです。あなたの教義はピタゴラスに基づいているとうかがいましたが」

「そのとおりです。ピタゴラスはたんなる数学者ではありません。ソクラテスやプラトンもピタゴラスに多くを負っている。いつかあなたも、スニオン岬でおこなうわれわれの集会にいらしたらいい。見聞を広める人間は賢い。ピタゴラスは人間には三種類あると主張した。ちょうどオリンピア競技祭に赴くよそものに三通りあるように。いちばん下の階級はそこで商いをする者、そのうえの階級は競技に参加する者、いちばん上の階級はただ観戦する者。われわれは利益も名誉も知識も、すべて愛する者です。あなたはどれを愛されるかな、ミスター・ブライス？」

「どれも少しずつかな」

「教祖、すなわちピタゴラスは、教えを請う者はまず数学を学べと命じた。ピタゴラス学派は人生のいっさいを数字に還元した。数字には反論のしようがないから。われわれは普通、二の倍数が四になるからといって腹を立てたりしない。感情が絡めば、答えを五にしようと思う者が、三にしようと思う者と口論になるだろう。すべて個人的な理由からね。数学の世界では、真実は明白で、感情は排除される。数学を理解する頭脳は並みはずれていて、抽象的思考の世界へも昇りつめることができる。そこでは、弟子は神にもっとも近い者になるのです」

「学生時代にもっと勉強しておけばよかった」

「教祖は言われた。われわれはみな、境のない無限の世界の一部だと。しかしながら、無限から物事が生じる段階に来ると、われわれは大きな変化を目にする。無限は有限になる。それが、ピタゴラスの哲学に対する偉大な貢献なのです。われわれはそれを理解しようとつとめなくてはならない。人生はさまざまな相反するものからできているんです、ミスター・ブライス。熱いと冷たい、潤っていると乾いている、一と多。ピタゴラスの哲学と数学の根本をなすもっとも一貫した原理は、両極的対立の関係や調和についての弁証法手続きです。一が多になるとき、地上に新秩序が生まれるとわれわれは信じます」

「で、一はどなたです？　あなたですか」

ロマノスはかぶりを振った。「わたしの口から言うことではありません。一は完全です。わたしはまちがいなく完全ではない。さっき、バカラで負けるところを見たでしょう」

「ええ、あなたは完全ではありませんね、ミスター・ロマノス。いまのところは。十に届いたとき、あなたは完全になる。ちがいますか」

ロマノスはボンドをまじまじと見た。「どういう意味かな？」

ボンドは気軽な口調を心がけた。「十の点からなる正三角形です。あなたがたのロゴ、それを見ました。まだ十には届いていないんですよね？」

「ええ。生きているあいだに達成するのはむずかしい」

「解脱の境地のようなものですか。神に近づくこと？」

「そうとも言える」

「では、七まで完了されたのだから、目標はそれほど遠くないですね」

ロマノスが身をこわばらせるのがわかった。この数分で、ロマノスは天才かもしれないが、同時に狂人でもあることをボンドは見てとった。彼はピタゴラスの哲学の基本原理と実証的な思想だけを採用し、それを奇怪なものにねじまげていた。ロマノスがほんとうに〈デカダ〉のリーダーであるなら、愚かな者が彼にしたがうのも信じがたいことではない。

穏やかならざる空気をかぎつけて、ヴァシリスがロマノスに近づき、耳元でささやいた。ロマノスはボンドから目を離さないまま、またいとこに軽くうなずき、ボンドには理解できないギリシャ語でなにやら言った。

「ちょっと席をはずさなければならない。どうぞごゆっくり、ミスター・ブライス。お別れに、ピタゴラスが言ったとされる話を教えましょう。数学の世界では、論理的な思考過程としてまず前提を立てます。すなわち、証拠によらず判断を妥当とみなすこと。それから、演繹推理をおこなう。わたしはその論理を日常生活に応用しているんだ、ミスター・ブライス。証拠は前提から生じなければならない。証拠がなければ、前提は無意味だ。今度、前提を立てるときに、覚えておくといい。しばらくしたら、わたしはまたバカラのテーブルにもどっている。きみが運をもう一度試したいならね」

「ありがとう。お会いできてよかったです、ミスター・ロマノス」ボンドは言った。ロマノスは席を立ち、ヴァシリスのあとについて部屋を出た。

マティーニを飲みほして、立ちあがろうとしたとき、赤毛の女が隣のテーブルから見つめているのに気づいた。連れはなく、ワインを飲んでいる。

「ミスター・ロマノスをあんなに怒らせるなんて、いったい何を言ったの？」女は強いギリシャ訛りの英語できいた。

「彼を怒らせたかな？」

「怒ってるように見えたわ。あなたがバカラで負かしたせいだとは思えないけど」

「ミスター・ロマノスのことを知っているの？」

「何者かということはね。ギリシャではちょっとした有名人だから」

「で、きみは……？」

女は手をさしだした。「ヘラ・ボロプロスよ。おすわりにならない……ミスター・ブライス、でしたっけ？」

「ジョン・ブライス」ボンドは隣に腰をおろして、なおさらその容貌に見ほれた。まさに申し分なく美しい。白い肌と赤い髪に、青い瞳がいちだんと映えている。ボンドは砲金製のシガレットケースを取りだし、一本勧めた。女が受けとったので、いつもポケットに入れているロンソンのライターで火をつけてやってから、自分にも一本つけた。

「ギリシャへはどうしていらしたの、ミスター・ブライス？」

「作家なんだ」

「あなたのご本を何か読んでるかしら」

「たぶんないだろう。たいがい、イギリスの無名の新聞に書いているから。あまり広く配られていないんだ」

「そうなの」

「きみこそ、すてきな金曜の夜に何をしにきたの？」

「ギャンブルを楽しみによ。亡くなった主人がよくここへ来てたの。それで習慣になったんでしょうね。ここでときどき顔を合わせる友人もいるわ。ときには、男性とも気軽に知りあえるし」

ヘラはふうっと息を吐きだし、最後の箇所を煙とともに強調した。ボンドはそれを誘いと受けとった。ニキのことが一瞬、頭をかすめ、ひょっこりホテルにあらわれたりするだろうかと考えた。それはありそうもない。

「ミスター・ロマノスについて、どんなことを知っているの？」

「ものすごい金持ちで、人並み以上の頭脳を持ってるらしいってことだけ。ハンサムだとは思うわ」

ヘラがそう言ったとき、ロマノスとまたいとこがカジノにもどってくるのが見えた。こちらに見向きもせず、まっすぐバカラのテーブルに向かう。

「彼がある種の魅力を持っているのはわかるよ」

「ギリシャにはいつまでいらっしゃるの、ミスター・ブライス？」

ボンドはいたずらっぽい仕草で言った。「神々が許してくれるかぎりずっと」

ヘラはほほえんだ。「わたしの名前は神のひとりからつけられたの」

「天界の女王だったかな？」

「そうよ。でも、あまりいい女王ではなかったわ。とても嫉妬深くて。哀れなヘラクレスの気を狂わせ、妻と子供たちを殺させてしまった。イアソンとメディアの仲も裂いた。つねに何かしらひどいことをしてたの。それでも、魔法の池で水浴びして、毎年処女にもどる能力を持ってたのよ」

「それはほんとうに利点になるのかな？」

「ゼウスに対してはそうでしょうね。彼はひひおやじで、しょっちゅう処女を追いまわしてたから。ゼウスの興味をつなぎとめるには、それしかなかったのよ」

「きみなら、ゼウスのような男をつなぎとめるにはどうする？　魔法の池があるの？」

ヘラは誘惑するような微笑を浮かべた。「あなたが気に入ったわ、ミスター・ブライス。夕食をいっしょにいかが？　アテネの街をご案内するわよ」

ボンドはその気になった。ニキのことがちらっとよぎったが、すぐに彼女への忠誠心を捨てた。ここへは任務で来ているのだ。それが自分流のやり方なのだからしかたない。

「夕食にはもう遅くないかい？」

「ギリシャの夕食はとても遅いし、みんな深夜まで起きてるのよ。さあ、フィロテイにあるわたしの家までついてきて。美しいところよ。何か軽いものを作るから、バルコニーにすわって、夜の空気を楽しめるわ」

ボンドは抑えがたい気持ちを認めないわけにはいかなかった。「そうだね。車はふもと？」

「ええ、ロープウェイで行きましょう」

ボンドは立ちあがり、手を取ってヘラを立たせた。その目をのぞきこむと、瞳孔がやや広がっていた。

カジノを去りながら、ボンドはバカラのテーブルに目をやった。ロマノスはカードをにらみつけている。ツキは回復していないようだ。細い葉巻に火をつけなおし、盛大に吹かしている。大男のヴァシリスがこちらを凝視している。軽く会釈したが、にらみかえしてくるだけだった。

ふたりは簡素な廊下を抜け、ロープウェイ駅の入り口に着いた。のぼってくるゴンドラを待つ先客がふたりいた。車両が到着すると、ふたりの男のうちのひとりが愛想のいい仕草で、ボンドたちを先に通した。ボンドとヘラは乗りこんで、街の景色がよく見えるよう後方の席に腰を落ちつけた。男たちも乗りこみ、車両のドアが閉まって、パルニサ山のふもとへおりる五分間の旅がはじまった。

ゴンドラが乗り場を離れて宙に出たとたん、ボンドは男たちをちらりと振りかえった。ふたりはセミ・オートマチック銃の撃鉄を起こし、発砲準備を整えていた。

17　天界の女王

ひとりがギリシャ語でなにやらわめき、ゴンドラの床にふせるよう、ボンドとヘラに銃でうながした。こいつらはヴァシリス・ロマノスの手下にちがいない。結局、こちらの正体はばれていたということだ。ボンドは女に心を迷わされすぎて、うかつにも気がゆるんでいた。

ヘラがギリシャ語で男に何か尋ねた。

「マルコスは床にふせろと言ってるんだ」もうひとりが英語で言った。「すぐにすむから」

恐怖に満ちた目でヘラが見つめる。ボンドはささやいた。

「心配ない。言われたとおりにしよう」

ゴンドラは最初の鉄塔に近づいていた。カジノと山麓駅とのあいだにはそういった支柱が三本ある。先ほど支柱のひとつを通過したとき、滑車がケーブル・ハウジングを越えるさいに車両がやや揺れたのをボンドは覚えていた。タイミングさえ合えば……

ボンドは両手をあげた。「なんだい、これは。強盗か。わたしはそんなに勝っていないんだよ、きみたち」

「さっさとしろ！」もうひとりが命令した。

「それじゃ、財布をやろう」ボンドはゆっくりと上着のポケットに手をのばした。

「両手はあげたままにしろ」英語を話すチンピラが言った。マルコスと呼ばれた男がそいつにギリシャ語で何か頼んでいる。「アリ」「金」「財布」という言葉が聞きとれる。

この提案に、アリという名だと思われる男は心をひかれた。金品を奪うことは予定になかったが、このイギリス人はちょっとばかり現金を持っているだろう。マルコスがギリシャ語で吐きだすように命じた。

「よし、まずおまえの財布をよこせ。ゆっくりとな。おかしな真似はするなよ」アリが言った。「女のハンドバッグももらう」

支柱まであと二秒だ。ボンドはジャケットの内側に手を入れ、ワルサーＰＰＫをつかんだ。支柱のケーブル・ハウジングを通過し、ゴンドラががくんと揺れた。ボンドはさっと飛びあがり、床を強く踏みつけて、ゴンドラを傾かせた。チンピラたちがバランスを崩す。すかさず銃を抜き、マルコスの肩を撃つ。マルコスは銃を取りおとした。アリがむやみに銃を発砲しはじめた。ヘラが悲鳴をあげて、ゴンドラの片隅に身をひそめる。ボンドの背後の窓ガラスに三発の弾が撃ちこまれた。粉々になったガラスがそこら中に飛びちる。ボンドは床に飛びこんで前方にすべり、チンピラにタックルした。ボンドとアリはどちらも武器を落とした。

ゴンドラはいまや激しく揺れながら、ふもとに向かっている。武器は床をすべり、手の届かないところまで行った。ボンドはアリの上に乗り、顔面を強打した。傷口からおびただしい血を流したマルコスがボンドの上に這いあがり、アリから引き離そうとする。ボンドは左の肘で相手の鼻先を突きのけた。マルコスが痛みに悲鳴をあげる。

意表をつかれた驚きはすでに消え去っていた。アリはボンドの腹に膝蹴りを食らわせ、顎に一発見舞って床に倒した。ふたりがボンドの上に飛びのり、げんこつで殴りだす。必死に身をかばおうと、ボンドは両肘を顔の前に持っていった。チンピラはふたりとも腕っぷしが強く、手ごわかった。ボンドの真上でみにくい顔がうなっている。

目の端に、ゴンドラの片隅にうずくまるヘラが見えた。すぐそばに武器があるが、彼女は恐怖に身をすくませている。助けは期待できないとボンドは悟った。

ボンドはすばやく両手をのばし、チンピラたちの頭をつかんだ。ふたつの頭をしたたかに打ちあわせ、彼らの鼻にげんこつをたたきこむ。ふたりがのけぞったすきに、ボンドは立ちあがろうとした。アリが自分の武器に飛びつこうとしたが、その脚をつかんで届かなくさせた。その間に、マルコスが自分の武器を取りにいこうとする。ボンドは脚を突きだして、つまずかせた。マルコスはゴンドラの片側にぶつかり、さらにガラスを割った。アリが大きなガラスの破片をつかみ、ボンドに切りかかってきた。破片の先がジャケットを切り裂き、鎖骨に沿って薄く切られた。ボンドはアリの脚を離し、さっと立ちあがった。マルコスに後ろ蹴りを見舞い、息を詰まらせて体を二つ折りにさせる。両肩をつかんで、後方へ投げとばす。マルコスは反対側の窓に激突し、ゴンドラの外へ飛びだした。そのまま大きな叫び声をあげながら、死へ向かって落下した。

アリは立ちあがり、ガラスの破片を手に突進してきた。ボンドはその腕をつかんだ。ふたりは取っ組みあって、床に転がった。ガラスは目の前にある。アリがあまりにも強く握りしめているので、手が切れてこぶしから血が流れだしている。ボンドはありったけの力を奮いおこして、男の腕を逆方向にねじった。ふたりの力は拮抗しており、あとはどちらが先にへばるかの問題だった。

ゴンドラは二本目の支柱を通過した。もう一分かそこらで山麓に着くだろう。警察沙汰になるのだけはなんとしても避けなければならない。そうでないと、正体が明かされ、任務に支障をきたしてしまう。

ふたりとも腕が震えていた。ボンドは深く息をついてから、アリの両腕をさらに強く押した。腕は少しずつ動き、ガラスの破片がいまやアリの喉元に向いている。揉み合いに敗れそうなのを察して、アリの目が見開かれる。ボンドは力をこめつづけた。破片の先端は殺し屋の喉ぼとけに触れている。

「だれに雇われた?」ボンドは食いしばった歯のあいだからきいた。

アリはボンドの顔につばを吐きかけた。

だしぬけにヘラが我にかえり、丸まっていた姿勢から身を起こした。アリの背後にひざまずき、髪を引っぱる。アリはわめいたが、ボンドとガラスの破片から注意をそらさない。いきりたって、ボンドは最後の力を振りしぼり、男の腕を強く押した。ガラスが男の喉に突きささり、喉笛を切り裂き、脊髄を切断した。アリは目をどんよりさせ、最期のぞっとするような臭い息と血まじりのつばを吐いて、頭をだらりとさせた。

ボンドは立ちあがり、銃を取りもどした。ヘラは崩れるようにゴンドラの壁にもたれ、肩で息をしている。

「だいじょうぶかい」

ヘラはうなずいた。「怪我してるわ」

ボンドは肩の傷を調べた。たいしたことはないが、手当てが必要だ。前方の窓から外を見ると、山麓駅が近づいている。ゴンドラが停車したときに、なかにいたくはない。

「それほどの傷じゃない。いいかい、きみはいっしょに来なくていいが、わたしは窓から飛びおりる。この件で当局に尋問されるわけにはいかないんだ」

「そうでしょうね」ヘラはバッグに手を入れ、名刺を引きだした。「ここがうちの住所よ。先に行ってて。警察はわたしがなんとかするから。カジノではちょっと顔がきくの。みんな、わたしのことを知ってるわ。すぐにもどって、傷の手当てをするわね。わたしのことはだいじょうぶよ」

ボンドは割れた窓によじのぼり、ゴンドラが駅に到着するまえに飛びおりる準備をした。ゴンドラが地上の木々のてっぺんをかすめると、三つ数えて空中に飛びだし、地面にどさりと落ちて、少し転がってから起きあがった。ゴンドラは駅にはいっていった。ボンドは駐車場まで走り、警察が事態を知るまえにジャガーに乗りこんだ。

ヘラはフィロテイと呼ばれるアテネ郊外の高級住宅地に住んでいた。緑の茂った公園が豊富にあり、静かな広い通りと、広い庭つきの豪邸や別荘がある地域だ。ジャガーの衛星ナビゲーションと道路地図をつかって、中央に並木がある三車線道路のキフィシアス・アヴェニューに乗りいれる。それからL・アクリタ・ストリートに出て、三階建てのヘラのフラットを見つけた。ボンドはジャガーをとめ、なかで待った。一時間近くたったころ、ヘラがメルセデスベンツを駐車し、車をおりて入り口に歩いていくのが見えた。ボンドは車から出て呼びとめた。

「あら、そこにいらしたの、ミスター・ブライス。どうぞ。このうえに住んでるの。怪我の具合はいかが？」

「なんともない。ジョンと呼んでくれ。向こうはどうだった？」

「問題ないわ、ジョン。支配人ににっこりして言ったの。強盗に襲われそうになって、あなたが窓から飛びおりて逃げたって。ほんとのことですもの！　わたしはただ、あなたの名前を教えなかっただけ」

ふたりは三階まで行き、趣味のよい家具をそなえ、芸術品や小像がそこかしこに飾られたフラットにはいった。ヘラはバッグを椅子に放り投げ、まっすぐ寝室に向かった。

「さあ、遠慮なくどうぞ。肩の傷を調べてみましょうね」ヘラがドアの陰から言った。

ボンドは上着を脱いだ。シャツは血だらけだった。寝室に行くと、ヘラはバスルームのかたわらに立っていた。ボンドはシャツを脱ぎ、傷口を見た。裂傷はそれほどひどくない——ただ血で汚れているだけだ。フラットへ向かう車内で、なんとかぬぐいとってはみたのだが。

「かわいそうに」ヘラはボンドをバスルームへ導いた。タオルを濡らして、三インチの傷口をじっくりときれいにする。それから、また寝室へ連れもどした。

「タオルをあてたまま、しばらくそうしていてね」

ボンドはベッドの縁に腰かけ、ヘラが服を取り去るのを見守った。ヘラはプロのストリッパーのように、ゆっくり、なまめかしく脱いだ。裸になると、シーツを引っぱって、その下にすべりこむ。枕の上に赤い髪が広がった。

「デートが取りやめになるんじゃないかと思ったわ。そうならなくてよかった。その覆いの下に何があるのか見たかったの」

「きみを血まみれにしたくない。傷はふさがりかけている。きみが手荒にしなければ、口をあけないと思うが」

ヘラは起きあがり、ウェストまでシーツを落とした。裸の胸は豊かで、引き締まっている。乳首は大きく、髪にぴったり合う赤い色だった。胸にはそばかすが集まっている。ボンドがいつも欲望をかきたてられる肉体の特徴だ。

「あら、やさしくするわ」ヘラはボンドに手をのばし、背中を撫でた。首筋にキスをし、耳をかじる。右手で胸毛をまさぐり、その手を腹のほうへさげていく。ボンドはただちに欲情した。「かわいい虎のようにやさしくね」耳元でそっと言う。

ボンドは振り向いて、唇を重ねた。ヘラはボンドを引っぱってベッドに倒すと、腹の上にまたがった。

「あなたは横になってて、わたしにまかせて」ヘラはささやいた。

ヘラは身を寄せ、胸をさわりやすいようにした。少し腰をずらしてボンドをなかへ導くと、唇にキスをした。


コンスタンティン・ロマノスはストレッチリムジンで、パルニサ山からアテネの自宅へ向かっていた。正面にはヴァシリスが目を閉じてすわっている。終わってみれば、丸損というわけではなかった。あのイギリス人に奪われた金はほとんど取りもどしていた。

ロマノスはラップトップ・コンピュータを開き、インターネットにつないだ。JPGファイルが添付された電子メールが届いていた。

「おお、これこそ待っていた情報だ」ロマノスは言ったが、ヴァシリスが起きる気配はない。ファイルをダウンロードすると、たちまち粒子の粗い白黒写真が画面にあらわれた。ビデオテープの静止画像のようだ。そこには隠しカメラで撮られたとおぼしき、テキサスの〈リプロケア〉クリニックの廊下にいるジェイムズ・ボンドが写っていた。写真の下には〝〈サプライヤーズ〉を解体に追いこんだ男〟とある。

なんと！

ロマノスはヴァシリスを蹴って起こした。大男は鼻を鳴らし、頭を振った。

「これを見てみろ」ロマノスはコンピュータの画面を向けた。ヴァシリスがじっと見入る。

「カジノにいた男だ」野獣は言った。「マルコスとアリを殺したやつ」

「そのとおり。オースティンで見かけていないのはたしかなのか」

「だれだったか知らない。おれはそいつを見てないんだ。カウボーイたちが追いかけたが、ふたりとも死んじまった。やつだったかもしれない、けど、わかりようがないだろ？マルコスとアリにやったことを考えると、やつにちがいないだろうな。オースティンのクリニックをめちゃくちゃにしたやつには度胸がある。マルコスとアリをやったやつにも度胸がある。これがおなじ男なら、とっちめてやればいいだけさ」

ヴァシリスはうなりながら、意気込んで手をこすりあわせた。

「ヴァシリス、頼むよ。重大な決断を迫られているんだ。われわれの計画は警戒が必要かもしれない。ナンバーツーからはまだ連絡がない。キプロスにいたのも、この男の可能性がある」

ロマノスはコンピュータを自分のほうに向け、写真をしげしげと眺めた。それから、新規のメールを作成し、そのJPGファイルを添付して〝スリー〟という名の人物のアドレスを指定した。

メッセージを打ちこむ。〝JPGファイルのコピーを送る。この男が何者か突きとめろ。現在はジョン・ブライスという偽名を使用。テキサスでの事件の張本人。スニオン岬の本部をかぎまわっていたのを目撃されている。スニオン岬でわれわれの警備車両三台を破壊し、六名の護衛を殺害したと思われる。今夜、アテネでふたりの護衛を殺害した。ナンバーツーがキプロスで二番目と三番目の襲撃を実行したさい、この男もキプロスにいたかもしれない。わたしの推測では、イギリスの情報部員だろう〟

ロマノスは〝モナド〟と署名し、電子メールを送信した。

リムジンは街の中心部にはいり、アテネ大学の近くでとまった。ロマノスは大学キャンパスを見渡すフラットを持っている。駐車場のなかで、運転手はロマノスとヴァシリスをおろした。ふたりはエレベータに乗り、ロマノスのフラットへ向かった。

「ヴァシリス、おまえに任務を与える」ロマノスは言って、バーに近づき、ブランデーのボトルを取った。ふたつのグラスに注ぎ、ひとつをまたいとこに手渡す。ヴァシリスはコンスタンティンのためなら、なんでもするだろう。

ロマノスはつづけた。「このブライスだかなんだかという男だが、テトラクティスの八番目の標的をこいつに差し替えなければならないだろう。われわれの計画に重大な変更が生じるが、しかたあるまい。この男はわれわれにとって脅威だ。神々は言われた。彼をこのまま脅威にしておいてはならぬ、と」

「アリとマルコスがしくじった場合にそなえて、ナンバーツーが対策を講じてるだろ、兄弟」

「いかにも！　彼女にはわれわれのだれよりも実行力がある。ナンバーツーは真の戦士だ。彼女がしくじることはない」

　男たちはブランデーを飲みほした。ヴァシリスがまたいとこを抱きしめ、フラットを出ていく。コンスタンティン・ロマノスはデスクに向かい、コンピュータを立ちあげた。すぐにインターネットの世界にもどり、リアルタイムで会話ができるインターネット・リレー・チャット（IRC）のサーバーに接続した。ほどなく、三人のユーザーが仮想ルームにはいってきた。

　チャットは数分で終わった。ロマノスが指示を打ちこむと、三人のユーザーは了解して、部屋を出た。ロマノスはコンピュータを終了し、立ちあがった。

　六階の部屋の窓から大学を見おろしながら、ロマノスは神々の言葉を思いだしていた。彼が果たす使命はもうそこまで来ている。二、三のつまらない障害が生じているだけだ。それを確実に取り除かねばならない。すぐだ、もうすぐ、〈デカダ〉はいま一度攻撃する。

　モナドはつぎの手だてを講じはじめた。


　一時間後、ボンドとヘラはベッドに起きあがって煙草を吸っていた。

「なんでセックスのあとには決まって一服するのかしら」ヘラが尋ねた。

「愛煙家にとっては、文章に句読点を打つようなものだろう」

「それなら感嘆符にしてよ」

　ヘラはボンドに寄り添い、胸毛を指ですいた。それから起きあがり、テリークロス地のローブをはおった。

「軽い食べ物と飲み物を用意するわ。そこにいてね、ハンサムさん。すぐにもどるから」

　キッチンでしばらく物音がしていた。数分後、ヘラはタンジェのボトルとグラス二個、覆いつきの皿二枚を運んできた。

「シャンパンをあけて。わたしは料理を用意するから」

ボンドはベッドから転がりおり、ボトルを手に取った。巧みに抜いてコルクを天井に飛ばす。シャンパンを注いでいるあいだに、ヘラがグリークサラダとパンとチーズがのった皿の覆いをはずした。

ヘラはロープを脱ぎ捨てた。ふたりとも裸のままベッドに腰をおろし、食べたり飲んだりした。シャンパンはよく冷えていて、喉越しがすばらしかった。

「さて、カジノへ行ったり、見知らぬ男を家に引きいれるほかには、何をやってるの?」

「ふたつめのは習慣じゃないわよ!」ヘラは笑いながら言った。「不動産ビジネス。北アテネの地所をいくつか管理してて、ホテルもひとつふたつ権利を持ってるの」

「儲かるんだろうね」

「悪くはないわ。でも、そのうちもっと裕福になる」

「どうして?」

ヘラは笑みを浮かべた。「そうなりそうなの。あなたは、ギリシャで何を書いてるの?」

「哲学と宗教について」

「かなり広範なテーマね?」

ボンドは笑みを浮かべた。「仕事の話はあまりしたくないな。あえて自分で言う必要もないからね」

「引っこみがちには見えないけど、ミスター・ブライス。今夜のロープウェイでの出来事を考えれば、ずっと家で執筆してるとは思えない」

「ジョンと呼んでくれよ」

「なら、ジョン、どこであんな戦い方を習ったの? とてもみごとだったわ」

「軍隊で覚えた」ボンドは嘘をついた。「幸運にもめったにつかうことはないけどね。きみに怪我がなくてほんとうによかった」

「じゃあ、本物の作家なのね? 作品を送ってくださらなきゃ。読んでみたいわ」

「きみは英語が上手だね」

「ギリシャ語と英語とフランス語が話せるわ。教育を受けたの」

「わかるよ」

「コンスタンティン・ロマノスの話をぜひ聴いてみたら。大学の講義に出席するだけでもおもしろいわよ」

「きみは彼を知らないと言ったはずだが？」

ヘラはめんくらってから言った。「知らないわ。でも、彼が話すのは聴いたことがある。大学で。それじゃ、朝になったら、街を案内しましょうか？」

「あいにく、用事があってね。夜なら会えると思うけど、どうかな？」

「ええ、いいわ。贔屓のレストランにお連れするわね。あなたもきっと気に入るわよ」

ふいに吐き気が押し寄せてきた。何が起こったのかわからないが、重いレンガで殴られたような苦しさだ。耳鳴りもする。

ヘラの話がかろうじて聞こえる。「料理はヘルシーなものばかり。肉はなくて、みんな野菜と果物で……」

なんとかしゃべろうとするものの、ろれつがまわらなくなっている。「食餌療法か何か……？」

「肉は食べないわ。厳格な菜食主義者なの」

頭のなかで警鐘が鳴ったが、すでに手遅れだった。料理に混入された薬の作用は速かった。

なんでそれほど馬鹿だったのか。敵の罠にまんまとはまってしまった。菜食主義者！　アシュリー・アンダーソンは菜食主義者だった。スニオン岬の〈新ピタゴラス教団〉の男は言っていた。メンバーは肉を食べない、と。ヘラも仲間なのか……？

思考が混乱の壁に包まれた。ボンドはヘラを見た。こちらを一心に見つめている。具合が悪いのかともきかずに。

ややあって、ヘラは言った。「ごめんなさいね、ジョン……まあ、だれでもいいけど、あなたはアリとマルコスにゴンドラのなかで消されたほうがよかったと願うようになるわ。あの愚か者どもはわたしのことを知らなかった。そうでなければ、わたしたちに強盗を働こうとはしなかったでしょう。わたしは割りこんで仕事を終わらすこともできた。でも、あなたに魅了されたの。あなたの体がほしかった。それも手に入れてしまった以上、もう用はないわ。お別れしなくちゃね」

「この……」ボンドは言いかけた。立ちあがろうとしたが、部屋がぐるぐるまわっていて、どさっと床に倒れた。目をあけると、ヘラが見おろしていた。

「……あばずれ女」なんとか言いおえた。やがて毛布をかけられたように闇が広がり、意識を失った。

18　殺人者の墓

闇と振動。低いとどろき。動き。狭苦しさ。

少しずつ意識を取りもどしながら知覚したものだ。ボンドは暗く狭い場所で丸まっていた。箱のなかだろうか。いや、動きと振動がある。車のトランクのなかだ。

痛みとこわばりを感じつつ、ボンドはできるだけ筋肉を収縮させ、薬による眠気を振りはらおうとした。シャツとズボンは身につけていたが、裸足だった。

なるほど、ヘラ・ボロプロスは敵側の人間だったのか。ボンドは自分の情けなさを呪った。またしても、おのれの性衝動(リビドー)のせいで、やっかいな目にあってしまった。

車内でふたりの男がギリシャ語でしゃべっているのが聞こえる。声はかすかで、内容も理解できなかった。どこへ連れていく気なのか。

何も見えない。トランクに手を這わせ、役に立ちそうなものを探す。箱のようなものがある――CDチェンジャーか？　ようやくふたつ並んだボタンを探りあてて押すと、トランクに明かりがともった。

すぐに、居場所を悟った。自分のジャガーXK8のなかだ。運転しているのがだれにしろ、ボンドがいた痕跡をことごとく消してしまうつもりらしい。どこか人里離れた場所へ連れていき、そこで殺して埋め、車も処分するのだろう。

鍵を試してみたが、内側からではあかないことがわかった。何か道具さえあればたぶん……だが、どうすべきか。やつらが車をとめるまで待って、行動に出る？　まずまちがいなく、向こうは臨戦態勢になっている。車の装備で利用できそうなものについて、ブースロイド少佐から教わったことはなかったか？

車内では、ヴァシリス・ロマノスが運転していた。かたわらにはニコスという名のもうひとりの野獣がいる。ヴァシリスはジャガーを運転するのははじめてだったので、すっかり夢中になっていた。イギリス人を殺したら、車を処分しなければならないのが残念だ。自分のものにしたいくらいなのに。

「何時だ？」ヴァシリスはギリシャ語で尋ねた。

「四時半だよ」太陽はあと二時間足らずで昇るだろう。

「あとどのくらいかかる？」

「一時間ぐらいかな」

「やつはまだ眠ってるのか」ニコスが尋ねた。

「何も物音がしないだろ？」

車はハイウェイを西に向かっていた。すでにアテネを出てから一時間、ふたりはバルカン半島の最南に位置するペロポネソス半島をめざしていた。ギリシャのなかでもとりわけ名勝に恵まれた地域だが、ふたりにとっては自然の美しさなどどうでもよかった。そんなささいなことをありがたがる気持ちは持ちあわせていなかった。

ボンドは精いっぱいリラックスして、力を取りもどそうとした。ひどく窮屈だったが、手足を一本ずつ曲げたりのばしたりする方法を実行した。トランクの内部もじっくり調べてみた。CDチェンジャーの隣にマイクロプロセッサ・ボックスが据えつけられていた。おそらく、車内の防御システムを操作することができるのではないか……

ボックスをあけると、回路とコードがごちゃごちゃはいっている。幸いにも、蓋の内側に配線図が印刷されていた。明かりはじゅうぶんではない——目をこらして見なければならなかったが、補助電源フィーダーの輪郭はたどれるので、ターミナルに接続できる。それから、さまざまなオプションをつぶさに眺めた。助手席か運転席のエアバッグはつかえそうだ。ひとりをやっつけてしまえば、トランクが開いたときの仕事がずっと楽になる。

さらに三十分が過ぎ、車はアギオス・イリアス山とザラ山のふもとの荒れ地、ミケーネ遺跡に近づいていた。遺跡はアガメムノンがおさめていた王国の名残だ。アガメムノンはトロイア戦争から帰ったのち、妻のクリテムネストラとその愛人に殺された。アガメムノンとクリテムネストラの墓はいずれもミケーネ遺跡にある。

ボンドは車が舗装道路から砂利道にはいるのを感じた。目的地はもうすぐなのだろう。

車はじっさい、遺跡につづく道に乗りいれていた。金網のゲートの前に来ると停止し、ニコスが車からおりて、鍵をあけた。車のヘッドライトだけが唯一の明かりだ。空は真の闇で、遺跡は石板やアーチや柱の暗いシルエットになっていた。

ボンドは車がとまり、一方のドアが開いて閉じるのを感じた。どうにか補助フィーダーを引っぱり、ターミナルにつなぐ頃合をはかる。ボンドは十三アンペアを十三マイクロ秒流すだけで、じゅうぶん目的にかなうと考えた。

ニコスがもどると、ヴァシリスは車を発進して開いたゲートを抜け、閉まっている売店やみやげもの屋のわきを通って坂道を進んだ。

助手席の男がもどってきたのを確認し、ボンドは補助フィーダーを〝エアバッグ——助手席〟というターミナルに接触させた。

車内ではニコスの目の前のダッシュボードが破裂し、特大サイズのエアバッグが飛びだして彼をすっかり包みこんだ。ヴァシリスもびっくりして運転を乱した。車はわきにそれ、土手にぶつかってとまった。ヴァシリスはなんとかドアをあけておもてに出た。ニコスのくぐもった悲鳴がかすかに聞こえる。くるりとまわって身をかがめ、ズボンの下のすねにつけた鞘からコマンド・ナイフを引きぬく。それから車にもどって、エアバッグを切り裂こうとした。だが、生地が厚すぎる。これは普通のエアバッグではない、とヴァシリスは気づいた。ほかの手を考えつくまえに、エアバッグの下の身もだえがやんだ。

ヴァシリスはナイフを元の場所にもどし、シグ・ザウエルP226を抜いて、車の後部まで行き、トランクの鍵をあけた。蓋を持ちあげながら一歩さがり、なかに銃を向けた。

「出ろ」ヴァシリスは命じた。「両手はあげたままだ」

ボンドはようやく体をのばすことができ、トランクから這いおりた。両手は頭の後ろにあげたままだが、機に乗じて背筋をのばした。

「口で言えないくらい心地よかったよ、どうも」ボンドは言った。「そうだ、友達に何か起こらなかったかい？　個人的には、自動車メーカーが新しい安全機能をあれこれ装備しすぎだと思うんだが、そうだろ？」

「歩け！」ヴァシリスは言い、丘の上の遺跡へつづく道を示した。ボンドはヴァシリスをしたがえ、ジャガーのヘッドライトに背を向けて歩きだした。道はだんだん暗くなった。砂利が硬くとがっているので、裸足には道の役を果たしていない。途中で見えない上り坂に足をとられてつまずいた。

「立て！」ヴァシリスがわめいた。「両手はあげとけよ」

ボンドはうまいこと小石をつかんでから立ちあがり、両手を後頭部にもどした。頭に石のごつごつした感触がある。

円形墓地と呼ばれる大きな石室を過ぎた。道の先には、竪穴墓室がいくつもあるさらに大きな墓地がある。ふたりは獅子の門のすぐそばまで来ていた。この城塞への入り口で、まぐさ石には柱を支える一対の獅子が彫られている。

「こっちだ」ヴァシリスが命じた。そこで獅子の門に別れを告げて右へ曲がり、より細い道にはいった。角を曲がると、丘を切り開いた広い場所に出た。石を並べてできた道があり、クリテムネストラの墓へつづいていた。開け放った戸口は彫刻をほどこした石に囲まれ、現代風の足場で支えられている。扉の下部は長方形だが、上部は三角形だった。

「はいれ」ヴァシリスは言って、銃の先で背中を突いた。ふたりは暗い墓室のなかにはいった。ややあって、ヴァシリスが懐中電灯をつけて地面に置いた。そこは二十メートルぐらいの高さがある石造りのドームだった。天井の一部には足場が組まれていた。復元作業がおこなわれているところらしい。

ヴァシリスはボンドに狙いをつけた。

ボンドはさっと部屋の様子を頭にたたきこみ、位置を把握した。「待てよ」ボンドの声が墓のなかで大きく響いた。「まずわたしにきくことがあるだろ？　だれに頼まれたとか、本名は何かとか」

ヴァシリスはかぶりを振った。「そんなこと知ってもちがいはない」強いアクセントがあった。

だしぬけに、ボンドはヴァシリスに石を力いっぱい投げつけた。石は額に命中した。ヴァシリスの叫びが十倍の大きさになってドームにこだまする。ボンドは一瞬のすきを利用して宙に飛びあがると、男の胸板に飛び蹴りを見舞った。素足が急所にめりこみ、ヴァシリスは銃を取りおとして倒れた。普通の人間なら死んでいてもおかしくないところだが、ヴァシリスは一瞬気絶しただけだった。ボンドが銃をつかむより早く、転がりこんできた。ボンドは男の上に倒れかかり、傷ついた肩を強く打ちつけた。

ヴァシリスは立ちあがって殴りかかってきた。ボンドは強打されて後ろにひっくりかえった。つかのま、明るい光しか見えず、頭に耐えがたい痛みを感じた。

まいったな。こいつはこれまででいちばん手ごわい相手かもしれない。

大男が二発目を繰りだしてきたが、間一髪のところで転がってよけた。ヴァシリスは勢いをとめられず、地面を思いきりたたいた。だが、関節を痛めることもなく、地面に大きなへこみを作る。

ボンドはよろよろと立ちあがり、頭を振った。気を引き締めたとき、ヴァシリスが立ちあがった。ボンドは宙に飛びあがって二段蹴りを放ち、左足を男の腹に、右足を顔に打ちこんだ。ボディビルダーはほとんどびくともしなかった。とてつもないうなり声をあげて相手のシャツをつかむと、レスラーのようにぐるぐる振りまわした。四周したところで手を放し、レンガの壁まで投げとばす。まるでボンドが紙でできているかのように、やすやすとやってのけた。

立ち直るまえに、敵はまた向かってきた。ボンドをひょいとつかみ、自分の頭より上まで持ちあげて、ふたたびお手玉のように部屋の向こうへ放りなげた。

背中から激しく落ちて、脊髄に痛みの火花が散り、体中の神経に火がついた。ぼんやりした明かりのもとで、ヴァシリスが銃を探している。ボンドには自分の三フィート前に銃があるのが見えた。そちらへ転がったが、のばした手の上にヴァシリスが飛びのった。ボンドは苦痛にうめき、手をひっこめた。ヴァシリスは身をかがめて銃をひったくった。

「そこまでだ、きょうはじゅうぶん楽しんだだろ」ヴァシリスはにやにやしながら言った。「もう寝る時間を過ぎてる」

大男はボンドの頭に狙いをつけた。

ボンドは足を蹴りだし、ヴァシリスが部屋の中央に置きっぱなしにした懐中電灯をけっとばした。明かりが消え、ドームは暗くなった。銃が発射されるや、ボンドは転がった。銃声が途方もなく増幅され、しばらく余韻が残った。

「生きてここを出られないぞ」残響がやんでから、闇のなかでヴァシリスが言った。

開け放った戸口から唯一の光がさしているが、扉のシルエットが見えるだけだった。そこはドームのいちばん端だ。ヴァシリスがその扉と自分のあいだにいるのはわかっていた。あいつを目当ての場所におびきよせることができたら……

「こっちだよ、育ちすぎた脂肪の塊め」ボンドは言った。

大男が向かってくるのを感じとりつつ、ボンドは身をかわした。空気が揺れて、ヴァシリスがそばをかすめるのがわかった。部屋は真っ暗で、たとえ目隠しをしていても大差なかったろう。

「惜しいな、このろくでなし。今度はこっちだ」

ボンドはサイドステップで、またヴァシリスをよけた。そんなふうに暗闇のなかでしばらく闘牛ごっこをつづけると、大きなギリシャ人はいらいらして怒りはじめた。突進するたびに放つ声は、手負いの動物の叫びのようだった。

ボンドは天井を支えている足場のほうへ誘導した。靴をはいていないことが、いまや利点になっていた――こちらが音もなく動きまわるいっぽうで、ヴァシリスはブーツの足音を響かせている。ボンドはそっと手をのばし、足場の梁を探りあてた。梁に手を置いたまま、慎重に足場の下に移動する。

「おーい、でか頭。こっちだよ」

ヴァシリスは野獣のように吠えた。ボンドは梁の下から抜けでて、墓室の入り口のほうへ走った。大男は足場に激突し、それをばらばらに壊した。重々しい音が響き、つづいて天井の石が崩れおちる大音響がした。ヴァシリスが悲鳴をあげる。ボンドは騒音がやむまで待った。やがて墓のなかは静まりかえった。

懐中電灯を手探りで見つけて揺すってみる。明かりがつき、埃におおわれた墓室のなかを照らしだした。咳きこみながら、懐中電灯を瓦礫の山に近づける。ヴァシリスは完全に重い石の下敷きになっていたが、片腕だけは突きでていた。頭は石の真下にあり、すっかりつぶれていた。銃を探したが、持ち主といっしょに埋もれてしまったようだ。

ボンドは墓室を出て、小道をジャガーまでもどった。ありがたいことに、怪力男は鍵を残してあった。膨らんだエアバッグをはずす留め金はダッシュボードの下に隠れていた。助手席側のエアバッグを取りはずし、ニコスの死体を引きずって地面に放りだす。ポケットを探ると、小銭とドラクマが数枚出てきた。何かの役に立つだろう。それから運転席側にまわり、車に乗りこんだ。

ジャガーをバックさせて砂利道にとめ、しばらく息を整えた。まず最初に、隠しコンパートメントをあけてワルサーP99を取りだし、テフロン加工したフルメタル・ジャケット弾がマガジンにぎっしり装塡されているのを確かめた。

収納トレイの下には、ワルサーがP99用につくったショルダーホルスターがしまってある。身につけてみたが肩の痛みに顔をしかめ、装着しないことにした。銃をコンパートメントにもどし、車内を見まわす。足元の床にヴァシリスが置き忘れた黒い手帳があった。拾いあげてなかをのぞくと日誌になっている。最後の記載があるのは今日の欄で、ボンドはギリシャ語で書かれた内容をどうにか理解した。

〝ナンバーツー、モネンヴァシア、午前十一時〟

コンパートメントから携帯電話を取りだし、ニキの番号にかける。眠そうな声が応えた。

「起きろよ、ダーリン」ボンドは言った。「助けが必要なんだ」

「ジェイムズ！　どこにいるの？」

「どうやらミケーネの遺跡らしい。暗くてよくわからないが。太陽がちょうど昇りはじめているところだ」

「無事なのね？」

「靴がほしいが、それ以外は困っていない」

「何があったの？」

ボンドは事情をかいつまんで説明した。ヘラとの一件については省いておいた。

「待って、よくわからないところがある。どうやって薬を盛られたの？　どこにいたんだっけ？」

「あとで教えるよ。それより、きょうの午前中、モネンヴァシアという場所で何か起こりそうなんだ」

「そこなら知ってるわ。ペロポネソス半島の南東の海沿いにある中世風の町よ」

「そこで落ちあえるかな？」

「すぐに行くわ。だいたい、四、五時間で着くから、グフィラとモネンヴァシアをつなぐ突堤の入り口で会いましょう。グフィラは本島にある町で、モネンヴァシアとは橋で結ばれてるの」

「了解。出発するまえに、ヘラ・ボロプロスという名をつかっている赤毛の女について調べてみてくれないか」

「わかったわ。気をつけてね、ジェイムズ」

ボンドは遺跡から引きかえし、幹線道路をめざした。ふたつの死体の処理は遺跡の管理人にまかせて。

それほど離れないうちに、スイッチを入れて車体の色をふたたび変える。今回は赤から深緑になった。ナンバープレートはギリシャのものに変更した。

GPSナビゲーション・システムの道路地図をつかって、目的地へつづくE-65という主要幹線道路に乗りいれた。トリポリを過ぎたところで道端のカフェに車をとめ、コーヒーとロールパンを買った。英語がしゃべれない店主はボンドが裸足なのに気づき、ギリシャ語でまくしたててから、ちょっと待てという仕草をした。主人は店の奥にはいり、古靴を三足持ってもどってきた。ボンドは笑いながら、いちばんサイズが合いそうな一足を試してみた。意外にも、履き心地はよかった。

「いくらだい?」

店主は肩をすくめ、片手をあげて五千ドラクマほしいという合図をした。ボンドは代金を払い、礼を言った。客がぴかぴかの高級車に乗りこむのを見て、店主は金をふっかけなかったことを悔やんだ。

三時間後、ボンドはグフィラに到着し、俗に〝ギリシャのジブラルタル〟と呼ばれる場所へつづく突堤のそばに車をとめた。モネンヴァシアは東岸に突きだした断崖にある中世風の町で、崖の上には城塞がそびえ、海面の高さには建物がいくつか散らばっている。

ボンドがいる地点からちょうど見えるのは、グフィラの波止場に接岸しているコンスタンティン・ロマノスのヨット、ペルセフォネ号だった。

19　ナンバー・キラー

ボンドはワルサーP99をズボンの腰に突っこみ、ジャガーを突堤のそばの目につかない場所に駐車した。グフィラの細い道に沿って、ヨットがよく見える場所まで進んだ。壁の後ろに身を隠し、あたりをうかがう。

ペルセフォネ号はハッテラス・エリート・シリーズ100の新型モーターヨットだった。全長百フィートの白と黒の豪華船で、舷側に歩きまわれるデッキがついている。黒い服の男たちが油圧クレーンを操作し、荷を船に積んでいる。ヘラ・ボロプロスが右舷デッキにいて、男たちのひとりと話をしているのが見える。黒っぽいジャケットとパンツ姿だ。

ほどなく、コンスタンティン・ロマノスがデッキにあらわれ、ヘラたちに加わった。すっかり〝セーリング〟の格好で、濃紺のズボンに白いスポーツジャケット、航海用の帽子といういでたちだ。彼らは短い会話を交わした。ヘラがうなずき、ヨットをあとにしてタラップをおり、船積み地点まで行く。フォークリフトのそばにいる男に話しかけてから、波止場を離れて突堤のほうへ向かった。男たちはペルセフォネ号に木箱を積む作業をつづけた。ロマノスはキャビンに消えた。

ボンドは寒さを感じた。風が出てきたし、このへんはアテネより涼しい。疲労と空腹はあったが、これで事件の突破口が開けることはわかっていた。ヨットに忍びこむべきか、女をつけるべきか？　かたをつけなくてはならないことがある。ボンドは壁際の安全な場所から離れ、女を尾行しはじめた。

ヘラは突堤を行き、瀬戸を越えてモネンヴァシアの〝下の町〟に向かっている。墓地を過ぎ、正門を抜けて居住地域にはいるまで待ってから、ボンドは全速力で橋を駆けぬけ、〝下の町〟をめざした。

門のなかに足を踏み入れると、別の時代の不思議な国にまぎれこんだような気がした。まるで何世紀ものあいだ、全世界から取り残されていたようだ。古風な趣のある町の先には、鮮やかな青い海が南東の方角に広がっていた。狭い通りは、観光客用のみやげもの屋、タベルナ、教会などにはさまれた歩道になっている。トルコが支配していた時代にモスクだった建物まであった。

ボンドはヘラを探しはじめた。遠くのほうでラジオから流れる民族音楽が聞こえるだけで、町はひっそりしている。通りは迷路のごとく階段や細い抜け道が入り組んでいた。石畳の歩道に沿っていくと、ヘラの赤毛が角の向こうに消えるのが見えた。ボンドは徘徊する猫のように進みつづけ、すばやく身を隠さなければならない場合にそなえて店のすぐかたわらを通った。途中、戸口にすわりこんでいる貧相な顔の老婆が、物珍しそうにボンドを見た。

ヘラは一軒の店の前で足をとめ、ボトル入りの水を買った。ボンドは曲がり角の陰で、相手がふたたび歩きだすのを待った。ヘラはまもなく中央広場にはいり、そこでちょっと立ちどまって水を飲んだ。

いったい何をしているのだろう。ヴァシリスとここで待ちあわせているのか。まあ、勝手にやらせておこう！

水を飲みほし、ボトルをゴミ箱に投げいれると、ヘラは向きを変えて歩きはじめた。広場内にある大きな教会の鐘楼の上に出る坂道をのぼり、別の教会の北側に沿って進む。そこから道は丘の上の〝上の町〟につづく。ヘラはジグザグにくねった石段をのぼりはじめた。その階段をのぼると、廃墟同然の〝上の町〟に出る。岩壁の頂上には、いまなお海に向かって建つ遺構が残っている——こちらに壁がひとつふたつ、あちらに土台や角があるといったありさまだ。

ボンドはしばらく待ってから、尾行を再開した。身をかがめて廃墟から廃墟へと移動し、ヘラがさらにのぼりつづけるのを確かめつつ追跡する。斜面はきつかった。屈強な旅人しか頂上まではたどりつけないだろう。

〝上の町〟でボンドは物寂しさを感じた。ヘラをのぞけば、あたりに人けはない。ヘラは崖の頂上に着き、断崖の上に建つ十二世紀の聖ソフィア教会に向かって歩いていく。

〝上の町〟で完全に元の姿をとどめ、いまでも使用されている唯一の建物だ。

ヘラは正面入り口からなかにはいった。ここがヴァシリスとの待ち合わせに指定された場所にちがいない。まもなく十一時になる。ボンドは数分待ち、やがてこっそり教会の入り口に近づいた。銃を抜き、そっと扉を押しあけて足を踏み入れる。

内部はしんとしていた。ゆっくり身廊のへりを進み、祭壇の背後にある聖堂納室にはいる。石壁の六フィートの高さに、幅が狭く、手のこんだ飾りをほどこした窓が設けられていた。

祭壇のもう一方にある奉献物準備所からきしむような音が聞こえた。ボンドはアーチを抜けて隣の部屋にはいった。ガラスの割れた窓が、ひとつだけあいていた。じっと耳を澄ませたが、なんの動きもない。だれかに見張られているのだろうか。

ボンドは銃をズボンの腰にしまい、窓の下枠をつかんで身を引きあげ、外をのぞいた。二十フィート下方に少しだけ地面があるが、教会は断崖にきわめて接近していた。さらによく見るには、上体をよじって窓から出すしかない。

ひんやりした金属の銃口が首筋を突いた。

「礼拝に来たんじゃないのはわかってるわ、ミスター・ブライス。でも、祈りはじめたほうがいいわよ」その声は真上から聞こえた。ヘラは伸縮自在ロープで窓の上方から逆さまにぶらさがっていた。ロープは教会の屋根に取りつけてあった。ヘラは窓から這いでて体を引きあげ、ロープを腰のベルトにつなげて、ボンドが首を出すのを待っていればよかったのだ。ひと晩過ごした仲だけに、ヘラの身のこなしがしなやかなことは知っていた。

「銃をよこしなさい、そっとよ」ヘラは命じた。

「こんな会い方はよくないな」

「黙って。よこしなさい」

ボンドは言われたとおりにした。ヘラはP99を受けとり、万能ベルトに突っこんだ。

「さあ、ゆっくりなかにもどって。両手はあげたまま」

ボンドは上体をひねってなかに入れ、床に飛びおりた。逃げだす間もなく、ヘラはロープをのばして体をさげ、窓の向こうからボンドに銃を向けていた。なんとなくなじみになったデーウーだ。

「後ろを向いて、壁に鼻と両手をつけなさい」ボンドはそのとおりにした。ヘラはなめらかな動きで、銃をポケットにしまい、姿勢をまっすぐにもどし、両脚を窓から入れ、床に降りたつのを二秒以内にやってのけた。デーウーを持ちなおし、ボンドに狙いをつける。

「あなたがここにいて、ヴァシリスがいないということは、コンスタンティンのまたいとこにはもう会えないようね。コンスタンティンは喜ばないでしょう。さあ、歩きだして。すぐ後ろにいるわ。これから〝下の町〟まで行くのよ。ばかな真似はしないことね。この銃の扱いには慣れてるから」

ボンドは振りかえってヘラを見た。その姿も、銃を持ったかまえも、なぜか覚えがある。

「ナンバー・キラー……女」ボンドは言った。

「あら、まえに会ったことに気づいたのね、ミスター・ブライス。それとも、ミスター・ボンドと呼んだほうがいい？」ヘラはあざ笑いながら言った。「キプロスであなたを消せなかったのは運が悪かったわ。あなたにとって、という意味よ。あなたの死が醜悪なものになって、楽しみが増すだけ。わたしにとってのね。でも、まずコンスタンティンがあなたと話をしたがってるの。あなたもその機会を逃したくないでしょ？　事の顛末を知るチャンスですものね？　素直に協力してくれるのはわかってるわ。さあ、行きなさい」

ふたりは身廊にもどった。ボンドは言った。「ゆうべはどういうことだったんだ、ヘラ？　きみはカマキリかい？　交尾のあとでオスを食ってしまうという」

そのたとえは悪くないとヘラは思った。「そんなふうに考えたことはなかったわ」

ボンドはゆっくり向きあい、ヘラに顔を近づけた。「それとも、ほんとうにわたしにひかれてベッドをともにしたいと思ったのかい」

ヘラは銃をボンドのこめかみに突きつけた。「さがりなさい、その手をあげて」

ボンドは身を傾け、耳元に鼻をすりよせながらささやいた。「きみは本気じゃない。ふたりの相性がいいのは知っているだろう。こんなばかげたことなんか忘れて、わたしと組まないか」ボンドはうなじにキスをしながら、万能ベルトのワルサーP99に手を近づけていた。

「銃に触れたら、脳みそを吹っとばすわよ」コンスタンティンが会いたがってることなんて、どうでもいいの」ボンドは身をこわばらせた。「さあ、両手をあげて、後ろにさがりなさい」

両腕はまだヘラのそばにまわしたまま、ボンドは聞こえるほどにため息をついた。「わかったよ。きみがそうしたいなら」大げさに肩をすくめ、両手をヘラの背中から離して上にあげた。肩をすくめる仕草は、じゅうぶんヘラの集中力を乱した。ボンドは左手ですばやくヘラの手首をつかんだ。銃は頭からはずれたが、天井に向けて発射され、大きな音が響いた。ボンドは右手もヘラにのばし、両手で武器を取りあげようとした。ヘラは落ちついて、左の腎臓に強烈な膝蹴りを食らわせた。一瞬、苦痛に動きがとまる。

ヘラはそのすきを逃さず、デーウーで後頭部を殴りつけた。ボンドは体を折り、床に倒れた。

ニキ・ミラコスは愛車のカムリで、E‐65を時速九十マイル近いスピードで飛ばし、途中、二度ほどパトロール警官に身分証の提示を求められた。グフィラにはちょうど十一時ごろ着いた。脇道にはいり、車をとめられそうな場所を探していると、緑色のジャガーがあった。ひょっとして……？　ニキはジャガーのそばに駐車した。グフィラにそう何台もジャガーXK8があるわけない――また色を変更したのだろう。ニキは車をおり、橋に向かって歩きだした。ボンドはどこにもいない。だが、岸壁に横づけになったペルセフォネ号はよく見えた。デッキを男がふたり歩いているほかに、人はいないようだ。

ニキはアテネを出るまえに、ヘラ・ボロプロスに関する情報を調べだしていた。ギリシャ情報部のファイルによれば、ボロプロスは八年前、訓練を受けた兵士としてギリシャ系キプロス人の過激派分子に加担した嫌疑をかけられた。

キプロスの武器密輸団とも、そのグループがキプロス警察の手で解体されるまでかかわりがあった。ファイルの情報は二年前にキプロスで目撃されたのを最後に終わっている。

キプロスをめぐる組織犯罪は巨大ビジネスだ。地中海の国々のなかでも戦略上重要な位置にあるがゆえに、密輸団、テロリスト、武器商人、泥棒、娼婦、ぽん引きなどといった下賤の者にとって、この島は便利な逗留所であり、つかのまの安全を得られる避難所でもある。ここ三十年のあいだに、キプロスでは犯罪者の地下組織がいくつも生まれた。ギリシャ情報部の訓練には、キプロス情勢を広範囲に研究することも含まれていた。

ファイルのヘラ・ボロプロスの写真はあまり鮮明でなかった。サングラスをかけた女が肩越しに振りかえりながら逃げていく白黒写真で、画がぶれているため、本人と見分けるのは不可能に近い。ボンドはなぜこの情報をほしがったのだろう。〈デカダ〉とつながりがあるのか。念のため、この女を警戒するようあらゆる法執行機関に通知を出しておいた。

ニキはボンドがあらわれるまで、もう少し待ってみようと思った。十五分たっても姿を見せなかったら、探しにいこう。

ときおり、トルコ人やトルコ系キプロス人を守る仕事がやましく思えることがある。自分はギリシャ人なのに、おなじギリシャ人やギリシャ系キプロス人が、トルコ人に狼藉を働かないよう見張っている。その皮肉さに、ニキはかぶりを振った。ギリシャ系キプロス人のテロリストもきらいだが、おなじくらいトルコ人を憎んでいた。少女のころに祖父から聞いたトルコ人についての恐ろしい話の数々をいまでも覚えている。トルコ人はいつも悪いやつだった。ニキはだんだん彼らを怖がるようになった。そうやって根強い偏見が受け継がれていくのだ――古い世代の口を通じて。伝説、知識、宗教、芸術がすべて代々伝えられていくように、悲しいことに憎しみもそうして伝わる。歴史の持つ不快な副作用のひとつだ。

ニキは物思いからはっと覚めた。ジェイムズ・ボンドがモネンヴァシア側の門からあらわれ、こちらに向かって橋を渡ってくる。背後にはサングラスをかけた赤毛の女がいる。彼女だ。ヘラ・ボロプロス。ボンドはややぼんやりした様子で、ゆっくり歩いている。ニキに目をやったが、気づいた素振りは見せない。まずい状況なのだろう。あの女は隠し持った銃を突きつけ、ペルセフォネ号へボンドを連れていくのだ。

ニキはさりげなくその場を離れ、車をとめた通りのほうへもどった。突堤の入り口から二十フィートほどのタベルナの陰に身を潜めていると、ボンドとヘラは橋を渡りきり、波止場のほうへ向かいだした。ふたりは目の前を通るだろうが、ヘラがあやしむ恐れはないにちがいない。ボンドはニキに目もくれないふりをして歩きつづけた。

ふたりをとめることもできた。銃を抜いて、乗船させないようにできたろう。だが、ボンドの表情がそうするなと言っていた。あまりに無謀な行為だ。応援がなければむずかしい。相手がボンドをヨットに乗せるつもりなら、そのとおりにして行き先を確かめたほうがずっと賢明だ。ボンドの身は危険かもしれないが、彼なら自分でなんとかできるだろう。

ニキの本能が、待って様子をみろと告げていた。応援を要請してヨットを追跡させよう。ボンドはすぐには殺されないだろう。彼らもしばらく生かしておきたいはずだ。

彼らが気を変えるまえに、ボンドをヨットからおろす方法が見つかることを願うだけだ。

それよりまえのこと、ヘラはボンドが意識を取りもどすまでひっぱたきつづけていた。まぶたをぴくぴくさせて目をあけると、ボンドの顎をつかみ、爪を食いこませて言った。「二度とあんな真似はしないことね。こっちはナイフの扱いもうまいのよ。お気に入りの道具を切りとるのは楽しいでしょうね、ジェイムズ・ボンド。あなたに振られた世界中の何千人という女性に感謝されることはたしかだわ。さあ、立って、歩くのよ」

ずきずきする頭をかかえながら、ボンドは立ちあがり、よろよろと教会の入り口まで行った。

「それに、教会で戦うのはよくないわ。ここは神聖な場所なのよ」

「いつから神聖なんてことを気にかけるようになったんだい」

「黙って進みなさい」

ボンドは最後まで見届けてやろうと決めた。いまはこの女のほうが優勢だし、これ以上よけいな傷を負うわけにはいかない。さらに、ヘラの言っていたことは合っている。ボンドはロマノスがどう言うか聞きたかった。これまで、困難な状況におちいったことはある。それとたいして変わらない。

〝下の町〞におりるまで二十分かかった。ボンドは一度バランスを崩して倒れた。頭が激しく痛み、視界が少しぼやけた。さっきのヘラの殴打はものすごい力だった。

ふたりは路地のような目抜き通りを進み、門から出た。橋の向こうにニキがいるのが見えたが、ボンドは巧みに感情を抑えた。ニキはひじょうにプロらしくふるまった。ボンドはそのまま止めにはいらないでくれと願った。ヨットに乗りこみたかったからだ。

ニキの前を通りすぎたとき、ボンドは一瞬じっと見つめた。メッセージは伝わっただろう。彼女が任務を適切にこなすなら、仲間に連絡して、ヨットを追跡させるはずだ。

ボンドはペルセフォネ号にかかったタラップの端で立ちどまった。

「乗りなさい」

デッキのほうへ向かいつつ、ボンドは渡し守のカロンにやる古代ギリシャのコインが必要だろうかと考えた。

20　神は亡びず

ペルセフォネ号は豪華なヨットだった。ボンドは乗船して下へ連れていかれるときに、船室がいくつもあるのに気づいた。主甲板には洒落た調理室と小食堂、中間の階には操舵装置や監視装置を完備したコントロール・コンソール、舵輪、長椅子を配した操舵室と、最上船橋への階段がある。

目をひくのは風変わりな内装で、現代の船のようには見えない。古代ギリシャのガレー船風にしつらえてある。何百年も昔のもののような木張りの壁、燃える松明(たいまつ)を模した照明器具。操舵室には最新のテクノロジーを駆使した装置があるが、芝居がかった仮装をほどこして人目を欺いている。船全体がアイスキュロスかエウリペデスのギリシャ悲劇の舞台装置だ。

コンスタンティン・ロマノスは自分の富をひけらかすことに頓着しないようだ。この男はいかれている、とボンドは思った。

ヘラが主船室へつづく木のドアをノックした。かんぬきを抜く音がして、ドアがきしみながら開いた。

コンスタンティン・ロマノスが戸口にいた。まだ船長の制服を着ているが、まわりの装飾とはまったく釣りあっていない。室内の照明はろうそくだけだった。

「これはこれは、ミスター・ボンド、どうぞ」ロマノスはテーブルの前の椅子に手を振った。ヘラがあとからはいってきて、ドアを閉めた。その後、衛兵みたいに無言で立っている。

「服装と舞台装置の釣り合いがとれてないね」ボンドは言った。「いまは二十世紀かい、それとも古代ギリシャかい?」

ロマノスは取りあわなかった。「すわってくれ。飲み物は何がいいかな? 待てよ……そうだ。マティーニが好きだったね? ウォッカ・マティーニ。わかっているんだ。きみについての資料に出ていた」愛想のいいホストを演じているものの、その声には脅すような響きがある。

「あいにく今朝はマティーニがないがね、上等の赤ワインがある」そう言うと、バーに近寄ってラベルのないボトルから、ふたつのグラスに注いだ。「何か食べるかね？」

ボンドはひどく空腹だったが、首を振った。「さっさとやろうじゃないか、ロマノス」

「ちっ、ちっ」ロマノスは舌打ちした。「腹がすいてるように見えるぞ。いいから、パンとチーズを食べなさい」焼きたてのパンと山羊のチーズの塊がのった木皿をテーブルに置く。チーズには大きなキッチン用ナイフが突き刺してある。

「ナイフを奪われる心配はしていない。きみが分別ある態度をとりつづけることは、ここにいるヘラが保証してくれるからな」パンとチーズを切りはじめ、ボンドの前の皿にのせた。向かいあってすわると、グラスをかかげて言った。

「こんにちは」

この男と飲み食いはしたくないが、栄養が必要だった。ボンドはゆっくり食べはじめ、ナイフを見つめながら奪いとる方法を考えた。

「またかい、ミスター・ボンド」校長先生の前に引きだされた悪童を諭す口調だ。

「名前はブライスだ」

「どうか、くだらないスパイごっこはやめにしてくれ。きみの正体はわかっている。イギリス政府の公務員だ。アメリカ合衆国の〈リプロケア〉の有線テレビカメラで撮った画像を入手した。みごとにあそこを壊してくれたな」

「こっちが爆薬をしかけたんじゃない」

「もちろん、ちがう。やったのは亡きドクター・アシュリー・アンダーソンだ。彼女を失ったのは残念だがね。どのみち、あそこは閉鎖する予定だった。きみはそれを早めただけだよ、ミスター・ボンド。あの悪らつな〈サプライヤーズ〉とは手を切りたかった。きみがかわりにやってくれたわけだ」

「すると、あんたが〈デカダ〉の指導者かい？」

「わたしはモナド、唯一なる者だ」ロマノスはボンドを凝視した。男の瞳が光を発しているようで、ボンドは目をそらせなかった。ロマノスにひきこまれていくのを感じる。見つめその目にこもる得体のしれないものに魅入られて、見つめかえすしかない。しばらくして、自制心が働き、ロマノスが催眠術をかけようとしていることに気づいた。なんとか目をそらしたが、容易ではなかった。

コンスタンティン・ロマノスは特異な説得力を持つ数少ない人間だ。意思の弱い者に催眠術をかけ、華麗な話し方と哲学的な謎を利用して、相手を魅了し信じこませることができるのなら、つまりロマノスは預言者（あるいは悪魔）とみなされるたぐいの男だ。歴史上、この種のカリスマ性を持つ者たちがおおぜいいたが、その者たちはつねに指導者だった。

ボンドにはようやくわかった。ロマノス流のたわ言を信奉する者の多いわけが。

「狙いはなんだ、ロマノス？　話したくてたまらないんだろ」

「ミスター・ボンド、しごく簡単なことだ。わたしは神々からの使命にしたがっている。いいかね、神は存在するんだ。なぜなら、わたしに話しかけてくださるから。ピタゴラスの魂がわたしのなかに生きているのでね。ピタゴラスは信仰心の篤い男だった」

「どんな使命だ？」

ロマノスはワインをひと口飲むと、ボンドを燃えるような目でにらんだ。

「話してもいいだろう。きみはじきに苦しんで死ぬ身だ。またいとこのヴァシリスの死にも責任があるはずだからな。あいつはナンバーセブンだった。組織には大事な人間だったし、家族だった。だから、ヴァシリスの身に起こったことの報いを受けて、きみには苦しみを味わってもらう。だが、そのまえにこれまでのわたしの人生を話してやろう」

「どうせおなじことなら、さっさと拷問してもらったほうがいいね」ボンドは皮肉った。

「きみの償いが終わるころには、へらず口もさほどたたけなくなっているだろうね、ミスター・ボンド。わたしはギリシャ系キプロス人で、北の町キレニアで生まれ育った。一九六三年には、数学と哲学を専攻した大学を出たての若僧だった。ニコシアの北で教師としての要職を手に入れ、結婚して、かわいい子供もふたりいた。政治には無関心だった。幸せに暮らしていたが、当時は啓発されていなかった。神々はまだ話しかけてくださらなかった。神々との交流には危機が必要だったようだ。その年、わたしの生活が崩壊した。キプロス全土に紛争が勃発したために。当時の大統領で精神的指導者のマカリオスは、トルコ系キプロス人に譲歩しすぎるようになっていた。きみの国の軍隊と国連のいわゆる平和維持軍が、島に侵入してきて平和を保とうとつとめ、しばらくは成功していた」

「忘れているぞ。おおぜいのギリシャ人とギリシャ系住民が、トルコ系住民の居留地を荒らして破壊したことを。国連とわが軍が駐留したのは、ギリシャ系住民にトルコ系住民を殺させないためだ」

「それはトルコ人が信じこませたがっているプロパガンダだ」

「ロマノス、これは事実なんだよ。しかしつづけてくれ、意味的操作についてはあとで議論できる。会議を招集して、サンダルを履き、パルテノンでしかるべく討論をしよう」

ロマノスはボンドのあてこすりに苦笑いして、話をつづけた。「残りの六〇年代のあいだは、ごく一時的に平和だった。しかし、小競り合いはつねに起こっていた。そこでわたしは、家族をニコシアの町はずれに移した。運悪く、そこはトルコ人とトルコ系住民が増えていった地域でね。しかも、最悪の事態はまだはじまっていなかった。知ってのとおり、一九六七年に軍のクーデターがギリシャで起こった。マカリオスはキプロス共和国の支配権を維持していたが、ギリシャにはおおぜい敵がいた。七年後の一九七四年に、ギリシャ国民軍がマカリオスを追放し、島に軍事政権を樹立した。マカリオスは逃亡した。まさに……大混乱となった。トルコ人はその機に乗じて島に侵入した。あいつらは北から進みつつ、計画的にギリシャ人とギリシャ系住民の皆殺しをはじめたんだ」

「ふむ、言い忘れているようだが、マカリオスが追放されて軍事政権ができたときにも、おなじことがトルコ人とトルコ系住民の身に起こったんだ。トルコはつねに主張している。自分たちは〝仲裁〟しているのであって、〝侵入〟ではない。トルコ系住民を保護しているんだと」

「またしても、トルコのプロパガンダだ。トルコ人はけだものだよ。ジャッカルのごとく、餌食が弱るのを待ち、そして襲いかかる。血も涙もない」

「トルコ人を弁護する気はないよ、ロマノス。彼らはキプロスで口にするのもおぞましいことをやっている。わたしに言わせれば、どちらも道を誤ったし、頑迷だ。ふたつの民族が何世紀にもわたって相容れず、争いつづけている一例にすぎない」

「われわれが仲直りし、手を握りあって《愛こそすべて》を歌うことでも期待しているのか？　キプロスの政策を指図しようとしたイギリス人どもとまったくおなじだな。きみたちはわが同胞のことを何も知らない。問題が話し合いで解決できるとでも考えているなら、常軌を逸しているな」

「存在しない神々に話しかけたりはしないよ」

ロマノスはヘラに目をやって、鋭くうなずいた。ヘラは歩みよって、ボンドの頬を平手で激しく打った。ボンドはさっと立ちあがって身構えようとしたが、ロマノスが上着からワルサーPPKを抜いて狙いをつけていた。

「すわるんだ、ミスター・ボンド。おや、これはきみのだね？　たしかナンバーツーのフラットで見つけたんだ。椅子に縛りつけろ、ナンバーツー」

ヘラは声をたてずに笑うと、キャビネットから太いナイロンの紐を取りだした。ボンドの胸にまわし、椅子の背にしっかりと縛りつける。

「なるほど、これで囚われの聴衆を手に入れたわけだね、ロマノス。さあ、話をつづけたらいい」ボンドは言った。

「そうしよう。戦争になり、キプロスの北の三分の一はトルコ人に占領され、そこに住むギリシャ人とギリシャ系住民は追いだされるか、殺されるかした」ためらうような間があく。この部分を話すのは苦痛なのだろう。「わが家は爆撃され、妻と子供たちは死んだ。わたしは頭に傷を負い、死んだものとして置き去りにされた。気がついたら南ニコシアの病院にいた。覚えているのは、爆撃のすぐあとイギリス兵を数人見たことだけだ。助けてくれと頼んだが、無視されたよ」

なるほど、これでイギリス軍の基地が〈デカダ〉に襲撃された説明がつく。

「病院には六カ月いた」ロマノスはつづける。「正気を失い、生活能力もなくしているのではないかと不安だった。簡単な数学の問題も思いだせず、ラテン語も忘れていた。退院してギリシャに逃れたあとでようやく、失ったものを取りもどしたんだ」

この男が狂っているのも不思議ではない、とボンドは思った。頭部に重傷を負った後遺症で、心の平衡が失われたのだ。

「白状すると、ギリシャに着いたときには困窮していた。アテネの通りで暮らす貧しいホームレス。大酒を飲んでばかりいた。そんなある日のことだ。わたしはアテネの古代アゴラで眠っていた。廃墟のなかに忍びこんで、眠れる場所を見つけていたんだ。そのとき、神々がはじめて話しかけてくれたのだ」

話すにつれて、ロマノスに変化があらわれてきた。大群衆に説教する雄弁家の風貌をおびたかに見える。声がいちだんと高まり、椅子から立ちあがった。まわりの見えない集団に向かって、身ぶりをまじえてしゃべりながら部屋中を歩きまわる。

「ギリシャの神々からの神託。それを聞くことができたのはわたし、わたしひとりだ。ある夜、もっとも高位のかたが顕現なされた。ゼウスみずからわたしに言葉をかけてくださり、ピタゴラスの魂をゆだねられた。その夜、コンスタンティン・ロマノスは死んだ。そしてモナドが生まれた。神の力添えに導かれて、ホームレスの自立を助ける組織を作った。紛争のまえに教職についていた経歴が証明できるとすぐ、大学図書館に職を得た。そこでピタゴラスとその哲学に関してありとあらゆるものを読破した。

大学の講義にも出席し、学生集会にも参加した。図書館で働いているあいだに、おおぜいの若者と知りあったから。そのうち、反トルコ主義の過激派の学生とかかわるようになった。彼らはギリシャ系キプロス人で、わたし同様、北キプロスから強制的に追いだされた者たちだった。彼らはなんらかの行動を起こしたがっていた。じきに彼らが小人数の民兵集団だとわかった。銃器や爆弾をこっそりギリシャに持ちこみ、トルコ人に復讐を企てていたのだ」

「どういう連中だ？」

「それは関係ない。いずれにしても、全員死んだのでね。肝心なのは彼らからゲリラ戦とテロリストの戦術をおおいに学んだということだ。そのときの体験によって、わたしははじめて傭兵となり、ギリシャを離れてレバノンへ向かった。あれは一九七七年だったかな。わたしの留守中、その民兵集団はキプロス北岸の沖合で、トルコの補給船に攻撃を試みたが、計画がずさんだった。その後、彼らの消息は耳にしていない。しかしながら、彼らから得た知識ははかりしれないほど貴重なものだ。わたしはその知識にピタゴラスの哲学をあてはめた。彼らは〝一〟を〝多〟にしようとつとめた。それこそ、ピタゴラスが成しとげようとしたことだった」

ロマノスはピタゴラスの教えと過激派の主義を結びつけていたのだ。ちぐはぐに混ざりあった教義を、彼は信じこんでいる。

「話がわき道にそれたな」ロマノスは言った。「その後、わたしはフリーランスの傭兵として中東で数年を過ごした。さまざまな分派で〝職務〟を遂行し、おかげで大金を稼いだ」

「〝テロ行為〟でだろ？」ボンドは口をはさんだ。

「わたしには人々をひとつにまとめて導く、並みはずれた能力があることがわかった。神々が人を説得する力を与えてくださったのだ。一九八一年に特殊な遠征があって、かなりの大金を手にした。そこで傭兵の仕事を引退してギリシャにもどり、神に定められた使命を果たそうと決心した。アテネに落ちつき、賢明な不動産投資をおこなった。そして〈新ピタゴラス教団〉を設立した。また、ギリシャ政府とのコネをつかってアテネ大学の教職を手に入れた。本を書いて上梓した。とつぜん気づいてみると、言わばわたしは〝引く手あまた〟の人間になっていた。ギリシャでは有名人だった。じっさい、みな金を払ってわたしの話を聴いた。よその国々の大学からも講義をするよう招聘された。八〇年代後半には、アメリカ合衆国のテキサスで、ギリシャとを行ったり来たりしながら五年過ごした。八〇年代の残りの歳月に、勢力基盤を拡大して、ギリシャとキプロスの将来の政策決定者たちの下地を作った――〈デカダ〉だ」

ボンドはヘラに目をやり、いまの話をどう思っているのか確かめた。ヘラは気をつけの姿勢で、表情も変えずまっすぐ前を見つめていた。

「わたしはもっとも信頼のおける忠実な九名の弟子を選び、〈デカダ〉の指導者の地位につけた。各人がそれぞれの分野の専門家で、果たすべき任務を遂行するためのチームを率いる。信奉者によるチームは五名の男と五名の女からなり、それぞれがピタゴラスの反対概念による奇数と偶数であらわされている――奇数は男で、偶数は女だ。わたしは、もちろん唯一なるもの、モナドだ。このヘラをデュアド、ナンバーツーに任じた。亡きいとこのヴァシリスはナンバーセブンだった。残念ながらほかの者を代わりにしなければならない。きみはわがナンバーたちふたりの死に責任があるのだ、ミスター・ボンド。したがって、なまなかな償いじゃすまないぞ」

「なぜキプロスのイギリス軍基地を襲撃したんだ？」

「神の御意だ。イギリスは一九七四年のキプロス事件で手をこまぬいていた。トルコの侵入をまったく阻止しようとしなかった」

「ではアルフレッド・ハッチンソンは？　なぜ殺した？」

ボンドはヘラのほうを向いた。「きみがやったんだね？　ロンドンで毒を仕込んだ傘を持っていた殺し屋だ」

ロマノスがかわって答えた。「そう、ヘラだ。わたしの武力なのだよ。出会ったのは一九七八年のキプロスだった。当時はほんの子供にすぎなかったな、ヘラ？　あれほど凶暴で、冷酷で、危険な十二歳の少女には会ったことがなかった。われわれは親密になったが、それを恥ずかしい話だとは思わない。あれ以来ずっと、ヘラはわたしといっしょだ」

「うるわしい話だ」ボンドは言った。「反吐(へど)が出るほど、うるわしい」

ふたたびヘラは手をのばしたが、意外にも、たたくのをためらっている。ヘラが無言の姿勢にもどるなか、ロマノスは話をつづけた。

「だが、きみが尋ねたのはハッチンソンのことだったな。さっきも言ったように、わたしはしばらくテキサスにいた。そのとき地下組織の手づるを介して、アメリカの武闘集団〈サプライヤーズ〉と接触した。ある仲介者がチャールズ・ハッチンソンに引きあわせてくれた。甘やかされた金持ちのプレイボーイで、〈サプライヤーズ〉の運び屋だった。たまたまチャールズは、わたしが教えていたテキサス大の著名な客員教授の息子でもあった。あの若者とわたしは――手を組んだ。〈サプライヤーズ〉は生物化学兵器を〈デカダ〉に流しはじめた。世界中の国々に凍結精子を売っている隠れ蓑を利用して。やがてついに、わたしは陰から手をまわして連中のリーダー、ギブソンという名の南部の田舎者をはめることにした。やつは逮捕され、刑務所にはいった。それ以来、わたしは遠隔操作で、組織のメンバーには知られずに〈サプライヤーズ〉を指揮した。連中の世界中におよぶコネはことごとくわたしの管理下になった。おかげで〈デカダ〉は勢力基盤を広げられたし、さらに金持ちになれた。しかしながら、あの武闘集団はじきに役に立たなくなった。

若者の父親、きみの国の亡き国際親善大使――とんだお笑いぐさだね――は、いわゆる北キプロス・トルコ共和国に関するきわめて重要な情報を入手した。〈デカダ〉はチャールズをつかって、それを手に入れようと試みた。ところが、チャールズはひどいへまをし、父親に悪事をかぎつけられた。アルフレッド・ハッチンソンはお国の秘密情報部にその情報を託す恐れがあったので、消さないわけにはいかなくなった。おまけに息子はわれわれを裏切った。父親が殺されると、愚かにもファマグスタのトルコ系キプロス当局に、われわれの炭疽菌による計画を警告した。このデュアドは、チャールズが数日前にギリシャ入りしてから、しっかり監視していた。結局、チャールズも消されたよ。裏切り者には我慢ならないのでね」

「じゃあ、ハッチンソンのデータは手に入れてないんだな？」

「そうは言っていない。ナンバーテンのドクター・アンダーソンは、ハッチンソンのオースティンの家のコンピュータにデータがあるのを知っていた。彼女はギブソンが収監されるまえに、わたしの指示で〈サプライヤーズ〉のメンバーのなかにはいりこんでいた。あのテキサスの田舎者たちから目を離さないでいれば、何かと役に立つと思っていたのでね。この数カ月、連中はやや不注意になっていた——運び屋が何人か捕まっているので、チャールズが逮捕されるのも時間の問題だった。アテネにいたお国のエージェント、ホイッテンは連中に迫っていた。ホイッテンが生きていたら、チャールズをつぎの配達のときにとらえていただろう。そして〈サプライヤーズ〉と〈デカダ〉のつながりはきっと明るみに出ていた。そういうわけで、ホイッテンには死んでもらう必要があってね。最初の襲撃の標的にした」

「〈サプライヤーズ〉の研究所を破壊したのは当局に目をつけられていたからか」

「そのとおり。どのみち、われわれにはもう無用だった。うちにはナンバーエイトというすばらしい生化学者がいる。いま、ちょっとした病原菌を作りだそうとしているところでね。まだ実験段階だが、まもなく試せるだろう。風邪のような症状が出るエボラウイルスになるはずだ」

「ナンバーエイトとは〈バイオリンクス〉の社長のメリナ・パパスだね？」

「なかなか鋭いな、ミスター・ボンド！」

「それは、ロサンゼルスや東京で発生した伝染病を引きおこす菌とおなじものなのか」

ロマノスは狂人を見るような目をした。「なんの話かさっぱりわからないな」

ボンドはその言葉を信じるべきかどうか確信が持てなかった。「とにかく望みはなんだ、ロマノス？　狙いはなんなんだ？」

「神々が〈デカダ〉に命じられたんだ。トルコに面目を失わせ、屈辱を与えて、やつらがキプロスにしたことを償わせろと。そして、世界に聖なるテトラクティス、十の力を知らしめろとな」

「で、どういう計画なんだ？　トルコ本土を襲撃するつもりか、それとも北キプロスだけか？」

「すでに話しすぎたようだ、ミスター・ボンド。そこのところは秘密だ。ギリシャ軍からちょっと手を貸してもらうとだけ言っておこう。上級将校のひとり、准将が〈デカダ〉のナンバーファイブでね」

ロマノスはワインを飲みおえ、グラスを置いた。「さて、これでお別れだ、ミスター・ボンド。わたしはアテネで仕事がある。きみはペルセフォネ号でほんのしばらくセーリングを楽しむ。きみが完璧に苦痛を味わうようヘラが見守ってくれるよ」

「ちょっと待ってくれ、ロマノス」ボンドは時間稼ぎをした。「アルフレッド・ハッチンソンのことを何もかも話してくれたわけじゃない。テキサスへ行くまえから、あんたたちは知り合いだった。スニオン岬の〈新ピタゴラス教団〉の本部で、ハッチンソンといっしょに写っている写真を見たよ」

ロマノスは肩をすくめた。「それまで知り合いじゃなかったなどとは言っていない。それどころか、仕事仲間だった。一九八一年にわたしが大金を得て、傭兵から足を洗うことができたのを覚えているだろ？　戦後、アテネに蔵匿されていたナチの金をものにしたんだ。ギリシャに駐屯していたアルフレッド・ハッチンソンの父親が隠匿した金だ。傭兵時代、アルフレッドとは仕事のパートナーになっていたから、いっしょに世界中でその金を売却した。アルフレッドはそれを政界で身を立てる資金にした。その後、アルフレッドの外交関係のコネは、われわれの痕跡を隠滅するのに役立った。ふたりとも大金持ちになったよ」

やれやれ、とボンドは思った。ハッチンソンは泥棒だったのか。「すると、ハッチンソンも〈デカダ〉のメンバーだったのか」

「その件については答えるつもりはない。そうそう、ちなみに……コンピュータに入れてあったハッチンソンのデータは取りもどしたよ。ディスクのコピーを手に入れてね。知っておくべき情報はことごとく握ったから、残りの三回のテトラクティスの襲撃は続行できる。きみが見られないとは残念だな」

「あんたはとことん異常だよ、ロマノス！」ボンドは叫び、女のほうを向いた。「ヘラ、こんな男はとうてい信じられないはずだ！　狂っているのが、わかるだろ？」

「この人はモナドよ」ヘラは言った。「彼の意思は、神意なの」

ボンドは目を閉じた。ヘラもロマノス同様、頭がいかれている。

「なぜ数字なんだ、なぜ神々の小像なんだ？　なぜ神聖な遺跡に死体を捨てた？」

「神々が命じられたからだ。われわれが彼らのために動いていることを、世界に知らせたいと望まれた。神々はかつて大地を歩いていた。ああいった場所はどこも神々が憩うところだ。場所がふさわしくなければ、神々を象徴する小さな像を残すように命じられている。数字は聖なるテトラクティスの番号だ」

「いいか、あんたの企ては望みどおりには完遂しないぞ、ロマノス。トルコを襲撃すれば、向こうはギリシャを非難するだろう」

「ブラボー、きみはそれほど愚かじゃないな」

「トルコとギリシャが戦争になればいいのか？　なんの益がある？　バルカン全土が廃墟と化すだろう。NATOが手段を見つけて即座にそんなことはやめさせるさ」

「それがわれわれの襲撃の副作用なら、それもしかたあるまい。ギリシャ政府は臆病すぎてトルコとの戦争をはじめられない。わたしは彼らを導き、進むべき道を示さねばならない。ギリシャ人はわたしが唯一なる者だと悟って、わたしにしたがって勝利へ向かうだろう。なにしろ神々が味方なのだ。神々はけっして亡びない」

ロマノスはボンドに会釈した。「さようなら、ミスター・ボンド。アディオ。きみには存分に苦しんで死んでもらおう。またいとこと哀れなドクター・アンダーソンの魂が安らぐように」

そう言うと、ロマノスは船室を出ていった。ボンドはこれまで異常な人間を何人も見てきた。そのだれもが等しく狂った陰謀を企てて人類を亡ぼそうとした。たったいま、ロマノスはそのリストの筆頭に躍りでた。こうした陰謀は、狂信、偏執、テロリズム、邪悪のはびこる世界でなければ企てられないし、ましておおぜいに信じられて実行されるはずはない。残っている三回のテトラクティスの襲撃とはなんだろう？　テキサスでブリーフケースのなかにあったウイルスは、メリナ・パパス手作りの病原菌なのか？　もしそうなら、まちがいなく実験段階どころではない――すでに集団殺戮の準備ができている。ロマノスにはまだほかにも、奥の手があるのか？

ボンドはヘラとふたりだけになった。ヘラはロマノスがすわっていた椅子をボンドの正面に引きよせた。背もたれをボンドのほうに向けてまたがると、椅子の背を抱く。それから山羊のチーズに手をのばし、ナイフを引きぬいた。

「さてと、ふたりだけのクルージングを、どうやって楽しみましょうか」

ニキ・ミラコスはグフィラとモネンヴァシアとを分ける橋のたもとで待っていた。ボンドがヨットに連れこまれてから一時間がたっていた。なかで何をしているのかしら。ボンドは痛めつけられているのか。それとも殺されているのか。その一時間のあいだに三度も、ニキは単身でヨットに乗りこみたい衝動に駆られた。しかし、数では向こうが勝っているから、かなうわけがない。ボンドが乗船するとすぐ、アテネの本部には連絡した。応援隊が向かっているので、いまにもヘリコプターで着くかもしれない。

ふいに船上で動きがあった。コンスタンティン・ロマノスが船着き場までタラップをおりてきた。そして黒のメルセデスに乗って、走り去った。ペルセフォネ号の男たちがヨットの舫いを解きはじめた。エンジンがかかる。ヨットは出帆しようとしている。

ニキはロマノスを尾行しないで、船のほうにとどまることにした。ボンドのジャガーに駆けより、スペアキーをつかって乗りこむ。そして本部を呼びだし、応援隊が遅れているわけを問いただした。
　ペルセフォネ号はグフィラを離れ、ミルトア海へ出ていった。

21　危機一髪

　ヘラはナイフの切っ先をボンドの顔中にそっとすべらせはじめた。わざと時間をかけ、ゆっくりと肌を撫でていく。ほんの少し力をいれれば皮膚に刺さるだろう。ボンドは身じろぎもしないでじっとしていた。

　ヘラはひと言も発しない。ボンドの顔に魅せられているようだ。少女が新しい人形から目を離せないように。ナイフで鼻と鼻孔のまわりをなぞる。唇に沿って走らせ、やさしく口のなかに入れて、ねじる。目と眉のまわりをぐるりと囲む。さまざまなサディスティックなマッサージを繰りかえし、それが一時間もつづくかに思えた。これも一種の快感だ。ヘラが信頼できる女だったら、きわめて官能的ないたぶり方だったかもしれない。だが、女がもっと手荒になるまで、あとどのくらいだろうか。

ヘラはナイフをボンドの右頰に走らせると、とうとう口を開いた。「この傷跡はどうしたの、ジェイムズ？　反対側にもおそろいの傷をつけてあげましょうか。わたしはシンメトリーが好きなのよ。あなたの顔をじっくり観察したから、どんなふうに作りなおせばいいかわかると思うわ」

「もうじきギリシャ秘密情報部がこの船を制止するはずだ。仲間がわたしの居場所を知っているから」ボンドは言った。

「連絡がなければ、きっと探しにくる」

「でも、あなたの姿が船のどこにも見当たらなければ、彼らも思い違いだと認めて帰るしかないでしょ。ここには隠すものは何ひとつないんだから」

「あの木箱のなかには何がはいっているんだ？」

「食料に、補給品よ。わたしたちの基地の」

「ほお。で、基地はどこだい？」

ヘラは刃を喉元に突きつけた。「質問が多すぎるわよ、ジェイムズ。顔を整形するときに声帯も切断したほうがいいかもね。ギリシャ政府はコンスタンティン・ロマノスを知ってるわ。名士だもの。当局もヨットの持ち主を知ってるから、制止しようとは思わないでしょうね」

「ロマノスが正気でないのがわからないのか、ヘラ？」

ヘラは首をさっと切りつけた。血が細い筋を引く。「ほんのひっかき傷よ。つぎはもっと力を入れるわ」

ボンドは何も言わなかった。女を冷ややかに見つめ、あえて挑発した。血がシャツの胸にしたたりおちてくる。

「あの映画、見た？　アメリカの銀行強盗のやつ。ほら、いかれた銀行強盗が警官を痛めつけるあれよ。警官はあなたみたいに椅子に縛りつけられてて、銀行強盗は警官の耳を切りおとすの。見た？」

「いや」

「血なまぐさいバイオレンス映画だった。警官はさんざんたたきのめされたあげく、耳を切りおとされるのよ。ひどくリアルだったわ」

ヘラはそっとボンドの左耳にナイフで円を描いた。

「ほかにもあった。女がベッドにいる愛人をアイスピックで刺し殺す映画。その男をひたすら刺しまくるの……それこそ血みどろ。それは？」

「映画はあまり見ない」

「それから、殺人狂がふたり出てくるのがあった——恋人どうしの男女で——浮かれ騒ぎながらアメリカ中を旅して、人を殺しまくるの。ふたりは捕まって、刑務所送り。そこで暴動を起こして、全員が切りきざまれるか、射殺される。あんなに血が流れる映画もないわね。それは見た？」

「きみとデートしたら、きっと楽しいだろうね、ヘラ」

ボンドはナイロンロープで胸から腕を縛りつけられていたが、前腕は動かせるので、肘を曲げることはできた。ヘラはボンドの右手を膝からあげた。

「きれいな手ね、ジェイムズ」切っ先で静脈をなぞりながら言う。ふいにボンドはずっと昔の夜のことを思いだした。〈スメルシュ〉の一員に、右手の甲にロシア文字を刻まれたのだ。傷には植皮がしてあったが、かすかに白い跡が残っている。「これを見て」ヘラが言った。「火傷か何かしたようね。もともとの皮膚じゃないでしょ？」

ボンドは答えなかった。ヘラは手をひっくりかえして、手のひらをしげしげと眺める。

「活発な頭脳線を持ってるわね。感情線は興味深いわ。数ヵ所で切れてる。胸が張りさける思いをしたのね……一、二……三……四度も？　結婚は一度してる。生命線は……ふうん……とても強い。あなたの頭脳線は妙ね。幸せな人生じゃないんだわ、ジェイムズ。心を完全に満たすものがないみたい。そうでしょ？　なぜかしら？　望みのものはなんでも手にはいるはずなのに。どっちにしても、もう手遅れだから、どうしようもないわ。でもね、手相が予告する運命って変えられるのよ……運命線を改めるだけで……」

そう言うなり、ヘラはすばやく残忍に三度もナイフをふるって、手のひらに三角形を刻んだ。ボンドは痛みに叫び声をあげそうになったが、歯を食いしばって耐えた。こぶしを固く握りしめ、傷口を圧迫して止血を試みる。

ヘラは立ちあがり、すわっていた椅子を蹴飛ばした。

「そろそろ耳をそぐ時間だわ。どっちからにする？　右から、それとも左から？　両耳をそぎおとしたら、下唇の番よ。そのあとは上唇。二度とキスができないわね、色男さん。鼻をそぐのはやっかいだけど、そのつぎにやらなくちゃね。両目の番になっても、あなたはまだ生きてるでしょう。一度にひとつずつ、えぐってあげる。舌は最後に残しておいて、ふたつに割いてから、切りとって魚の餌にするの。体のほうはどうするかまだ決めてないけど、顔がすんだらそっちもやるつもり。ゆっくり、存分に激痛を味わって死ぬのよ、ジェイムズ。残念ね、とてもハンサムなのに。さあ、行くわよ。じきに、それほどいい男じゃなくなるわ」

ヘラはボンドの右耳をつかみ、頭皮に刃をあてた。ボンドは目を閉じた。いまにも襲ってくる痛みと闘うため、意志の力を集中した。

そのとき、インターホンのブザーが鳴った。ヘラは受話器を取り、いらだたしげに応答する。「なんなの？」相手の話にしばらく耳を傾け、ボンドを見て眉間にしわを寄せる。「わかった。すぐあがっていくわ」

受話器を置き、ヘラはナイロンロープを切りはじめた。

「お客が来てるようよ。あなたをデッキに連れてって、姿を見せてやるの。おかしな真似はいっさいやめなさい。連中を見てもだめ。合図もだめ。両手はわきに置いたまま。その手をくるむものを何かあげるわ」

ヘラはロマノスの机でハンカチを見つけ、ボンドの喉首から胸についた血をぬぐい、右手に巻きつけた。それからロープを切る作業にもどり、ボンドを自由にした。

「行きましょう。ゆっくり立ちあがるのよ、ばかな真似はしないで。楽しんでるように、ぶらぶら歩きなさい。ずっと銃をつきつけてるからね」

ヘラはロマノスが残していったボンドのワルサーPPKを取りあげた。ベルトにはP99をさしたままなのにボンドは気づいた。

ボンドはハンカチをしっかり握りしめて立ちあがった。その手は心ならずも震えている。

木の階段をのぼってデッキに出た。そこにはウエットスーツを着た男が四人いて、腕を組んだくつろいだ姿勢で立っている。

上空ではヘリコプターがホバリングしている。標示のないガゼルで、乗員はふたり。パイロットはニキかもしれないと思ったが、遠すぎてわからない。あたりを見まわすと、海上にはほかにも船が見える——二艘のヨット、双胴船、さほど遠くないところに遊覧船らしき船もいる。舳先からほぼ二マイル先には島があった。

「ここはどこだい？」ボンドはきいた。

「サントリーニ島の近くよ。デッキチェアに横になって。日光浴のふりをしなさい」ふたりは隣りあった椅子に腰をおろした。ボンドは体をのばし、命じられたとおりにした。なんとかヘリコプターに合図できないだろうか。ニキの仲間がヨットを監視しているにちがいない。

ヘラが男たちのひとりにギリシャ語で何か言った。男は指図にうなずいて、ディコールのアクアラングをつけはじめる。

ヘラはボンドのほうを向いた。「船旅を楽しんでるように見せたいんだから、くつろいで」

ボンドはあたりにさっと目を配った。つかえそうな武器は見あたらない。ドアの近くにドーナツ形の救命具が数個、その後ろにロープがひと巻きある。どのみち、船から逃げださなければならない。助けが必要なことをニキの仲間が察してくれようとくれまいと。

ガゼルの機内で、ニキと国家情報部員は眼下の海に目を凝らしていた。操縦しているのはニキで、もうひとりが双眼鏡をのぞいている。

「どう？」ニキがヘリコプターの騒音に負けじと叫んだ。

「彼が見える。上甲板で寝そべってる。赤毛の女といっしょだ。面倒なことになってるようには見えないが」

「たしかなの？」

「男が三人……いや四人、甲板に立ってるが、乗組員らしい。ひとりが飲み物を出し、もうひとりはダイビング用具をつけてるところだ」

「じゃ、しばらく様子をみましょう。彼の正体をばらしたくないわ。ジェイムズはきっと何か企んでる。あの女を介してなかに潜入したのよ」嫉妬で胸がうずいた。ジェイムズがヘラ・ボロプロスと寝たのではないかと思っているから。ニキはヘリコプターの操縦装置を握りしめ、必死に感情を抑えた。

ジェイムズは任務を遂行しているのだ、と自分に言い聞かせる。ときに現場部員は情報を得るために必要なことなら、なんでもしなければならない。

「サントリーニ島が近づいてる。いったん燃料を補給してから、監視しましょう」

「グフィラでの記録によれば、目的地はキプロスだ」

「意外じゃないわ」

ニキは感情を押しやって、ヘリコプターの操縦に集中した。機はさらに空中でホバリングしてから、島をめざして飛び去った。


がっかりして、ボンドはヘリコプターがサントリーニ島へ向かうのを見守った。しかし、このきわどい計画を立てたのは自分だし、そうせざるをえなかったのだ。

「もういいわ、立ちなさい」ヘラが言った。「下へもどるわよ」

「こんなにいい日和じゃないか。」ボンドは立ちあがりながら言った。「日光浴しながら痛めつけたらどうだい？」

「黙りなさい」自分も立ちあがり、ワルサーで狙いをつける。「たいした銃じゃないわね。なんでこんなのつかってるの？」

「どうでもいいだろ」

ヘラはボンドを階段まで歩かせた。ボンドはドアのそばの壁に取りつけてある救命具に目をやった。すばやい動きでつかみ、力をこめて円盤みたいに投げつける。それは完全にヘラの不意をつき、銃を持った手に当たった。ワルサーは暴発してヘラの手から飛びだし、甲板をすべって下甲板まで転がった。流れ弾がアクアラングをつけた男に命中し、男は舷側から海に落ちた。ボンドはすかさずヘラの胸に頭突きを食らわせて、甲板に倒した。

「このろくでなし！」ヘラが叫んで、すぐに立ちあがった。三人の護衛がこちらに向かってくる。ボンドは防御の構えをとりつつ、必死に脱出路を探した。男たちが突進してくる。その攻撃をやすやすとかわし、ひとり残らず殴りたおす。ヘラは倒れかかる体を押しのけ、ボンドの腹をしたたかに蹴りつけた。その脚をつかんで、ひねる。ヘラはまた甲板に倒れた。ボンドは飛びかかってベルトのP99を取りもどし、ヘラの体を飛びこえて走りだした。

「つかまえて!」ヘラが叫んだ。護衛が銃を抜いて撃ったが、ボンドは上甲板から左舷の散歩用サイドデッキに飛びおりていた。着地するや、船尾に走る。銃弾がかすめていくなか、P99をズボンのポケットに突っこみ、息を吸いこむと、青く冷たい海にさっそうと飛びこんだ。

「逃がすな!」ヘラは叫び、三人の男たちにアクアラングをつけて飛びこめと命じた。

ボンドは水面に出て、空気を求めてあえいだ。ヨットからは三十ヤードぐらい離れている。この位置からだと、サントリーニ島までたっぷり一マイル半はある。たどりつけるだろうか。波は予想していたより荒い。スタミナの試しがいがありそうだ。

それから、ボンドは遊覧船を見た。およそ百メートル先だ。挑戦はやめて、遊覧船めがけて泳ぎだした。

三人の護衛は急いでボンベ、足ひれ、水中マスク、銛撃ち砲を身につけた。海中に飛びこみ、ボンドのほうへすいすいと泳いでいく。

ボンドは後ろを見なかったが、男たちが追ってきているのは承知していた。そのほうが好都合だった。海はひどい荒れようだから、なんとしても連中のアクアラングをひとつ奪わねばならない。そのとき、撃たれた男のことを思いだした。ボンドは水中深く潜って、死んだ護衛を探した。ひと筋の泡がその場所を示している。男は海面から三十メートルほど下の岩のあいだにはさまっていた。ボンドは息をつめ、水圧と闘い、意志の力で死体のところまで潜っていった。二分近くかかって近づいたときには、肺は張りさけそうで、耳が痛かった。死んだ男のレギュレーターをひったくって自分の口にさしこむ。何度か空気を吸いこんでから、アクアラングをはずして、自分に装着した。ちょうどそのとき、銛が頭をかすめた。

ダイバー・ワンが追いつき、突きかかってきた。ボンドはその胸を激しく蹴るなり、腕をつかんだ。ふたりは水中で取っ組みあったまま、何度もクラゲみたいに回転した。泳ぎにかけても格闘にかけてもはるかにすぐれたボンドは、手首を一撃し、なんなく男の手からナイフをたたきおとした。目の前に漂ってきたナイフをつかんで、相手の喉に突き刺す。海中が血でにごるなか、ボンドは足ひれと水中マスクを奪うため死者のもとへ引きかえした。水面下での闘いはスローモーションのような動きになるが、長年の経験でその遅れを見越すすべを身につけていた。死者のフェイスマスクをはぎとったところで、また銛で狙い打ちされたが、すかさずその方向に死体を向ける。銛が死者の脇腹に刺さった。だが、考える間もなく、ダイバー・ツーとダイバー・スリーが迫ってきた。ふたりともナイフを持っている。ボンドは海中で宙返りしながら男たちを蹴りつけた。モネンヴァシアで買った靴を履いたままだったので、その踵でダイバー・ツーの水中マスクのガラスを砕く。目が見えなくなって、その護衛は一時的に戦列を離れた。余裕ができたボンドはダイバー・ワンの喉からナイフを引きぬき、ダイバー・スリーのほうに突きだした。それで敵を数秒ひるませておいたすきに、最初に死んだ男から足ひれをはずすと、自分の靴を脱ぎすてて装着した。ダイバー・スリーがナイフを握る手をのばして、勢いよく向かってくる。ボンドは相手の肩にナイフをふるったが、うまくわきにかわされた。つづけて攻撃を加えようと身をひるがえしたとき、視覚を取りもどしたダイバー・ツーが背後からタックルしようとしているのに気づいた。

ボンドは乱闘から抜けだして、ほぼ真上にさしかかった遊覧船めがけて泳ぎだした。ふたりの男も追ってくる。ボンドは追っ手がついてくることを願いつつ、わざと船のローターブレードに危険なほど接近していった。水の流れは途方もなく強く、なんとかプロペラに吸いこまれまいとする。ブレードを覆うメタルケーシングをつかんで這いあがり、水面から半身を出して、必死にしがみついたまま、波間を全速力で進む船に運んでもらった。

うまく逃げられたと思ったのもつかのま、ボンドは踝をつかまれた。ダイバー・スリーがぶらさがっている。船はふたりをともなって進んでいく。ふくらはぎを男のナイフで切られた。足を蹴りだし、何かに強くぶつかったが、男は握りしめた手をゆるめようとしない。ボンドはローターハウジングの金属の横棒づたいに移動した。傷ついた手のひらが激痛で悲鳴をあげている。やっとローターの前面にあたる地点にたどりつく。ボンドの下半身と、踝にしがみついているダイバーも引っぱられてついてきた。そこではローターの内側から外側で急激な流れが生じている。吸引力はすこぶる強力だ。

攻撃者はボンドの脚をつたって体を引きあげようとしている。振りはなそうと何度も蹴っているうち、男はとうとう手を放した。水の流れでたちまち男はローターブレードに引きこまれた。青い海水が黒ずんだ赤に染まり、ばらばらに切断された肉片があたり一面に散らばる。

ボンドは元の場所に苦労してもどり、またハウジングにつかまって、サントリーニ島をめざす遊覧船に身をまかせた。ひと息入れて休む暇ができた。水中マスクが壊れたダイバー・ツーの姿はどこにも見えない。ボンドはナイフをベルトにさし、手とふくらはぎの具合を見た。ヘラに切られた手のひらの傷はひどく出血していて、猛烈に痛む。脚の切り傷は浅いので、縫わなくてもよさそうだ。P99を調べると、マガジンが引きぬかれていた。

サントリーニ島周辺は海底火山で有名だ。ローターのせいで水が泡だって見えないけれど、記憶ではカルデラがすこぶる美しかった――白、黒、グレーに色とりどりの斑点がついた溶岩と軽石でできたきらめく地層だ。火山といっても、大きな穴がいくつもある、ごつごつした岩が集まっているだけで、何世紀も休眠中なのだ。

遊覧船は速度を落としはじめ、汽笛を鳴らして島へ近づいていることを知らせている。ボンドはサントリーニ島の玄関口であるフィラの入り江にはいるまでは、船にくっついていた。岸まで泳ぐために船からそっと離れようとしたとき、銛が頭のそばの船体に当たった。後ろを見ると、ダイバー・ツーがこちらへ力強く泳いでくる。ボンドはローターハウジングを放して、岩だらけの噴火口へと潜っていった。期待どおり、ダイバーが追ってくる。

ボンドは暗い穴のひとつにはいりこみ、固まった溶岩の陰に隠れた。あたりに目を配りながら、護衛を待ち伏せして喉を切り裂こうと待ちかまえる。とつぜん、ふたつの小さな光るライトが目の前にあらわれた。驚いて心臓がとまりそうになる。それはライトなんかじゃなかった——目だ！ ボンドがまともに向きあっているのは、ギリシャの漁師がスメルナと呼ぶウツボだ。蛇みたいな姿で、全長が一メートル半もあり、光沢のある黒い地には山吹色の大きな斑点が目立つ。このウツボは巨大な口を持っていて、何百本もの鋭い歯をそなえているように見える。噛みつくときに毒液を出すので、傷が癒えるには数日かかるだろう。普通なら、ウツボはそっとしておけばダイバーを困らせることはない。ところが、岩の上や洞穴で眠っているときに脅かされるのは大きらいなのだ。

ボンドは溶岩からゆっくり離れた。それをウツボはじっと見守っていた。と、そのとき、追ってきたダイバーがナイフを手に頭上にあらわれた。致命的な一撃はかろうじてかわしたものの、ボンドは肩にふたたび浅手を負った。しばらく取っ組みあってから、なんとか回転して身をかわし、

護衛をウツボが休んでいる岩へ放りなげる。ダイバーはウツボにぶっかった。ウツボの反応は凄まじかった。即座に巨大な口でダイバーの首をしっかりくわえ、放そうとしない。ボンドが戦慄しながら見ているなか、驚くほど強いウツボは、鼠をとらえた蛇のように男を振りまわす。海水が黒ずんだ赤に染まり、ぞっとする光景を覆いかくしていく。ボンドは向きを変えて、すばやく溶岩から離れた。

海面にもどったボンドは、遊覧船の左舷にそって桟橋まで泳いでいった。疲れきって、岩によじのぼり、足ひれをはずすと岸へ向かう。遊覧船からおりた観光客たちがボンドを見て指さしている。血まみれの服を着て、アクアラングをつけた男が海からあがってきたのだ！

ボンドは潜水用具を投げすて、裸足で〈フィラ・スカラ〉の店内にはいっていき、ただちに地元の警察に連絡した。

22 死者の秘密

ヘラ・ボロプロスは部下たちに命じて、ペルセフォネ号の上甲板にあるハッチをあけさせた。なかにはグローエン・ブラザーズ・ホークH2Xジャイロコプターの試作機が格納してある。全長およそ二十二フィート、高さ九フィート半しかないそのホークは、アリソン250C20タービンを備えていて、巡航速度毎時百四十マイルで六百マイルの航続距離を持つ。また滑走路なしで離陸でき、そこが以前のほとんどのジャイロコプターとはちがう。

ヘラはヘルメットをかぶり、ダチョウの頭に似た白い小型機に乗りこんだ。親指を立てて甲板にいるふたりの男たちに合図し、モーターを始動させる。ホークは静かに空中に舞いあがると、キプロスへ向けて飛び去った。

きっかり十五分後、ペルセフォネ号は二機の情報部のへリと二艘の沿岸警備艇の出迎えを受けた。ヨットに残った三人の男は、捕まるより死ぬまで戦うことを選んだ。

「ごめんなさい、ジェイムズ。でも、楽しんでるように見えたのよ」ニキは言った。「銃を突きつけられてるのがわかってたら、なんとか手だてを講じたのに」

ボンドは町の警察署にいた。そこに、ギリシャ国家情報庁はサントリーニ島の臨時支部をおいていた。ボンドは熱いコーヒーを飲み、ニキが作ったスクランブルエッグを食べている。手のひらの傷口は医者が一時間かけて縫ってくれた。しばらくは左利きにならなくてはならないだろう。首と脚の傷は浅かった。

「それに」ニキはつづける。「あの女と寝てるんじゃないかと勘ぐって、ちょっと怒ってたの。でも、とにかく無事でよかった。あなたってまるで雄猫みたい。命が九つあるのね」

ボンドはにやりとしたが、ニキの関心事については取りあわなかった。

警察署長がはいってきて、ニキにギリシャ語で何か言った。

「ファックスが来てるらしい。すぐもどるわね」ニキはそう言い残し、部屋を出ていった。

ボンドは深いため息をつき、コーヒーを飲んだ。気分はよくなってきた。長いこと食べ物と睡眠が不足していたうえに、船上と海中での試練のせいですっかりまいっていたのだ。ニキにヘラのことを言われて、いらだってもいた。これもボンドがパートナーと組むのをきらう理由のひとつだ。とりわけ女性とは。

ニキがもどってきて、デスクを隔ててすわった。

「ロマノスが姿を消したわ」ニキが言った。「つまり、ギリシャのどこにもいないの。いまキプロスを探してる」

「ロマノスにはグフィラから尾行がついていたのかい？」

「いいえ、チームの到着が遅すぎて。わたしはあなたが乗ってるからペルセフォネ号に張りついてたし。アテネまでの道筋のいたるところに、ロマノスの車に注意するよう通告したんだけど、見かけた者がいないのよ。あの男、どこかよそへ行ったにちがいないわ。そして列車か船に乗って……わかりようがないわね」

「ペルセフォネ号はいまどこなんだ？」

「キプロスから五百マイルのところ。途中で制止するために沿岸警備隊を送ったから、いまごろ、赤毛のお友達は拘引されてるはずよ。ロマノスが話したことを聞かせて」

「三回の大きな襲撃を企てている。北キプロスかトルコに対してらしい。ギリシャ軍の手助けがあるとも言っていた――将軍だか何かが仲間にいるんだそうだ。メリナ・パパスは新しいウイルスを作りかけている。だが、すでにできているんじゃないかな。ぼくがテキサスで見つけたものかもしれない。もしそうなら、もうロマノスはそれをつかってロサンゼルスと東京を襲っている。一度におおぜいを殺したがっているんだ。北キプロスかトルコで、近いうちに群衆が集まるような行事があるかい？」

「たいへん、あるわよ。十一月十五日はいわゆる北キプロス・トルコ共和国が独立を宣言した日なの。レフコシアでパレードと祝典があるわ」

「あしただ」

「そうよ」

「ロンドンに連絡したほうがよさそうだ。携帯電話を貸してくれないか」

　ニキは携帯を渡すと、ボンドがひとりでオフィスに電話できるように部屋を出た。一連の隠語のやりとりをし、いくつか接続先を経由したあとで、ビル・タナーが応答した。

「ジェイムズ！　声が聞けてうれしいよ」

「Mに話があるんだ、ビル」

　タナーが電話をつなぐと、すぐにボスの疲れたような声が聞こえた。

「007？」

「はい。ちょっとお伝えしたいことがあります。聞きたくないことかもしれませんが」

「話してちょうだい」

「アルフレッド・ハッチンソンの父親は、戦争中に未回収のナチスの金の件で軍法会議にかけられています」

「聞いているわ」

「アルフレッドはコンスタンティン・ロマノスと組み、ヨーロッパ中でその金を売却しました。その資金でアルフレッドは政治家としてのキャリアを手に入れた。ハッチンソン大使は思った以上にこの件にかかわっているようです。〈デカダ〉の一員だったかもしれません」

「それはほんとうなの、007？」Mの声は動転しているというより、怒っているようだ。ボンドが証明できたら信じると言わんばかりだ。

「ロマノス自身が話したことなんです。ふたりは八〇年代初頭から知り合いでした」

　電話の向こうは黙したままだ。

「こんなニュースを聞かされて、どんな気持ちかお察ししますが、うかがわないわけにはいきません。ロマノスの話では、ハッチンソンが亡くなる翌日にこちらに渡すはずだった情報は〈デカダ〉の企てにかかわるものでした。ですから、ぜひともそのデータを手に入れなければなりません。連中はじきに襲撃を予定していると思われます。おそらく、あす。もう一度じっくり考えてみてください。この情報と関係ありそうなことを何か覚えていらっしゃいませんか」

Mは言った。「あの人のフラットは徹底的に捜索しました。でも、ただちにまたチームを送るわ。その件はもう少し考えさせて」

ボンドはニキの携帯電話の番号を告げた。

「三時間後か、それより早く電話するわ」Mは言った。

いまは六時だ。もうすぐ太陽が沈むだろう。

「わかりました。お気をつけて、部長」

「あなたもね、007」Mは電話を切った。

部屋から出ると、ニキは別の電話で話していた。興奮して、早口のギリシャ語でしゃべっている。受話器をたたきつけて、言った。「あの女、船にいなかったわ、ジェイムズ」

「えっ？」

「ヘラ・ボロプロスよ。ペルセフォネ号にはいなかったの。ヨットにいたのは三人の男たちだけで、全員、死んだ。でも、ヘラの姿はなかったんですって」

「船はモネンヴァシアを出てから、どこにも寄港していないのか」

「ええ」

「そんなのありえないよ。ほかの船で逃げたんじゃなきゃ」

「たぶん、そうしたんでしょう。そちらは、どうだった？」

「Mがきみの携帯に三時間以内に連絡をよこす」

ニキはうなずいた。「部屋を用意してあるから、そこで待てばいいわ」

ニキはその夜で世界が終わるかのように愛を交わした。二日もじりじり待たされたあとだけに貪欲で、我を忘れてボンドの愛撫に身をまかせた。ニキは体が感じるままに情欲を解き放ち、思わず野生の人間のようなしわがれた喜悦の声をあげる。そこがボンドの官能を刺激した。

ふたりは〈ホテル・ポルト・フィラ〉の一部が洞窟になった一室にいた。ホテルはカルデラの端に建てられていて、この港町でも一、二を争うみごとな建物だった。ニキが醸しだした緊張をほぐす必要がなかったら、ボンドは心をはずませて煙草に火をつけ、テラスにすわって、サントリーニ島をギリシャ屈指の美しい島にしているまさに絵葉書さながらの風景を眺めていただろう。色彩豊かなバルコニー、青いドームを持つ教会、暖かな陽光あふれるビーチ。

愛しあったおかげで、ふたりのあいだにあった緊張がやわらいだ。めいめい煙草に火をつけると、ベッドに横になったまま白い天井を見あげる。外の潮騒が聞こえてくる。

「ジェイムズ、わたしのこと好きよね?」ニキがきいた。

「もちろんだ。どうして?」

「ぼんやりしてるから。どこかよそにいるみたいに」

「そうかな?」そう尋ねたものの、じつは言われたとおりだった。Mのことが気がかりで、アルフレッド・ハッチンソンとの結びつきに思いをめぐらせていたのだ。愛する者に、自分が信じているものをことごとく裏切られたら、どんな気がするか承知していたから。

「ねえ、ジェイムズ。あなたには何も求めないわ。だから心配しなくていいのよ。任務が終わったあとも、わたしがこの関係をつづけようとするんじゃないかなんて」

「そんなことを考えていたんじゃないよ」

「ただ……」ニキはひと息ついて、つづける。「なんていうか、あなたの評判は知ってるの、ジェイムズ。港ごとに女がいるのよね。それでいいの、わたしはここだけで。ただひとつの港に女はひとりきりがいいって思っただけ」

ボンドはニキを見つめて、顎の先をつまんだ。「ばかだな。この港の女はきみだけさ」

「信じていいのかな。それはともかく、わたしたちは任務で協力しあってるんだから、そもそもこんなことしちゃいけなかったのよ。なんでやめられないのかしら」ニキはせつない声で言った。

「ニキ……」

「いいのよ、わかってる。でも、ひとつだけ約束して」

「なんだい」

「最後に愛しあうまえに……つまり、これが最後だってわかったら……ギリシャを離れるまえに教えて。ひと言も告げずに去ったりしないで。いいわね?」

「いいよ」

ボンドの口元のそばで、ニキはわずかに唇をあけた。キスをして、舌でボンドの口のなかを探ってから言う。「任務はまだ終わってないわ。煙草を消して、仕事にもどりましょう」


「Mからだよ、ジェイムズ」ビル・タナーが電話の向こうで言った。そのベルの音で、ホテルの部屋で眠っていたニキとボンドは目を覚ましたのだった。時計を見ると、八時十分だ。

Mがかわって、電話口に出た。「見つけたわ、007。これだと思う」

「それで？」

「あの晩の出来事を何度も思いだしてみたの。そのうち、なぜだか、あのとき持っていたハンドバッグのなかを見ずにいられなくなって。ふだんつかっていないバッグなの。あなたにも話したけど、あの人は苦しい息の下で言いつづけていた。『きみの手……きみの手……』と。あえいでいたから、ちゃんとしゃべれなかった。わたしは手を握ってほしいのかと思いこんでいたんだけど。あの人が言いたかったのは、『きみの手提げ……きみの手提げ』だった。あの人が殺された晩以来、そのバッグには触れていなかったの。出してきて、なかを見たら、封筒が押しこんであった。なかには指示書とバークレーズ銀行の支店にある保管金庫の鍵がはいっていたわ。指示書には銀行の住所が記してあり、アルフレッドの身に万一のことがあった場合、わたしが金庫をあける委任状にもなっていた。バッグを持ってやると言い張ったときに、きっとすべりこませたんでしょう。アルフレッドは歩道で何が起こったのか察していた。自分が死ぬということがわかっていたんだわ」

「つづけてください」

「たったいま銀行からもどったところだけど、金庫にはわたし宛ての手紙と、三角形が描かれた一枚の紙、しるしのついたキプロスの地図、それからフロッピーディスクがあった。そのディスクには、北キプロス・トルコ共和国のラウフ・デンクタシュ大統領との面会の詳細も記されていた。

アルフレッドは独立記念日に大統領を訪問することになっていたの」

「あすですね」

「ええ、十一月十五日。ディスクにはタンジマート・ストリートの大統領官邸の平面図、明朝の祝賀朝食会の招待状、それにもっと気がかりなものがあった」

「なんですか？」

「イスタンブールの航空地図。その経度と緯度を強調したエーゲ海の大きな地図。この地図には一連の数字が記してあった。ビル・タナーもミサイルの標的座標だと確信しているわ」

「で、手紙は？」

「私信だけど、あなたにも読んでもらいたいの。ナチの金の件がはっきりするわ。これからファックスで送るから、目を通したら連絡してちょうだい」

ニキがコンパックのラップトップを開いて、電源を入れた。ファックスを受けとる設定をすると、すぐにデータが送られてきて、ハードディスクにダウンロードされた。ボンドはM宛てのハッチンソンの手紙を読んだ。

愛しいバーバラ
きみがこの手紙を読むときには、わたしはもう生きていないだろう。この資料を役立てて、〈デカダ〉の陰謀を阻止してもらいたい。彼らは十一月十五日に北キプロス・トルコ共和国大統領を暗殺するものと確信している。イスタンブールに対しても、何かたくらんでいるようだ。
用心のため、このデータのコピーは保管金庫に入れておく。わたしのコンピュータがいじられていたことが、最近になって判明した。ファイルをコピーされたのかもしれない。それ以降、ファイルは削除した。
たぶんきみは聞かされるだろう。わたしがコンスタンティン・ロマノスと組んで、戦後父が秘匿した大量のナチの金を売り払ったことを。残念ながら、それは事実だ。金の売却でわたしは裕福になったが、ロマノスに取り分の五〇パーセントを詐取されていた。しかし、わたしはそれを請求することはできなかった。表沙汰にするわけにはいかなかったのだ。政治生命を絶たれてしまうだろうから。父への疑惑のせいで、じゅうぶんダメージを受けていたところだ。ひどいスキャンダルになって、とうてい持ちこたえられなかったろう。

わたしはロマノスがテロリストだということを当局に通告すると脅して、あの男から金を取りもどそうとした。息子が〈デカダ〉とかかわっているのを知り、思いきった行動に出るべきときだとますます悟った。ロマノスはわたしを意のままにするため息子を利用したのだ。チャールズをおのれの傘下に引きいれておけば、わたしを黙らせておけると判断して。わたしはかえって、きみに情報をことごとくゆだねる決意を強くした。

人間であるかぎり過ちをおかす、それが人生の動かしがたい現実だ。悲しいかな、そういった過ちをきちんと正させてくれないのが、死の現実だ。そのときには、魂の隠れ処にひそむ、暗く汚れた秘密の精算をするにはもう手遅れなのだ。

どうか知っておいてくれ。わたしはきみを深く愛している。このおぞましい出来事にけりがついたあかつきには、きみに許され、ともに過ごした時間が楽しい思い出になればいいと願っている。

心からの愛をこめて、

アルフレッド

つまるところ、この男も多少は高潔さを持っていたわけだ、とボンドは思った。

残りのデータを調べたうえで、北キプロス・トルコ共和国大統領はあと三回あるテトラクティスの目標のひとつにまちがいないと判断した。イスタンブールがもうひとつの標的なら、三番目はなんだ？　〈デカダ〉がイスタンブールに対して何を企てているのかについては指摘されていない。地図に巡航ミサイルの座標が書きこまれているだけだ。やつらは巡航ミサイルを手に入れているのか。軍がかかわっているのか。それから、あのウイルスは？　すべてに関係あるのだろうか。

「ニキ、本部に連絡して、どんな報告でもいいから手に入れてくれ。この地域一帯でここ数ヵ月におこなわれた武器取引に関するものだ。ミサイル関連を探せ」

ボンドはMに折りかえしの連絡をして、情報を検討したと告げた。

「ロマノスは結局、ハッチンソンのデータをすべて取りもどしたと言っていました。あの男はミサイルを保持しており、トルコに対してつかうつもりだと思います。彼らは北キプロスの大統領を午前中に暗殺しようとするでしょう。われわれは対策チームを編成して、できるだけ早く現場に向かう必要があります」

「同感だわ」Mが答えた。

「北へ行かなければなりませんが、ギリシャ側の友人にとってはやっかいでしょう。国境を越えることを拒否するかもしれません」

「ばかばかしい。この狂信者たちを阻止しなければ、自分たちの国の存亡にかかわると説得しなさい。それにトルコの援助も必要だわ。イスタンブールのT支局に連絡して、攻撃の脅威にさらされていると警告します。ただし、相手はギリシャでもキプロス共和国でもないとね」

「ロマノスはメンバーがウイルスを作っていることを認めました。テキサスで見つけた病原菌がそれだったかもしれません。例の伝染病のほうの状況はどうなっていますか」

「ちょっと待って、参謀長が何か渡してくれたから」Mはしばらく無言で読んでいた。「なんてこと」

「どうしたんです？」

「ロサンゼルスと東京の死亡者数が増加している。ニューヨークとロンドンでもこの四十八時間に新たな患者が出たという報告があるわ。ロマノスのウイルスが原因かしら」

「ロマノスの話では、まだ使用できる状態ではなかった！」

「でも、だれかがつかっている。感染者は全員隔離されているし、感染者が輸血を受けたクリニックは封鎖されています。病院はまぎらわしい症状の外来患者を隔離しようと全面非常態勢で臨んでいるわ」

「では、ロマノスを早急に見つけないと。明朝トルコ系キプロスの大統領の暗殺が企てられるなら、そのときがあの男を捕える唯一のチャンスかもしれません。わからないのは、彼が大統領に近づく方法です。招待状をもらって大統領に会うことになっていたのは、アルフレッドでしたよね？」

「ええ。祝賀行事のとき大統領に随行することになっていた。ですから、マンヴィル・ダンカンが代行します。いまニコシアの英国大使館にいるわ。ダンカンに連絡して、この事態を外交的な手段でなんとかできないか確かめてみるつもりだけど」

「おおいに助かります。国際親善大使になって、ダンカンはどんな様子ですか」

「ぶつぶつ言っていますよ、外国の食べ物が合わないとか。好き嫌いがあるからじゃないかしら。特にキプロスみたいに肉を食べる国では不便だわ」

「なぜですか」

「知らなかったの？ ダンカンは厳格な菜食主義者よ」

とつぜん冷たい恐怖がボンドの背筋を走った。「たいへんだ。〈デカダ〉のメンバーというのはマンヴィル・ダンカンです。アルフレッド・ハッチンソンではなかった。ハッチンソンは秘密を知ったために殺されたのではありません。ダンカンがあすの催しに代理で出られるように殺されたんだ！ ダンカンは裏切り者です。大統領の暗殺役なんですよ！」

23　独立記念日

マンヴィル・ダンカンは処刑道具となる金めっきのボールペンに、おそるおそるリシンのペレットを装塡した。

「ほんとうにだいじょうぶなの？」ヘラがもどかしげにきいた。

「心配ない。きみは自分のことだけ心配しろよ」

レフコシアに日が昇りつつある。ふたりはヘラが取ったホテルの一室で落ちあった。ギルネ通りにある〈サライ・ホテル〉はおそらくレフコシア一高級なホテルだろう。

「パレードは九時からはじまるわ。あなたが大統領と会うのは九時半。民衆に向かっての演説は十時から。あなたが予定どおりに行動すれば、大統領は演説の最中に心臓発作で倒れる。数字と小像を置いてくるのを忘れないで。しばらく見つかりそうもないところに。すんだら、さっさと逃げだすのよ」

ダンカンはポケットを探り、数字の〝8〟を書いた紙切れと、アポロ神の小像がちゃんとあるのを確認した。

「きみの装備はどうなんだ？　手はずどおりなのか？」

ヘラはうなずいた。「アメリカの古いM79グレネードランチャー、ベトナム戦争でつかわれたのとおなじ種類よ」

そう言って、ベッドの下からそれを引っぱりだした。短いライフル型の後装式武器で、充塡した擲弾を発射する。最大射程は約三百五十ヤード。

「カートリッジが四発」それは金属ブリーフケースの発泡スチロールのなかにおさめられているが、ずんぐりむっくりした特大サイズの銃弾のようだった。「なかにはサリンが詰まってる。一〇〇五時に発射するわよ。大統領が死んでいようがいまいが。いっしょに外へ出ないようにね。吸いこむと死ぬから」ほかの装備――ガスマスク、防護服とフード、ブーツと手袋――はすでにベッドの上に広げられている。ナイトテーブルには、赤のスプレー缶とヘルメスのアラバスター小像がのっていた。

準備を整えるヘラを見守っていたダンカンは、ついに切りだした。「きみが何をもくろんでいるか知っているぞ、ナンバーツー」

「どういうこと？」

「きみがナンバーテンやナンバーエイトと何を計画していたか知っているんだよ」

「で、それはなんなの、ミスター・ダンカン？」

「〈デカダ〉から離脱して、自分たちのグループを作ること。謀反を企てているんだ」

「どうしてわたしたちがそんなことを？」

「さあね。きみがナンバーテンとその……まあ、親密だったのは知っている。ナンバーエイトはきみたちの愛人。ちがうかい？」

「そうだったらどうなの？」

「モナドは喜ばないだろう」

ヘラはいきなりダンカンの喉首をつかみ、きつく握りしめた。ダンカンは目を飛びださせながら、息をしようともがいている。三十秒ほど苦しめてやってから、ヘラは言った。「よく聞くのよ、蛆虫野郎。ひと言でもそんなことをモナドに告げたら、あんたの肝臓を切り裂いて、その口に突っこむわよ。わかった？　利口なら、黙ってることね。真の〈デカダ〉を作ったとき、仲間に入れてやってもいいわ。わたしは十二のときからモナドといっしょなのよ。自由になりたい。そうなる運命なの。神々はわたしにも話しかけてくださった。ピタゴラス自身も、自分の弟子たちに背かれた。これは運命づけられてるの。それに、モナドは見当違いなことをしてる。われわれはトルコに教訓を与えるという目的に関しては賛成よ。でも、そのあとは計画があるの。もっと大きな。このテトラクティスが完了したら、立ち去るわ。跡を濁さずというわけにはいかない。だから、どっちに忠誠を示すのか選びはじめたほうがいいわよ」

ヘラはダンカンを放し、準備にもどった。ダンカンはあえぎながらベッドに腰をおろした。落ちつきを取りもどすまで数分待ち、何事もなかったかのように立ちあがる。

「もう行ったほうがいいようだ」ダンカンは金色のペンを上着のポケットに留めた。ネクタイを直してから言う。

「幸運を祈るよ、ナンバーツー」
「あなたもね、ナンバースリー」
マンヴィル・ダンカンは神々との約束のために、ホテルの部屋を出た。

午前九時。何百人ものトルコ系キプロス人が、パレードや祝典のためにレフコシアの通りに繰りだした。北キプロス・トルコ共和国の大統領は〈サライ・ホテル〉の近くに設けられたステージから演説することになっている。その数ブロック先の官邸で、大統領は特別朝食会にやってくる要人たちを出迎えていた。イギリスのヘリコプターが上空を飛んでいることには、通りにいるだれひとり気づかなかった。なんといっても、イギリスの航空機なら、しょっちゅう空を飛んでいるのだから。

ニキ・ミラコスはアクロティリの英国空軍基地から、ウェセックス・ヘリコプターにギリシャ秘密情報部の特殊部隊員四名とジェイムズ・ボンドを乗せて飛びたった。Mは秘密裡にギリシャといっさいの話をつけていた。さしあたり、キプロス共和国にもTRNCにも事情を知らせないほうがいい。しかしながら、トルコ政府には情勢に対する警戒を呼びかけていた。

ヘリの一行はみな防護服を身につけ、ガスマスクを首からぶらさげている。AK47で武装した特殊部隊は、高度な訓練を受けたテロ対策チームだった。自分たちがグリーンラインを越えなければならなくなる日が来るとは、だれも思ってもみなかった。

地上の大統領官邸では、マンヴィル・ダンカンが側近に迎えられ、華麗な白い建物のなかへ招じいれられた。そして、トルコやほかの国々からの外交官や賓客でひしめく部屋に案内された。フルーツジュース、パン、果物がテーブルに並べられている。TRNCのラウフ・デンクタシュ大統領は通りを見渡す出窓のそばで、友人や仲間に囲まれていた。祝賀ムードがあたりにみなぎっている。

「大統領どの」側近が声をかけ、ダンカンを引きあわせる。
「こちらは英国の国際親善大使です」

「ミスター・ハッチンソン？」大統領は尋ねた。

「いえ、マンヴィル・ダンカンと申します。ご連絡をさしあげたと思うのですが——ミスター・ハッチンソンは一週間前に急死いたしました。わたしは大使補佐で、一時的に任務を受け継いでいます」

「それはお気の毒に」大統領は英語で言った。「ミスター・ハッチンソンとはお会いしたことはありませんが、電話で話したことがあります。いいかたでした。しかし、あなたも同様に歓迎いたします、ミスター・ダンカン」

「ありがとうございます。わたしは英国政府を代表し、TRNCとキプロス共和国の平和な関係を促進するために参りました」

大統領は同意してうなずいてから言った。「だが、英国政府は北キプロス・トルコ共和国を国として承認することを拒んでいる。われわれはどうすればいいでしょうな、ミスター・ダンカン」

ダンカンは入念に練習した魅力的な笑顔を見せた。「おやおや大統領、いまはそんな話し合いをはじめるときではないでしょう？」

ふたりとも声をあげて笑った。「お招きいただいて光栄です」ダンカンは言った。「おめでとうございます。記念すべき日をお楽しみください」

「ありがとう」大統領は礼を言うと、仲間のもとへもどった。

マンヴィル・ダンカンはテーブルに近づいてオレンジジュースのグラスを取りあげ、上着の内ポケットに手を触れて、ボールペンがそこにあることを確かめた。用心のため、ショルダーホルスターにはスミス&ウェッソン・ボディガード・エアウェイト38スペシャルが入れてあった。

ウェセックスは群衆の上を飛び、城壁に囲まれたレフコシアの西側へ向かっていた。ボンドは上空から、グリーンラインの南側とはまるで異なる市街を見おろしていた。レフコシアは近代化の点ではニコシアにはとてもおよばなかった。建物はみな何百年もたっているように見える。そのため、レフコシアは南側の都市に比べて、まぎれもなく個性豊かだった。ゴシック様式やオスマン様式の建築物をはじめ、中世や近世の史的記念物が数多く残っている。

「どこにおろしてほしい?」ニキが叫んだ。

ボンドはモスクを指さした。「ほら、あそこだ。あの中庭におろしてくれ」

ボンドはかかえているAK47を点検し、P99の弾がこめられていることを確認した。運良く、アクロティリ基地で予備のマガジンと弾薬も調達することができたのだ。

ウェセックスはカンル・メスジット・モスクの中庭に着陸した。特殊部隊が飛びおり、ボンドもつづいた。親指を立ててニキに合図すると、ウェセックスはふたたび空へもどっていった。

しばらくのあいだ、何も起こらなかった。ボンドと隊員たちは中庭を囲む壁を見守っていた。

だしぬけに、モスクの門が開き、二十名のトルコ兵士がライフルをかまえてなだれこんできた。全員が緑色の迷彩服を着ている。彼らは壁の周囲に散らばり、ほどなく中庭全体を取り囲んだ。彼らは膝射の構えをして、五人に狙いをつけた。下士官がギリシャ人隊員たちに、武器を置いて降伏するようトルコ語で叫ぶ。張りつめた空気のなか、ギリシャ人とトルコ人は身動きもせずにらみあった。宿敵と顔を突きあわせて、双方ともどう動いていいか迷っていた。

四人の隊員がボンドを見る。「どういうことでしょう?」ひとりが尋ねた。ボンドはトルコ兵士たちの顔を見渡したが、目当ての男はいなかった。

「落ちつくんだ、みんな」ボンドは低い声で言った。「手違いが生じたにちがいない……」

やがて、平服姿のふたりの男が門からはいってきて、穏やかに曹長に話しかけた。曹長はうなずき、部下に大声で命じた。彼らはただちに武器をさげ、休めの姿勢で立った。平服姿のふたりはボンドたちに近づいてきた。そのうちのひとり、大柄で濃い口ひげをたくわえ、大きな茶色の目をした男は、ボンドが過去に出会った人物に似ていた。

「もうだいじょうぶだ」ボンドは隊員たちに言った。「彼が来た」

ボンドは一歩踏みだし、ふたりの男の前に立つと、手をさしだした。口ひげの男はボンドを上から下まで眺めまわし、おもむろに顔をほころばせた。勢いよく手を握って言う。「ミスター・ボンド、またお会いできて、ほんとうにうれしいです」

「こっちもだよ、テンポ」トルコの友人ダーコ・ケリムの息子であるステファン・テンポには、もう長いこと会っていなかった。オリエント急行でのあの運命の日、ロシアの殺し屋レッド・グラントに殺されたケリムの死体を見つけたときのことを、ボンドはいまでもよく覚えている。その後、ケリムの息子のステファンとは任務で協力しあったが、それも大昔のことのように思える。中年になったステファン・テンポは、父親にそっくりだった。

「最近のT支局はどうだい？」ボンドは尋ねた。

「デスクワークばっかりです」テンポは言った。「だが、英国がギリシャと協力して北キプロスに奇襲をかける許可を要請しだしたら、鉛筆を置いて注意しますよ」

「テンポ、あまり時間がないんだ。大統領官邸に行かなければならない」

「ご案内します」テンポは兵士たちにトルコ語で命令をどなると、ボンドについてくるよう身ぶりをして門へ向かった。四人のギリシャ人隊員は警戒するようにトルコ人たちを見たが、文句も言わず追随した。

一行は門を抜け、民間人でこみあうタンジマート・ストリートへ飛びだした。二十五名が隊形を整えて走ってくるのを見た群衆がさっと道をあけるなか、彼らは優雅な白い建物のほうへ進んだ。

官邸の正面に立っていたTRNCの衛兵は不意を討たれた。テンポとトルコの曹長が衛兵所に近づき、ひそかに立ち入ることを許可されるはずの書類を提示した。ダンカンにあらかじめ警戒させないよう、ボンドが手をまわしておいたものだ。最初のうち、衛兵たちは国防侵犯をかかえこんだことが信じられなかった。が、テンポの身分証を見てそうではないことがわかった。ついに、官邸警備の長はうなずき、彼らを通した。

TRNCの衛兵が建物へ誘導した。ボンドは腕時計を見た。九時三十分。みごとな大理石の階段を静かにのぼり、ていた。

二階の謁見室に案内される。そこではまだ朝食会がつづいていた。

マンヴィル・ダンカンは金のボールペンを手にしていた。大統領は料理テーブルの前に立ち、トルココーヒーをカップに注いでいる。ダンカンがなすべきことは、大統領の腕か脚にペン先を押しつけ、ペレットを送りこむ尻のボタンを押すだけだ。大統領はほんの少しだけ圧迫を感じ、たぶんちくりとするだろう。

「大統領どの」ダンカンは声をかけ、ペンを標的の腰の高さにあげた。「すぐに英国高等弁務官官邸へもどらなくてはなりません。本日はほんとうに――」

ドアがさっと開き、トルコ兵士三人とTRNCの衛兵ひとりが、武器をかまえてはいってきた。全員に向かってトルコ語で叫ぶ。「動くな」ボンドはドアの内側で人込みを押しのけた。

ダンカンはあわてて大統領に突進し、羽交い締めにした。大統領の首筋にペンを突きつけ、大声で言う。「近寄るな!」おびえた大統領を片手で抱きかかえたまま、出窓のほうへあとずさりしはじめたが、大統領がつまずいて後方に倒れた。ダンカンはボールペンを取りおとし、上着の下の38スペシャルに手をのばす。

銃声が響き、ホルスターから銃を取りだすまえに胸を撃たれた。ダンカンは後ろに吹っ飛んで料理テーブルにぶつかった。皿が床に落ちて割れる。ボンドはワルサーP99をさげ、腰のホルスターにしまった。ダンカンに近づき、かたわらにひざまずく。男は血を吐きながら胸をつかんでいる。

ステファン・テンポはただちに、とまどい、おびえている大統領のそばに寄り、トルコ語で早口に話しかけながら部屋から連れだした。TRNCの職員らは、もう心配はいらないと告げて残りの来賓を安心させた。

「さあ、ダンカン」ボンドは言った。「知っていることを話すチャンスだぞ。ヘラはどこだ? 九番目の標的は?」

ダンカンは血まじりの痰を吐き、あえいだ。「一は……多に……なる……」

それから大きく息を吐きだして死んだ。ボンドはダンカンのポケットを探り、赤で〝8〟と殴り書きされた紙と、アラバスターの小像を見つけた。別のポケットからは、レフコシアの地図と〈サライ・ホテル〉の便箋が出てきた。地図にはある建物に黄色の蛍光ペンで印がつけてあった。便箋には鉛筆の走り書きがあった。

#ナンバーズ、17:00

何を意味するのかわからなかったが、ボンドは便箋をポケットにしまい、地図を見直した。

「テンポ、この建物は?」地図を見せながらきく。

「それは〈サライ・ホテル〉です」

「部下を集めて、出発するぞ。ここにはもう用はない」

〈サライ・ホテル〉は八階建てで、屋上からはレフコシア/ニコシアのすばらしい景色を一望できる。ナンバー・キラーの制服に身を包んだヘラ・ボロプロスは、M79グレネードランチャーの設定を終え、神経ガスのサリンが充塡された擲弾をこめた。擲弾は空中で炸裂して化合物を散布し、そのあとは風が運んでくれる。おおぜいの人間に被害がおよぶだろう。四方にそれぞれ一発ずつ発射し、あらかじめ用意しておいた脱出路から一階におり、一ブロック先にとめたレンタカーまで走り、ジャイロコプターを隠した北の町まで運転するという手順だった。通りでは祝賀行事の真っ最中で、ヘラに気づくものはだれひとりいないだろう。トルコ系キプロス人がおおぜいいるが、彼らの気をそらすものはない。彼らの独立記念日に襲撃がおこなわれるのは、呪わしいほどふさわしいとヘラは思った。

午前十時になり、ヘラは向かいの広場の仮設ステージを眺めた。大統領はまだあらわれていない。ダンカンのペレットがこんなに速く効いてしまったのだろうか。あるいは、ダンカンが使命をしくじったか。

ヘラには十時五分まで待つ気はなかった。グレネードランチャーをもう一度確かめ、自分のガスマスクを点検すると、最初の擲弾の発射準備をした。

「待つんだ、ヘラ!」エレベータから屋上へ出るドアのところから、ボンドは呼びかけた。三十フィート手前からP99を向け、ヘラの動きを封じている。背後にはやはりヘラに武器を向けたトルコ兵士が数人いた。彼らは全員、防護服とガスマスクを着用していた。

「ランチャーから離れろ」ボンドの声はマスクのフィルターを通して、金属的に響いた。

ヘラは引き金に指をかけたまま、マスク越しに言った。

「一発でじゅうぶんなのよ、ジェイムズ。反射的に指を引くだけでいいの。あなたが撃ったら、うっかり発射してしまわないともかぎらないわ」

ボンドには、何があってもヘラが擲弾を発射することはわかっていた。もう少し近ければ、ワルサーを命中させて、武器を取りおとさせることができるかもしれない。だが、この距離ではその手もつかえないだろう。

だれも動けないでいると、低いとどろきが近づいてきた。姿の見えないものが、地上から上昇してくる。はじめは芝刈り機のような音だったが、だんだん大きくなってきた。ボンドには聞き覚えのある音だったので、これで状況が打開できるとわかった。ぴったり時間どおりだ。

ウェセックス・ヘリコプターがふいにホテルの上にあがってきて、屋上の端のヘラが立っている場所をかすめていった。ニキは巧みな操縦で、相手が反応するまえにぶつけた。ヘラはランチャーを手放して床に倒れ、屋上の出っ張りまで転がってから飛び起きた。肩にかけていたサブマシンガンに手をのばし、ボンドのほうへ振りむける。

「撃て」ボンドの合図で、兵士たちは一斉射撃を開始した。だが、弾が当たるより早く、ヘラは落ちついてあとずさり、建物の端から飛びおりた。

ボンドは出っ張りに駆け寄り、下をのぞきこんだ。女はどこにもいない！　それから、ロープが目にはいった。側面の雨樋に取りつけたロープで、あけておいた窓までおりたのだろう。モネンヴァシアで見たロープ・クライミングの能力を考えれば、ヘラが逃走したことはまちがいない。

特殊部隊が階段を駆けおり、三十分かけてホテルを探しまわったが、ヘラ・ボロプロスの形跡はどこにもなかった——部屋に寄ったとき残していった防護服とガスマスクのほかには。あきらめて、ボンドは屋上にもどった。

ウェセックスはホテルの上空をホバリングしている。手を振るニキに、ボンドは〝ＯＫ〟サインを送った。それから、慎重に四発の擲弾を取りだし、発泡スチロールのケースにもどした。

ステファン・テンポが近づいてきて、ボンドに言った。

「もうトルコに帰らなければ。ここでは何も起こりませんでした。わが国ではきょうの出来事は記録しません」

「こっちもだ」

「ありがとうございます、ミスター・ボンド。トルコとギリシャとキプロスのためにしてくださったご尽力に感謝します。父は寛大な人間でした。だれとでも親しくなった――ジプシー、ブルガリア人、ロシア人、それにギリシャ人とでさえも。たいがいの人間とは中身がちがっていたんです」

「きみのお父さんは立派な男だったよ、テンポ」ボンドは言った。「生きていたらきっと、きみの国の人々とギリシャの人々が平和を保てるよう、骨身を惜しまず働いただろう」

テンポはギリシャの隊員たちと握手を交わし、ウェセックスがもどってくるのを見守った。ホテルの屋上に縄梯子がおろされた。ボンドと四人の男は縄梯子をのぼって機内にはいった。ウェセックスが上昇するなか、ボンドは下方を見て、旧友の息子に手を振った。それから、操縦席に身を乗りだし、ニキの頬にキスをした。

24　ゴースト・タウン

十一月のなかばでも、キプロスのアクロティリに注ぐ日差しは明るかった。ボンドとニキは格納庫で折りたたみ式のトランプテーブルに向かい、ギリシャ国家情報庁から届いたファックスと、ダンカンのポケットから見つけた資料を眺めていた。

「〈デカダ〉に関係あると思う？」ニキは尋ね、ギリシャ語で書かれた報告を翻訳して読みあげた。

送信先：ニキ・ミラコス
発信元：記録部
日付：一九九八年十一月十五日
照会のあった過去二カ月の軍関係の事件について、下記のものが見つかりました。

事件番号４４３３８３：兵卒三名がマリファナ不法所持で告発される。アテネ。
事件番号２５０２２１：大佐から盗難届（ステレオ、コンパクトディスク、コンピュータなど）が提出される。アテネ。
事件番号４４９９３２：特務曹長が狙撃される。殺人未遂事件として捜査中。ヒオス。
事件番号９５７７３２：兵卒四名と曹長二名が治安紊乱行為で有罪になる。クレタ。
事件番号５５４２１２：民間人の運転する車の事故で曹長が死亡。民間人は酩酊運転で逮捕される。クレタ。

「ヒオスってどこだい？」ボンドはきいた。
「トルコにいちばん近い島よ。観光地はあまりないわ」
「どんなところ？」
「軍事基地とゴムの木ばかり」
「この特務曹長はなぜ狙われたんだろう？　ギリシャの軍隊ではよく起こること？」

「まずないわ。もっとくわしい情報がほしい？」

「頼む」

ニキがラップトップの電子メールでメッセージを送っているあいだ、ボンドはハッチンソンのコンピュータにあった座標つきのイスタンブールの地図をじっくり見た。

「やつらはミサイルを持っている。そういうことにちがいない。ミサイルが関わる異常事態についても記録を調べてもらえるかな」

「かなり広範囲な検索になるんじゃない？」

「ともかく、やってみてくれ」ボンドは疲れきっていて不機嫌だった。だれかがソフトドリンクを運んできたが、それには手をつけずボトル入りの水を飲んだ。

ニキは要請を送り、画面にリストがあらわれるまで待った。

「全部で……二百三十三件のミサイルがらみの実例があるわ。見たい？」ニキはメッセージをセーブし、インターネットへの接続を終了した。

ボンドは画面をつぶさに眺めた。ギリシャは核支援をNATOに頼っている国だ。核兵器を配備するためにミサイルを使用するなら、NATOがかかわっているにちがいない。ボンドはNATOとも関連がある実例を探した。ぜんぶで二十三件あった。

一件の記載がボンドの興味をひいた。一九八六年にフランスでNATOのパーシング1Aが紛失したという報告があった。徹底的な調査が示すところによれば、ミサイルはパリ郊外で起こった輸送事故の際、紛失している。なかでも興味深いのは、輸送の指揮をとっていたのが、ディミトリス・ゲオルギオウというギリシャ人の中尉だったことだ。パーシングがじっさいに出荷されたのか、誤ってリストに載ったのかは不明のままだった。

ニキはテーブル上のほかの資料を調べていた。ボンドがダンカンのポケットから見つけた紙切れをつまみあげる。

「どういう意味かしら。〝ナンバーズ、一七〇〇時〟」

「さあ。何かの暗号じゃないか」

「ちょっと待って。わかった。IRCのサーバーよ」

「なんのこと？」

「インターネット上にＩＲＣアドレスを設定して、個室とかサーバーと呼ばれるところでリアルタイムの〝チャット〟を楽しむの。サーバーの場所もしくは、設定者か運営者がくれる名前がわかれば、チャットに参加できるわ」

「ああ、それか。一度も試したことはないけどね。だが、ＩＲＣサーバーを使用する利点は知っている。跡をたどれない」

「そのとおり。サーバーの名前を知られないかぎり、まったく安心なのよ」

ボンドは腕時計を見た。午後四時四十分。「もうすぐ五時だ。サーバーを見つけられるかい？」

「もちろん、簡単よ。もう一度ネットにつなぎましょう。教えてあげる」

ニキはラップトップを操作し、〝パイロットガール〟というハンドルネームでログオンした。インターネットにつながると、ＩＲＣコミュニケーションを管理するプログラムをスタートさせた。それから、ＩＲＣサーバーの使用中リストを目で追った。思ったとおり、〝#ナンバーズ〟という名のサーバーが使用されていた。

「だれがその部屋にいるか見てみましょう」強調表示された〝#ナンバーズ〟というタイトルをマウスでクリックすると、メニューがあらわれ、ハンドルネームがひとつだけ載っていた。つまり、チャットルームにいるのはひとりだけということだ。それは〝モナド〟という名前だった。ニキはふたたびマウスをつかって〝フーイズ〟のアイコンをクリックした。情報があらわれ、所有者のアドレスは〝monad@ppp.chios.hol.gr〟となっていた。

「モナド」ボンドは言った。「ロマノスのことだ」

「そして、ヒオス島のオンラインサービスを利用してる。ということは？」

「彼はヒオスにいる」

「まちがいないわ」

「となると、ダンカンとヘラは五時に、ＩＲＣサーバーを通じてロマノスと連絡を取ることになっていた。おそらく、報告のためか」

「そのようね」

「ロマノスにあいさつしてやろう」

「えっ？」

「あいさつして、揺さぶってやるんだ」

「彼はサーバーの所有者だから、その気になれば、わたしを追いだすこともできるのよ」

「だったら、すぐに何か言ってやれ」

ニキはマウスを二回クリックさせて、部屋にはいった。

ニキのアドレス〝PilotGrl@spidernet.com.cy〟が使用者のリストに表示される。ニキはキーボードをたたき、〝おしゃべり〟をしながら、その内容をハードドライブにダウンロードしていった。

パイロットガール：こんにちは。ナンバーツーに頼まれたの。ナンバースリーはまだ来てない？
モナド：きみは？
パイロットガール：あなたの知らない者。
モナド：ここは私的なＩＲＣサーバーだ。放りだされるまえに出ていってくれないか。
パイロットガール：マンヴィル・ダンカンを待ってるんでしょ。あなたのナンバースリーの……？
パイロットガール：彼は来ないと思うわよ。

長い間があいてから、ロマノスが応えた。

モナド：おまえは何者だ？
パイロットガール：ただの友達。ダンカンはあらわれないわよ。
モナド：なぜだ？
パイロットガール：撃たれたんじゃないかしら。気の毒に。
モナド：おまえはボンドの手先だな。
パイロットガール：ボンドって？　何を言ってるのかわからないわ。あなたの望みは……
パイロットガール：サイバーセックス？

そのとき、〝monad@ppp.chios.hol.gr〟という表示はユ

ーザーリストから消えた。

「いなくなったわ。脅してやれたわね」

「ヒオス島に行かなくては。もう一度、本部に連絡して、何か進展がないか確かめてくれ」

ニキがふたたび電子メールを送ると、すぐにアテネの上司からメッセージが届いた。

「ヒオス島の特務曹長はサンブラコスという青年で、死んでないそうよ。撃たれたとき以来、昏睡状態に陥ってて、ヒオスの陸軍病院に入院してる」

「部隊長がだれかきいてみて」

ニキは質問を打ちこんだ。しばらくして、答えが返ってきた。

「ディミトリス・ゲオルギオウ准将」ニキは読みあげた。

「それで裏づけられた。行こう。われわれが行くことを、本部から基地に知らせておいてもらってくれ。ただし、准将にだけは秘密にして」

ニキが要請をタイプすると、ただちに返事がもどってきた。「准将はいま休暇中ですって。先方はギアラでわたしたちを待ってるそうよ。ヒオスの軍司令部があるところ。ちょっと待って……あなたにメッセージが届いてる。F・ライターって人から」

「テキサスにいる友人のフェリックスだ。見せてくれ」ボンドは画面のメッセージを読んだ。

きみのウイルスがLAと東京のウイルスと同一であることを疾病管理センターが確認。CIAと日本の公安調査庁もきみの男を追っている。先を越されないことを祈る。

——フェリックス

ボンドは活気づいて、キプロスの英軍にさらなる要請をした。

英国空軍はボンドとニキとギリシャ特殊部隊の四人のために、オリンピック航空のラルナカ午後六時三十分発アテネ行きの便を手配した。ギリシャ政府の協力を得て、当機はほかの三十六名の乗客には心外なことに、進路をヒオスに変更した。到着したのは八時半ごろ。日はすでに沈んでいた。若いギリシャ兵士が到着ゲートで出迎え、彼らを駐車場のメルセデス・ジープまで案内した。

一行はヒオス・タウンにある軍司令部に向かった。小さいけれど効率のよさそうな司令部は、レンガとしっくい造りのベージュと白の建物群からなっていた。ジープやトラックは迷彩ネットの下に保管されている。正面の大きなゲートは軍人以外の人間を締めだしていた。

ジープは手を振ってなかへ通された。ボンドとニキが案内されたオフィスには、長身の男が待ちうけていた。

男は英語で話した。「はじめまして、ガヴラス中佐です。目下、指揮をとっている者です。ゲオルギオウ准将が休暇中なので」

ニキは身分証明書を見せて、言った。「こちらはイギリス秘密情報部のジェイムズ・ボンド。テロリストがこの島のどこかに潜んでおり、ゲオルギオウ准将もかかわっていると信じるに足る理由があります。どうしても今夜中にテロリストを見つけなければなりません」

「それはむずかしい注文ですね、ミス・ミラコス。それに、ひどい言いがかりだ」

「准将はどちらですか」

「スペインにいるはずですが」

ボンドが口をはさんだ。「ジープと運転手をお借りして、島をひとめぐりさせてもらえますか」

「外は真っ暗ですよ」ガヴラスは言った。「朝まで待たれたほうがいいでしょう」

「時間がないんです。おそらく、その男は今夜、何かを企んでいる」

ガヴラスは顔をしかめ、ニキの書類をふたたび眺めた。

「指令はギリシャ情報部の部長から出ています」ニキは言った。

「そのようですね。よろしい、できるだけのことをしましょう」

「もうひとつ」ボンドが言った。「撃たれた青年のことだが、まだ昏睡状態ですか」

「じつを言うと、サンブラコス特務曹長はきのう、意識を取りもどしました」

「会えますか」

ガヴラスはまたもや顔をしかめた。「連絡してみましょう」

パノス・サンブラコス特務曹長は、一ダースものチューブをつながれて横たわっていた。弱っていて、ぼんやりしているようだった。

「パノス？　パノス、こちらはギリシャ情報部のかたよ」ナースがギリシャ語で言う。「ききたいことがあるんですって」

ボンドとニキはあいさつした。サンブラコスは目をしばたたいた。

「ゲオルギオウ准将を知っているか、きいてみてくれ」ボンドは言った。

ニキが尋ねると、サンブラコスはうなずいた。

「だれに撃たれたのか、その理由は？」

ふたたび、ニキが尋ねた。サンブラコスは答えて、目を閉じた。ニキが通訳する。「撃ったのはゲオルギオウ准将で、死んだと思って置き去りにした。理由はわからないって」

「ミサイルはどうだ？　きいてくれ」

さらなるニキの質問に、サンブラコスは低い声でゆっくり答えた。「パーシング・ミサイルが北の納屋に隠してあったそうよ。これは秘密だから、軍歴に傷をつけたくなければ他言しないほうがいい、とゲオルギオウ准将に釘をさされた。撃たれた夜、准将とふたりの見知らぬ男がそれを運びだそうとしてた」

「ミサイルが武装していたかどうか、わかるかな」

サンブラコスはボンドを見て、英語で答えた。「武装していませんでした」

ボンドは言った。「心配するな、パノス。われわれがそいつをつかまえてやる」

ふたりはサンブラコスに礼を述べ、病室をあとにした。

「ロマノスはきっと、自分で弾頭を調達しているな」

「どうやって彼を見つけだすの？」

「それほど大きな島じゃないだろ？」

一行は手始めに西のカリエスをめざした。

「過激派が基地を設けそうなところはどこだろう？」ボンドはきいた。

「気づかれずに設営できるところはありませんね」ガヴラスは言った。みずからジープを運転している。

「見捨てられた村とか、もう使用されていない古い建物とかは？」

ガヴラスはかぶりを振った。「島には小さくてほとんど目立たない村もあります。しかし、この島にあなたが言うような作戦基地があるとは思えません」

「まちがいなくあるんだよ」

カリエスは望みがなさそうだったので、ジープはそのまま前進し、岐路にさしかかった。まっすぐ行けばアヴゴニマ、右に行けばアナヴァトス。

「待てよ」ガヴラスは言った。「アナヴァトスがあった。だれも住んでいません。まあじっさいには、何人か崖のふもとで暮らしている者もいるが」

「どんなところです？」

「山の上にある古い村です。もうすべて廃墟となってしまったが、いつか観光地になることを当てこんだビジネスマンたちが、いくらか土地を購入しました。彼らは少しずつ移ってきて、廃墟を修復しています」

「見にいこう」

「見込みはありませんよ」

「ロマノスはミサイルを高い場所に設置したがるはずだ。そこに行ってみたい」

曲がりくねった暗い坂道をのぼっていくと、村の入り口に着いた。住民はすでに寝入っているのだろう。家々から明かりはもれていなかった。月光が不吉な崖を照らしていた。白っぽい廃墟が、山の黒さと対照をなしてくっきり際立っている。別世界にまぎれこんで幽霊の出そうな遺跡を見ているようだった。

「頂上まではどうやって行くの？」ボンドはきいた。

「徒歩で」ガヴラスは答えた。「その道をのぼるしかありませんね。廃墟のまわりをぐるぐるまわって、ようやくてっぺんに出ます。だが、気をつけてください。暗闇のなかではとても危険ですから。頂上は片側が切り立った崖になっています。何百年も昔に住民たちが身を投げた場所です。トルコ軍にとらわれるよりはと」

ボンドは一瞬、チャールズ・ハッチンソンのことを考え、そこから投げ落とされたのかもしれないと思った。

「行こう」ボンドはバックパックに手をのばした。なかにはアテネのホテルに置いてきた所持品がはいっている。ニキが取ってきて、バックパックに詰めておいてくれたのだ。ボンドはブースロイド少佐の暗視ゴーグルを取りだし、ワルサーP99のマガジンに弾薬がこめられていることを点検し、予備のマガジンをふたつポケットに入れた。

「わたしも行くわ」ニキが言った。

「ひとりのほうがいいと思う。すばやく偵察してくるから、三十分くれ」

ボンドはニキが抗議するまえに歩きだし、ジープを離れて崖の下の建物のほうへ向かった。ふいに、まぶしい光がきらめき、すさまじい爆発が起こって、ジープが横倒しになった。ニキとガヴラスはふたりとも数フィート投げださされた。

「ニキ！」ボンドは叫び、そばに駆け寄った。ニキは放心状態で、額がひどく切れていた。

「何があったの？」ニキはつぶやいた。

「バズーカ砲を撃ちこまれたんだろう。崖の上から」

ニキは立ちあがろうとしたが、脚が奇妙に折れ曲がっていた。「いやだ、脚をひねっちゃったわ。中佐は？」

ボンドはもうひとりのほうへ移動した。身動きもせず、息が絶えていた。

「彼を失ってしまった。応援を呼ぼう。まだ無線がつかえればだが」

煙をあげるジープには後部に大きな穴があいていた。だが、それ以外はおおむね原形をとどめていた。ボンドは床から消火器を取りはずし、炎を消した。それからなかに乗りこみ、モトローラの無線を試してみた。驚いたことに基地につながり、状況を報告した。

後部席で見つけた黒焦げの毛布を持って、ふたたびニキのもとへもどり、体を包んでやる。

「救助がこっちに向かっている。ここを動かずに。頂上まで行って、何が見つかるか確かめてこなくてはならないから」

ニキはうなずいた。「わたしのことは心配しないで。だいじょうぶだから。あなたとのベッドのことを考えると、ちょっと困るけど」

ボンドは愛情をこめて、ニキの頬に左手を置いた。「もどってくるよ」

暗闇のなかにニキを残し、ボンドは閉めきったレストランのかたわらを過ぎ、崖をのぼる敷石道を進んだ。彼女は強い女だから、きっとだいじょうぶだろう。とどまってニキを介助するわけにはいかなかった――ロマノスがトルコへの攻撃を開始するのはまちがいなかったから。ふもとにボンドらがいるのがわかったからには、いまにもミサイルを発射するかもしれない。

アナヴァトスの夜は不気味だった。月明かりのもとの廃墟は、戦争で荒れはて、骨組みしか残っていないように見える。怪奇な物影と闇がつくる白黒の世界だ。ボンドは自分のあらゆる動きを見張る亡霊(スペクター)の姿が、目の端に映るような気がしてならなかった。山の頂上から身投げしたギリシャ人たちの亡霊が取りつき、挑発し、前へ進ませて、ボンドのことも死の闇へ飛びこませようとしているような気がした。

暗視ゴーグルをかけると、事態はとたんに好転した。赤外線フィルターがかすかな月光を鮮やかな緑の光に変え、敷石道がはっきり見える。幻影はそこら中に見え、相変わらず不安にさせられるが、少なくとも手探りせずに頂上をめざすことができる。

道をのぼりながら、ボンドはモネンヴァシアの廃墟のことを思いだした。こっちのほうが、はるかに荒涼としているけれど。狭い道は閉所恐怖症を引きおこしそうで、両側の壊れた建物は口をあけた墓のようにじっと見つめている。

途中で下を眺められる場所に出て、どれだけ進んだかがわかった。いま通り抜けてきた道が、廃墟のなかをジグザグにくだってふもとへつづいている。横倒しになったジープの輪郭と、そばに横たわるふたりの人間がかすかにみとめられる。

ボンドはふたたびのぼりはじめた。中間地点あたりで立ちどまって、位置を確認し、目的地を仰ぎみた。大きな建物が崖のてっぺんに建っている。もちろん、明かりがさしてくる気配はなかったが、〈デカダ〉はそこに隠れているにちがいない。角を曲がると、黒ずくめの服装の男が待ちぶせていた。腹に食らった蹴りで、ボンドは体を折った。つぎのブーツで顔面を蹴りつけられ、堅い地面に倒れる。つぎのキックが肋骨を襲った。

息がとまりそうになって呼吸を整えていると、セミ・オートマチックの撃鉄を起こすまぎれもない音がした。ボンドは右腕をさっと突きだし、男の向こうずねを払った。氷の塊を砕くほどの力の空手チョップが骨にたたきこまれる。男は悲鳴をあげて倒れた。

ボンドは飛び起き、やられたとおりに仕返しした。みぞおちに二発、顔面に一発蹴りを入れた。男は横たわったまま動かなくなった。

ボンドはまたのぼりだし、脇腹をこすって折れた箇所がないのを確認した。

頂上に着くと、岩棚を眺めた。その下は一見、木と岩だらけの底なしの峡谷に見える。やがて、用心深く大きな建物のまわりを移動しつつ、かすかな物音に耳を澄ませた。

ほぼ一周したとき、木で一部隠れた換気口の格子が見えた。一方の壁の下部に設けられていて、なかから煙が流れでていた。ゴーグルをつけていなかったら、きっと気づかなかっただろう。暗視ゴーグルは穴からもれてくるどんなかすかな光も感知する。その明かりで、煙がくっきりと浮きでていた。

ボンドはかがみこんで開口部を調べた。こじあけるのは簡単だが、音が大きすぎるだろう。格子の端を動かしてみたが、錆びついていてきしみをあげた。ボンドは天然の潤滑剤をつかって滑りやすくした――手につばを吐きかけ、その手を格子の縁に走らせる。じゅうぶん湿ったところで再度試してみると、今度はかすかにきしんだだけで、格子は壁からはずれた。

開口部は身をよじれば通り抜けられそうだ。なかをのぞくと、彫刻をほどこした石の床が見えた。ぼんやりとした明かりがともっている。おそらく、ろうそくだろう。ボンドは耳を澄ませて人がいないことを確認し、ゆっくりと足を入れて、シャフトを這うように進んだ。腹ばいになり、開口部の縁をつかんで部屋の上にぶらさがる。手を放し、床におりたった。

ボンドは聖堂のような場所にいた。部屋の正面に石造りの祭壇があり、周囲にはベンチが並べられている。真ん中はあいていた。部屋の出入り口はただひとつ。ボンドは垂れさがったカーテンにそっと近づき、耳を澄ませた。

何も聞こえないので、カーテンを開き、のぞきこむ。そこは廊下で、壁に固定された松明が一本だけ燃えていた。ペルセフォネ号の内部がいかに古めかしいといっても、この内装にはまるでおよばない。ボンドは古代ギリシャの建物のなかを歩いているような気がした。

暗視ゴーグルをはずし、首からぶらさげる。ワルサーを抜き、左手でかまえた――右の手のひらは武器を巧みに扱うにはまだ痛みすぎた。一歩ずつ踏みだし、周囲に目と耳を配る。

閉まった木の扉の前に出た。耳を当てたが、なかから物音は聞こえない。

取っ手をまわすと、軽くカチリという音がして、扉が開いた。

そこもほの暗く、家具のない石造りの部屋だった。突き当たりの壁に、十の点でできた大きな正三角形が見える。それぞれの点は赤い豆電球で、上部の三つを残してみんなともっていた。

部屋に足を踏み入れると、電気がついてあたりが明るくなった。

四方から、八人のウジをかまえた男がボンドを狙っていた。コンスタンティン・ロマノスは、左手にある石段のてっぺんに立っていた。

「アナヴァトスへようこそ、ミスター・ボンド」ロマノスはは言った。

25 死の様相

　ボンドは武器を奪われ、いくつもの石の回廊を抜けて、暗くだだっ広い場所へ連れていかれた。ロマノスがスイッチを入れると、松明を模した電灯があたりを照らした。そこはミサイル発射室だった。M656輸送トラックに据えられたパーシング1Aが天井を向いている。天井の両開きハッチは閉まっていた。

　ロマノスのほかに、武装した護衛が八人、軍服を着たひとりはゲオルギオウ准将だろう。それに、平服姿の女が四人。そのなかにヘラ・ボロプロスもいた。メリナ・パパスの顔も見える。金属のブリーフケースを手錠で手首につなげていた。チャールズ・ハッチンソンがアメリカから運んだのとおなじブリーフケースだ。

「きみはわが組織にかなりの打撃を与えてくれたね、ミスター・ボンド」ロマノスが言った。「簡単に死なせるわけにはいかない。古代ギリシャでは、罪人は公衆の面前で拷問されたものだ。彼らはできるだけ生かされた。苦しみが長引くように。あいにく、わたしにはきみの苦悶を眺める喜びにひたっている時間はない。われわれはこのアナヴァトスの本部を見捨てなければならない。いまごろはもう、ギリシャの軍隊と情報部がこちらに向かっているだろうから」

別の護衛がはいってきて、ゲオルギオウ准将の耳に何事かささやいた。准将はロマノスにギリシャ語で何か告げた。

「おお、われわれの輸送機が到着した」ロマノスは女たちのひとりのほうを向き、指示を与えた。女はうなずき、部屋から出ていった。

「ミスター・ボンド、〈デカダ〉はこのままでは終わらない。われわれは別の地で再編し、われわれの道を進みつづける。しかし、何カ月もかけてこの地ではじめた使命は完遂する」

ロマノスはミサイルを手で示した。「ごらんのとおり、パーシングだ。その昔、NATOから紛失したものだよ。たまたま、われわれがそれを見つけ、われらがロシアの友人、ナンバーフォーを通じて入手した弾頭を取りつけた。ロシア・マフィアは法外な値段をふっかけてきたが、最終的にはこちらが望む取引になった。もう気づいたかもしれないが、これでイスタンブールを爆破する。トルコが北キプロスにしたことを思えば、安い代償だ」

「そんなことをすれば、ヨーロッパやアジアや中東を大混乱に陥れるぞ！」ボンドは言った。

ロマノスは護衛たちにうなずいた。彼らはボンドをひっつかみ、テーブルの上に倒して押さえつけた。ロマノスはコントロール・パネルのスイッチを入れた。金属の枷がテーブルから飛びでてきて、手首と足首にはまった。ボンドはいまや、なすすべもなく無防備な状態で横たわっていた。

「パズルはお好きかな、ミスター・ボンド」ロマノスは尋ねた。「わたしの数学の教え子はパズルが好きなんだ。まあ、全員ではないが。試験には悪魔のような難問を出してやる。わたしは運試しやクロスワードや判じ物のようなゲームを楽しむ……だが、心から愛しているのは数学の難問だ。きみの学生時代はどうだったかな、ミスター・ボンド?」

ボンドは懐疑的な目で見返しただけだった。

「まさか、イートンを放校になって、軍隊式の学校へ行ったなんて言わないでくれよ。数学は得意教科じゃないとみたね。当たっているかな?」

ボンドは目を閉じた。男の言うことはたしかに当たっていた。ボンドはあらゆることに熟達していたが、数学だけは苦手だった。

ロマノスはミサイルに近寄り、発射台の基部のパネルを指さした。

「制御装置に近づくことができれば、発射をとめる能力はあるだろう。きみのように専門技能を持ちあわせた者は、何百もの爆弾を処理してきただろうからね。ちがうかい?まちがいなく、きみはパーシング・ミサイルの発射を阻止することができる。このパネルが見えるかい?なかは制御装置で、安全装置の役割をする薄いガラスカバーでおおわれている。わかるね、この建物全体に爆弾が仕掛けてあるんだ」

ロマノスは天井にはめこまれた四つの卵型の爆弾を指した。

「ガラスカバーが割れたら、なんの手順も踏まず、即座に爆発する。制御装置に手を触れるには、警報装置を切らなければならない」

ロマノスはポケットからメモ帳を取りだし、しばらく何か書きこんでいた。そのページを破りとると、発射装置パネルをあけた。慎重に紙切れをなかに入れて、パネルを閉める。

腕時計に目をやり、コントロール・パネルにあるタイマーのつまみをひねる。それからスイッチを指ししめした。

「このスイッチを入れたら、タイマーがスタートする。その瞬間から四分後に、きみはテーブルから解放される。さらに四分後、天井の扉が両側に開き、ミサイルは自動的に発射する。しかしながら、わたしは紙切れにパズルを書きとめ、パネルのなかにしまっておいた。その問題の答えがわかれば、警報装置の切り方もわかる。それが首尾よくいったら、たとえ何秒であろうと、残された時間で発射を阻止することになる。制御装置に近づけたら、発射を停止する許可と恩恵を与えよう。これは神々の考えで、わたしのものではない。神々は妙な理由から、きみを評価しているようだ。そして、きみに情けをかけ、いかに望みが薄かろうとこのチャンスをきみにやるよう、わたしに命じられた。じつはわたしも、しごく楽しんでいるのだ。きみの数学の腕を考えると、ね？　ところで、きみに出題したパズルだが、学生たちは解くのに十五分から一時間かかった。だから、わたしは確信しているんだ。五分たったら、きみは霊長類のようにミサイルのまわりを這いまわり、頭をかきむしっているとね」

ゲオルギオウ准将がロマノスに何か告げた。

ロマノスはうなずいて言った。「ナンバーナインが親切にもヘリコプターでわれわれを迎えにきてくれた。そろそろ行かなくては。最後にもうひとつ。アルフレッド・ハッチンソンが〈デカダ〉のメンバーだったことはない。言うまでもなく、マンヴィル・ダンカンが彼のディスクのコピーを手に入れ、われわれによこしていたのだ。アルフレッドはばかな老いぼれだった。わたしと組むこともできたのに。いっしょに金持ちになって、国のひとつやふたつ支配できたのに。それが逆にわたしを裏切り、われわれの秘密をあばこうとした。そんなことをしなければ、きみもこんな目にあわずにすんだかもしれない。さよなら、ミスター・ボンド。願わくば……きみの魂に神々の慈悲があるように」

そう言うと、ロマノスはタイマー・スイッチに手を置いた。

「待ちなさい！」ヘラだった。ロマノスに銃で狙いをつけている。まえにもつかうのを見たことのあるデーウーだ。五人の武装した護衛が、残りの護衛たちに武器を向けている。メリナ・パパスが、ゲオルギオウ准将やほかのメンバーたちから離れた。

ロマノスは面食らっている。「ナンバーツー？」

「神々はわたしにも命令をくだされたのよ、コンスタンティン。〈デカダ〉はあなたの指導力からおおいに利益を得たわ。あなたは資金と設備とコネとわたしたちの考えを世界中に届かせる計画を提供してくれた。けれど、ピタゴラス自身がそうだったように、弟子のなかには別の計画を持つ者もいるの。あなたの指揮もここで終わりよ、コンスタンティン。あなたはもはやモナドではない。真の〈デカダ〉はいまここから生まれるのよ」

「ヘラ、ばかなことを。何を言っているんだ?」

銃が発射され、肩を傷つけた。ロマノスはコンクリートの床に倒れ、血だらけの腕をつかんだ。

ゲオルギオウ准将がヘラに突進していったが、護衛のひとりがAK47を放った。弾丸が准将の体を蜂の巣にして命を奪い、ロマノスの隣に倒した。

〈デカダ〉のほかのメンバーは壁の前で縮こまった。ヘラはそちらに体を向けた。「あなたたちも、よければわたしのほうに加わってもいいわ。それがいやなら、ここで彼といっしょに死んでもらう」

目を見開き、メンバーたちは激しく首を縦に振った。

「じゃ、行って、ヘリコプターに乗ってなさい」彼らは命令にしたがい、ふたりの護衛に付き添われながら、外へ走っていった。メリナ・パパスはヘラとともに残った。

ヘラはロマノスに歩み寄り、彼を見おろした。銃を右脚に向けて発砲する。ロマノスは叫び、苦痛に体を丸めた。

テーブルの上で身動きのできないボンドは、陶酔と戦慄の入りまじった気持ちで見入った。

ヘラはロマノスのかたわらにしゃがみこみ、汗のにじむ額をやさしく撫でた。「昔、ひとりの少女がいた。まだ十二歳だった。両親は少女が九歳のときに、キプロスでトルコ人に殺された。二年間、少女は路上で暮らし、それはそれはきびしい世界で自活していた。やがてある日、少女はひとりの男に出会った。彼はふたまわりも年が上だったけど、とてもハンサムで、魔法のような話し方をした。彼は少女の父親になった。彼は少女を救いだし、自分の国へ連れていき、人生を教えると約束した。そして、彼は約束を実行した……少女を十年間囚われの身にしたまま。彼が少女にあらゆることを教え、食べ物や服を与え、面倒をみたことは事実だった。けれど、彼が意図的に少女をレイプしつづけたのも事実だった、十年もの……長いあいだ！」ヘラは毒気をこめて言った。

「ヘラ」ロマノスはあえいだ。「そんなつもりは、けっしてなかった……」

ヘラは立ちあがり、ロマノスの顔面を思いきり蹴った。それから、もう一度やさしくなって、言った。「一度はあなたを愛してると思ったときもある。あなたはわたしにとって、そのときどきでいろいろな意味を持った……わたしの拷問者であり、父親だった。わたしの兄であり、恋人であり、教師だった。わたしはあなたを崇めてたのよ！」

ヘラはふたたび蹴った。

「わたしたちはさまざまな理想を分けあったわね」ヘラはつづけた。「わたしは自分に誓ったの。あなたに協力して〈デカダ〉の最初のテトラクティスをかならず完成させようと。わたしもあなたとおなじくらいトルコ人を憎んでるから。でも、それ以上に憎いのは、あなたがわたしの道を誤らせたことよ。いまから、その昔、あなたにキプロスで奪われた人生を取りもどすわ。天界の女王ヘラは、つねに執念深い女神なの。〈デカダ〉はわたしが引き継ぐ。それがわたしの運命だから。世界におけるわれわれの役割は、あなたが作ったものより、もっと大きな、もっと利益を生むものだと思ってるの。あなたはよく仕込んでくれたわ。わたしがこうなったのは、あなたのせいなのよ。それを覚えておくのね！」

ヘラの声は怒りに震えていた。銃をロマノスの胸に向ける。

「あなたはいつも、わたしに最高であることを強要した——最高の登山者、最高の戦士、最高の暗殺者、最高の殺し屋……最高の……愛人……わたしが優等生だったのも不思議じゃない。わたしをとらえて、手なずけたあとでは、憎しみや殺しを教えこむのは簡単だった。わたしはもう、ほかに方法を知らないのよ」

ヘラは言葉を切り、頬に涙をこぼしながら呼吸を整えた。

「あなたは知りたくないことまで、人生を教えてくれたわ、コンスタンティン。さあ、今度はわたしが死について教えてあげる」

そう言うと、ヘラは頭を狙って、引き金をひいた。ロマノスの頭が吹き飛ばされ、血や組織が、ふたりのまわり数フィートに散らばった。

長く張りつめた沈黙がつづいたあとで、ボンドは言った。

「なんてことを、ヘラ。きみは彼より狂っている」

ヘラは振り向き、いぶかしげにボンドを見た。まるで、彼がこの部屋にいたことを、すっかり忘れていたかのように。それから、ボンドの後方をぽかんと見つめた。たったいま自分がしでかした行為に傷ついていた。メリナが手をのばして腕に触れる。ヘラはメリナのほうを向き、ふたりの女は抱きあった。金属のブリーフケースがぎこちなくぶらさがっている。

「ケースの中身はなんだい、ヘラ？ 〈バイオリンクス〉のウイルスか」ボンドは尋ねた。

しばらくして、ヘラはメリナから離れた。落ち着きを取りもどしてはいたが、その神経は爆発を待っている時限爆弾だった。ヘラは答えた。「デカダ・ウイルスと呼んでるわ。モナドがはじめたプロジェクトだけど、われわれが完成させるのよ。このメリナは、リシンが人間の体に与える作用を入念に研究した。リシンの毒には解毒剤はない。メリナはヒマの実から化合物を作ることに成功した。それはウイルスのような働きをする。言い換えれば、リシン中毒感染を起こしたような症状を作りだしたの。その病原菌はバクテリアのように生育し、呼吸する。感染者がいれば、その人に接触しただけでも感染する。人々はたちまち、つぎつぎに死ぬわ——ワクチンを与えられないかぎり。そう、治療法はあるの。それもメリナが開発した。われわれは全員、予防接種をしたわ」

ヘラはメリナのブリーフケースを指さした。「そのなかには、保護チューブ入りのデカダ・ウイルスのサンプルとその製法がはいってる。唯一のワクチンのサンプルとその処方も。だから、ケースをメリナの腕から放したくないのよね？ メリナ、先にヘリコプターに行ってて。わたしもすぐに追うから」

わし鼻の女はうなずき、部屋を出た。ヘラはボンドと死体がいるなかに残った。

ボンドはヘラを見て、言った。「きみがそのウイルスを世界中の病院に送ったんだな？　精子サンプルに潜ませて！」

「あなたって、いつも楽しませてくれるわね、ジェイムズ。ほんとうに頭がよく働く男だわ。そうよ、ウイルスはあちこちにばらまかれて待機してる。だれかに注入されるのを待ちかまえてるの。世界中のクリニックの従業員に仲間がいるのよ。彼らは精子にまぎれた物質を手頃な輸血用血液に移せばいいだけ。ニューヨーク、ロンドン、ロサンゼルス、東京――ドカーン――どこも破滅的な伝染病に襲われてるわ。恐ろしい」

「なぜなんだ、ヘラ？　子供のころに虐待されたからか。ロマノスにマインド・コントロールされて殺し屋に仕立てられたからか。そんなの理由にならない。きみが引きおこす連鎖反応で、地上の人類が滅亡してしまうんだぞ！」

「そんなことにはならないわ、ジェイムズ」ヘラは自信たっぷりに言った。「ウイルスが山火事のように広まったところで、〈バイオリンクス〉が治療法を開発したと世界に向けて発表するの。でも、その治療を受ける値段は……とても高いものになる。何百人もの死は、ウイルスの恐ろしさを知らせる例でしかない。ある製品を売るためのね。それがいかに必要かということを世界に実証しなければならないでしょ！」

「世界にはきみのウイルスを研究してワクチンを開発する、優秀な生化学者たちがいるとは考えなかったのか」

「もちろん、考えたわ。でも、そのときには手遅れでしょうね」ヘラは言った。「世界の別の地域を狙う新しいテトラクティスを実行するから、ウイルスが急激に増加するでしょう。世界中の人々には唯一有効なワクチンを急いで買うしかない――われわれのワクチンを」

ボンドはかぶりを振った。「なるほど、きみもまた、つまらない強奪者のひとりというわけか。目的は金だけ。そんなことだろうと思った」

「さよなら、ジェイムズ。コンスタンティンのちょっとした数学問題を残していくわ。彼はいつも、ひねくれたユーモアのセンスがあった。ひょっとしたらあなたは、ギリシャとトルコの戦争だけは阻止できるかもね。でも、それもいまは、どうでもいいことに思えるんじゃない?」

そう言うなり、ヘラはタイマーを作動させるスイッチを入れ、背を向けて部屋から去った。扉が音をたてて閉まり、ボンドはひとり取り残された。

ヒューイUH-1イロコイ・ヘリコプターが、おもての崖のてっぺんに造られた離着陸場で待機していた。離着陸場はじっさいにはミサイルの発射扉で、あと八分以内に開く。ヘラは穴倉から夜気のもとへ飛びだし、メリナ・パパス、忠実な護衛、残りの〈デカダ〉のメンバーが待つヘリコプターに乗りこんだ。

発射室では、ボンドが顔から汗を吹きださせていた。どんなにがんばっても、枷をはずすことはできなかった。このままあと三分が過ぎるのを待つよりない。

ギリシャ軍はいったいどこにいるのだろう? ここへ来るのに何をもたもたしているのか。

ボンドの心臓は早鐘を打っていた。胸骨を突き抜けて胸をたたいているような気がした。何が起こっているのだろう? これが終わりというやつか。死ぬことがわかったとき、こんな感覚が起こるのだろうか。最後の瞬間が来ると、自分の人生が目の前をよぎるらしいが。これまでにも死にそうになったことはある。だが、なぜか今度こそ本物のような気がしていた。なすすべもない状況に置かれているからか。そういうことなのか? 心のどこかで、これから数分間いくらがんばってみても、すべてはもう終わりだと認めているのか。

ちがう! ボンドは心のなかで叫んだ。こんなのはだめだ! こんな形で終わらせるものか! あきらめるつもりはないぞ。もし死んだら、それならそれでしかたない! 生まれてこのかた、多くの死を見てきた。だが、もっと多くの生も見てきた。これまで何度も死神に打ち勝ってきた……それがなぜ、いま負けてしまうと考えるんだ?

だしぬけに枷がパチンとはずれ、自由になった。

ボンドはミサイルに飛びつき、指先を切るほどの勢いでコントロール・パネルをこじあけた。ワイヤカッターと紙切れが転がりおちる。その下には制御装置をおおうガラスパネルと、ミサイルの〝発射停止〟ボタンと思われるトグルスイッチがひとつ見えた。ガラスの上にはブービートラップ——赤と青と白の三色のワイヤがある。制御装置に近づくには、そのなかのひとつかふたつを切らなければならない。ボンドは紙切れをつかんで読んだ。問題は英語で書かれていた。

ピタゴラスはピタゴラスの定理で有名だ。すなわち、直角三角形の斜辺の長さの二乗は、ほかの二辺の長さの二乗の和に等しい。その逆もしかり。三角形の辺の長さを〝A〟〝B〟〝C〟とし、〝C〟が斜辺で、かつ$A^2+B^2=C^2$が成り立つとすれば、その三角形は直角三角形であるということができる。たとえば辺の長さが〝3〟〝4〟〝5〟の三角形があれば、$3^2+4^2=5^2$（9＋16＝25）が成り立つから、これは直角三角形である。さらに、$A^2+B^2=C^2$にならなければ、その三角形は直角三角形ではないと言える。

たとえば、辺の長さが17と144と163であるとした場合、これは鋭角三角形になるか、直角三角形になるか、鈍角三角形になるか。

答えが鋭角なら、赤のワイヤを切れ。

答えが直角なら、青のワイヤを切れ。

答えが鈍角なら、白のワイヤを切れ。

制限時間は四分だ。幸運を祈る！

26　ワールド・イズ・ノット・イナフ

四十五秒が経過していた。

ボンドはおののきながらパズルに目を凝らした。二分でなんか解けっこない！　記憶の隅を探ってピタゴラスの定理について思いだそうとする。それが直角三角形なら、二辺の上に立つ正方形の面積の和は、斜辺の上に立つ正方形の面積に等しくなければならない。17の二乗は289と計算できたが、144と163の二乗を暗算するのは制限時間内には無理だ。

これにはトリックがあるはずだ。ボンドが計算器を持っていないからといって、あたりまえの問題をむずかしくしただけで出したりするだろうか。これは論理のパズルで、数学の問題ではないのかもしれない。じっくり考える時間はあるか。それとも、生死を賭けて、選んだワイヤを切るべきか。だが、どのワイヤを切ればいいかなんて、どうして決められる？　全人生をコインの裏表で決めてしまうのか。

六十秒が過ぎた。あと三分でミサイルを停止しなければならない。

待てよ！　ロマノスが〝前提〟について何か言っていたな。アテネのカジノだ。数学者はまず前提を立て、そこから論証しなければならないというようなことだった。ロマノスのパズルの質問箇所は？

たとえば、辺の長さが17と144と163であるとした場合、これは鋭角三角形になるか、直角三角形になるか、鈍角三角形になるか。

このパズルでは、三角形の一辺だとはひと言も述べていない。きいているのは、辺の長さが17、144、163だとしたら、どんな三角形になるかだ。ボンドは三辺がそういう長さを持つ三角形だという前提で考えていた。正解は、三角形にはならない、だ！　三角形であるためには、二辺の長さの和が三番目の辺の長さを越えていなければならない。この場合、17＋144＝161だから、163より大きくならない。

わかったぞ。三本のワイヤはどれも切ってはいけないのだ。残り時間はあと一分。ボンドはこぶしで薄いガラスパネルを突き破った。制御装置はすぐ手の先だ。

あと四十五秒……

トグルスイッチを切り換えると、タイマーはとまった。装置のまわりで点滅していたライトがことごとく消えた。ミサイルは死んだ。スクリーンは原子核から起爆装置が取りはずされたことを示している。弾頭の通常型爆薬はまだ発火できるが、臨界質量には達しえない。

ボンドは深呼吸して、床にすべりおりた。ロマノスはボンドの力を見くびっていた。何も選ばないという決断ができないと思っていたのだ。ボンドは苦笑いして、ピタゴラス的というよりむしろデカルト的行動だったな、と思った。〝決断しないのもひとつの決断だ〟と言ったのはデカルトだったから。

下の階で、ドーンという大きな音がした。爆薬がドアを破壊するような響きだ。ボンドは立ちあがり、唯一の出口へ走った。駆けてくる足音とギリシャ語の話し声がおもてから聞こえる。差し錠を引き、扉をあける。三人のギリシャ兵がこちらを見て、M16ライフルを向けた。

ボンドは両手をあげた。「撃つな！」

「ミスター・ボンド？」ひとりの軍曹がきいた。

「そうだ」

「行きましょう。脱出させます」

ギリシャ兵たちのあとについて部屋の外へ出たとたん、発射室内でものすごい爆発が起こった。ボンドと三人の男たちは爆風で数フィート吹きとばされ、まわりの石壁が崩れはじめた。

「走れ！　走れ！」軍曹が叫ぶ。

男たち四人は飛び起きて、走りつづけた。また近くで爆発が起こったが、そのときには全員〈デカダ〉の会議室に着いていた。

「おもてへ出るいちばんの近道はどれだ？」ボンドはきい

た。「建物全体が爆発するぞ」

「こっちへ」軍曹はそう言い、みんなを導いて会議室からコントロール室を抜け、階段をあがった。その直後に下のほうでさらに爆発が起こった。のぼってきた階段がばらばらに壊れた。四人は十フィートの軍神アレスの像のかたわらを通り、揺れている連絡通路に出た。そこを通り抜けるまえに、大爆発が起きて建物全体を揺るがした。壁や床や天井が裂ける。通路の向こう側とのあいだに七フィートの割れ目ができた。

「どうする?」兵のひとりがきいた。

ボンドは振りかえって彫像を見た。「手を貸してくれ!」走り寄って彫像を押しはじめる。ほかの兵士たちも意図に気づき、像を倒すのを手伝った。力を合わせて押し、割れ目に渡して橋を作った。そして、ひとりずつ向こう側へ渡っていく。

全員が外の世界に通じる秘密のハッチにたどりつくや、また爆発が起き、下から火炎が噴きあげてきた。男たちは建物から転げでた。炎にふれたように熱く、山全体が振動していた。

外にはさらなる兵士たちがいた。中尉が軍曹に近寄ってきて、早口のギリシャ語で話している。ボンドが聞きとれたのは、「ヘリコプター」と「デカダ」だった。

軍曹がボンドのほうを向いて言った。「急げば、まだ捕まえられます」

「なら、さっさと行こう」

一行はUH‐60ブラックホーク・ヘリコプターに駆けよった。機はヘラが飛びたった発射台に着陸していた。全員が乗りこむと、大空へ舞いあがる。

ブラックホークはギリシャ軍が購入した大量のアメリカ製マシンのうちのひとつだ。機外搭載補助システムをそなえていて、砲架とレーザー誘導式対戦車ミサイルのヘルファイアが搭載されている。ヘラの機に追いつけば、空中戦は有利に戦えるだろう。

飛行に移ると、ボンドは軍曹にきいた。「そちらの部員のニキ・ミラコスの具合は?」

「だいじょうぶです」軍曹は答えた。「脚は骨折してないんですが、膝をひどく捻挫してましてね。しばらくは松葉杖のお世話になるでしょう。ちょっと手術が必要かもしれませんが、まだはっきりとはわかりません」

「〈デカダ〉については？　どこへ向かっている？　彼らが持っているブリーフケースを回収しないといけない」

「十分前に本土をめざして飛びたちました。途中の全基地に、彼らを取り押さえるよう警告してあります」

ボンドはヘリコプターのキャビンを見まわした。かたわらの壁に、人員携行式スティンガー・ミサイル三基が取りつけてある。ただちにベルトで固定してあるひとつを取りはずした。軍曹がいぶかるように見つめているのに気づいて、尋ねる。「いいかな？」

軍曹は肩をすくめて言った。「どうぞどうぞ」

無線連絡がはいり、軍曹が通訳する。「わが軍のアパッチ一機が三マイル前方で標的と交戦中です」

ブラックホークはまもなく追いつく。暗いので、ヒューイとAH-64アパッチのマシンガンから振りそそぐ銃火しか見えない。ギリシャ軍のヘリコプターがやや高い高度をとって、ヘラの機を高速で追撃している。

ヒューイUH-1もアメリカ製のヘリコプターで、ベトナム戦でさかんにつかわれた。一四〇〇馬力のエンジンはキャビンの上に装着したため、機内は広く兵士や積み荷をのせる余地がたっぷりある。マシンガン、ロケット弾、擲弾を装備し、巡航速度は時速一二五マイルだ。

とつぜんヒューイから一条の明るい光が飛びだし、アパッチが爆発して火の玉と化した。どうやらヘラもミサイルをそなえているようだ。

「さあ、われわれの番だ」と軍曹が言い、無線で後発隊に急げと命じた。

ボンドはスティンガー・ランチャーを肩にかつぎ、発射準備をした。「射撃姿勢がとれれば、命中させてやる」標的のヘリコプターを飛行不能にする程度にとどめ、完全に破壊してはいけない。なんとか金属のブリーフケースは無傷であってほしい。

ヒューイは上昇して速度を落とし、ブラックホークの真上に移動した。

「空雷を投下する気だ！　回避しろ！」ボンドは叫んだ。軍曹が命令をギリシャ語に通訳する。パイロットが機を急降下させるなか、ヒューイから爆弾が振りそそいだ。

ついで、ヒューイは突出機銃座からはげしく銃弾を浴びせてきた。ブラックホークの兵士がひとり顔を撃たれた。あたりに血潮が飛びちり、兵士はキャビンの壁にたたきつけられた。

ブラックホークのパイロットは、ヘラのヘリコプターの横に並ぼうとしている。ボンドは向こうのパイロットの隣にヘラが見えたように思ったが、暗くてはっきりしなかった。メリナ・パパスがその後ろにいて、背後の男たちに命令しているようだ。

ギリシャ軍のアパッチ一機が反対側から戦闘に加わり、銃座から敵を攻撃した。ヒューイが揺れ、高度をさげる。ボンドのパイロットは追跡を試みたが、裏目に出た。敵機と並行になったとたん、ヒューイからミサイルが発射された。

「回避行動！」軍曹が叫んだ。

ブラックホークはかろうじて方向転換したが、完全にはミサイルを避けられなかった。ミサイルは底をかすめて、支柱を吹き飛ばした。ヘリコプターは制御がきかなくなり、はげしく揺れはじめた。

「墜落するぞ！」軍曹が英語で叫んだ。

ボンドは開け放した扉口へ近寄り、スティンガーでヘラのヒューイを狙った。ブラックホークは見るみる標的から遠ざかって落ちていく。

かならず、墜落するまえにヘラを撃ちおとしてやる。それが最後の仕事になっても。

「ちょっとだけヘリコプターをぐらつかせないよう、パイロットに頼んでくれ！」ボンドは軍曹に言った。「そして、わたしのベルトをつかんでいてくれ！」

高度は恐ろしい勢いでさがっていく。下が陸なのか海なのか、それすらわからない。

パイロットはブラックホークをいくらかましな状態にもどしたが、それでも機はぐらぐらと揺れ、落下はとまらなかった。

「これ以上は無理だ」軍曹はボンドに告げた。

ボンドはうなずいて、敵のヒューイを狙った。体をまっすぐにし、軍曹がしっかり押さえていてくれると信じて扉口から後ろ向きに身を乗りだし、ヒューイの操縦席めがけてミサイルを発射した。スティンガーは〝ヒュー〟という大きな音をたてて飛んでいき、その閃光でブラックホークの回転翼が照らしだされた。

ミサイルはヒューイに命中した。爆発して夏の太陽より明るい火の玉となるのを見て、ボンドはたじろぎ、耐火性のブリーフケースが無事に回収されることを祈った。

ヒューイは高度一万フィートから墜落し、海面に激突した。ふたたび爆発が起こり、ヘリコプターを破壊して、乗員を残らず暗い海の墓場に送りこんだ。

「黄泉の国へようこそ、ヘラ」ボンドは心中でつぶやいた。

ブラックホークのパイロットは機を空中に残そうと奮闘しているが、やはり墜落は避けられないだろう。パイロットがヘリコプターを水平に保つことができて、墜落の衝撃で機体が破壊されることなく、乗員も全員死なずにすむことを願うしかない。ひとりの兵士が救命胴衣を配りはじめた。

凄まじい音とともに、ブラックホークは海面に達した。だれもが四方に投げ飛ばされたが、機体はばらばらになっていない。海水が機内に流れこんでくる。だれかが叫んだ。

「脱出しろ！　全員脱出！」

ボンドは兵士たちについて扉口から冷たく暗い水中に脱出した。海面に浮かんで見まわすと、全員が無事だった。いっぽうブラックホークは見るみるうちに沈んでいった。先に撃墜されたヘリコプターの残骸が、まだ炎をあげて水面を漂い、その光であたりが驚くほど明るい。暗い海が広範囲にわたって照らしだされている。

救命胴衣の浮かぼうとする力があっても、ボンドは水中に潜り、ヒューイのすぐ下まで泳いでいくことができた。海底にたくさんの破片が漂っているのが見える。死体がふたつ――護衛だ――浮かびあがりはじめた。ボンドは水面に出てひと息ついてから、メリナ・パパスの死体を探しつづけた。ずたずたに裂けたドレス姿の死体が、残骸の支柱に引っかかっている。近くまで泳いでいったが、〈デカダ〉の別の女性で、皮膚がほとんど焼けおちていた。

ボンドは救命胴衣を脱いで支柱に巻きつけ、浮力を減らした。ふたたびヒューイの残骸の下に潜り、金属板を押しのけて、なかにはいろうとする。火勢がさかんだが、金属のブリーフケースのことしか考えまいとした。あまりに多くの命がかかっているのだ。

燃え残った機体にはいりこむと、死体が三つあった。どれも黒焦げで、グロテスクなほどずたずたになっている。そのうちの一体には手首に金属のブリーフケースが手錠でつながれていた。ボンドは息をのみ、暖かく濡れた死体を抱きかかえて残骸から引っぱりだした。救命胴衣を取りもどし、海面に出て息をする。救命胴衣を身につけてから、メリナの死体を背負って、海に浮かぶ墓をあとにして泳ぎだした。

数ヤード前方に、ギリシャ兵たちが泳いでいる。ひとりが空に照明弾を発射した。あたり一面がぱっと明るくなる。海は荒れていて波が高く、浮いているのがたいへんになった。ボンドは海面でひょこひょこ揺れている機体の破片につかまって、ゆっくりみんなのほうへ運ばれていった。

ひと息つきかけていたとき、ぞっとするような黒焦げの顔があらわれて、ぎくりとした。ヘラだ。というよりはヘラの残骸が、隣に浮かびあがってきたのだ。地獄の悪鬼さながら、赤毛はすっかり燃えてしまい、残っているのは皮のはがれた、ねばねばする肉の塊だ。片方だけの目玉が飛びだし、口は無言の叫びの形で凍りついている。吐き気を覚え、ボンドは手をのばして死骸を押しやろうとした。が、だしぬけに、それが生きかえった。ヘラは金切り声をあげて、両腕を首に巻きつけてきた。肝を冷やして、ボンドはメリナの死体を放してしまった。

ボンドは懸命に闘い、ずたずたになった生き物を蹴飛ばした。ヘラはボンドを殺そうと全力で組みついてきた。力を振り絞って、その首に空手チョップをたたきつけ、つづけざまに顔面を強打する。頬の肉は堅くてぬらぬらしていた。ヘラはまた悲鳴をあげたが、首を絞めつけていた力がゆるんだ。ボンドは体を振りはなしてから、腰に飛びついた。ヘラをしっかりつかまえると、頭を海中に突っこんで、押さえつけた。ヘラはウツボのようにもがいたが、怪我の打撃が大きかった。徐々に弱っていき、数分悶え苦しんだすえ、力尽きた。手を放すと、ヘラ・ボロプロスは海の底へ沈んでいった。

ボンドはメリナ・パパスを回収するため、海中に潜った。死体はそれほど遠くまで流されていなかった。ブリーフケースごと死体をつかみ、仲間たちのほうへ泳いでいった。十五分ほど海面に浮いていると、救助のヘリコプターが到着した。

アナヴァトスの〈デカダ〉の本部は壊滅した。組織の痕跡はほとんど残っていない。翌朝、海中から焼け焦げた死体が発見された――女の骨格が三体、それに男のものが少なくとも十体。ギリシャ国家情報庁、ギリシャ軍、ボンドが提出した最終報告によれば、〈デカダ〉のメンバーは全員死亡したと思われる。

例のブリーフケースは無傷のままだった。ギリシャ国家情報庁が確保し、致死性の毒物がもれることなく、蓋をあけることに成功した。ワクチンは大量に再生できるよう、即座にアテネの生化学研究所へ送られた。二十四時間たたないうちに、大量のワクチン入りの小瓶が、伝染病が発生した都市に向かった。死者の数は、ニューヨークで百十五人、東京で二百十二人、ロサンゼルスで百八十六人にのぼっていた。アテネ、ロンドン、パリの犠牲者はそれより少なく――各都市とも六十人以下だった。そのままだったらもっと悪い事態になっていただろう。一週間後には、ウイルスはまったく手がつけられないほど広まり、数百人、あるいは数千人の死者が出たかもしれない。伝染病の蔓延が完全に抑止されたとだれもが確信を持つまでには、いましばらくかかるだろうが、関係当局は好スタートが切れたと自負している。問題のウイルス自体は研究と分析のため、アトランタの疾病管理センターへ送られた。

二日後、ジェイムズ・ボンドとニキ・ミラコスは、アテネの〈グランド・ブルターニュ〉のスイートでキングサイズのベッドに横たわっていた。籠いっぱいの果物を食べ、ウーゾを二本、あけたところだ。ニキは片脚にギプスをしている以外は、生まれたままの姿だった。

ボンドは腕時計に目をやった。「Mに連絡しないと」

ベッドからそっと出ると、裸のまま居間へ行く。番号をダイヤルし、お決まりのセキュリティ手続きを踏んだ。

「007?」ボンドからの電話に、Mはうれしそうな声をあげた。

「はい、そうです」

「ちょうどよかった。いま、あなたの報告を受けとったところです。よくやったわね」

「ありがとうございます」

「ギリシャ情報部員の怪我はひどいの?」

「たいしたことはありません。膝を少し手術した程度で。二週間もすれば回復するでしょう」

「なら、よかった。それはそうと、今朝は少しばかり思いがけないことがありましたよ」

「ほう?」

「北キプロス・トルコ共和国が、キプロス共和国とギリシャに正式に謝意を表明したの。〈デカダ〉の陰謀を阻止したことに対して。前代未聞のことですよ」

「驚いたな」

「ことによると、これをきっかけに、両者のあいだに新たな平和と協力の時代がはじまるかもしれないわ」

ボンドはそれはどうだろうと思ったが、口には出さなかった。「そう願いましょう」

そこで話がとぎれた。ボンドにはMの気持ちが手に取るようにわかった。アルフレッド・ハッチンソンに関することを聞きたくてたまらないのだ。

「ところで、うれしいニュースがあります。アルフレッド・ハッチンソンは〈デカダ〉のメンバーになったことはありません」ボンドは言った。「かつてはロマノスと組んで非合法な秘事にかかわりましたが、良心が勝って、最後には正しいことをしようとしたんです。これで、いくらかでも慰めになるといいのですが」

「ありがとう、ジェイムズ」

Mはめったにボンドをジェイムズとは呼ばない。どこから見ても仕事の話のときは。Mもマイルズ卿のような態度をとりはじめているな、とボンドは思った。

「ジェイムズ、もう一度言っておきたいんだけど、今回の事件で果たしてくれたことに感謝しています」

「お礼にはおよびません」

「それでもね、ずっと救いの手をさしのべてくれて、ありがとう」

ボンドは電話を切ると、寝室へもどった。搾りたてのオレンジジュースをふたつのグラスに注ぎ、枕を壁にもたせてベッドにすわった。両脚をのばし、窓の向こうのアクロポリスを眺める。

しばらくして、ニキが沈黙を破った。「どうしたの、ジェイムズ?」

ボンドは肩をすくめて首を振り、ほほえみを浮かべようとした。

ニキはボンドの手を取った。「よけいなお世話かもしれないけど、わかる気がするわ」

「ほう?」

「気が抜けたのよ。使命は果たした。でも、任務がないときの生活にもどりたくない。どんな感じかわかるわ、ジェイムズ。ドラッグを絶つのと似てる。たえず死の脅威にさらされてると、あなたは生き生きする。そうじゃないと、ふさいでしまう。わたしからのアドバイスよ。人生を楽しむのも悪くないわ」

ボンドはニキを抱きよせて、キスをした。それから言った。「だが、〝この世も足らず(ワールド・イズ・ノット・イナフ)〟」

「何それ?」

「うちの紋章にある家憲だ。この世界だけでは不足なんだよ」

ニキはやさしく笑った。「あなたにぴったりね」

「呪文だよ、まさに」

「ジェイムズ、あなたにはそんなふうに感じる権利があるわ。ほかの人とはちがうもの。人間なのに、超人的なことをやってのける。みんなは生の実態を知るけど、あなたは死の実態を知るのよ! あなたは何度も死神の裏をかいてきた。人間は神ではない、って言った人がいるけど、はたしてそうかしら。コンスタンティン・ロマノスとはちがって、あなたは神なんだわ」

ボンドは一笑にふした。

ニキもいっしょになって笑った。「でも、ほんとなの。古代ギリシャでは、みんなあなたを神だと宣言したでしょう。第二のイアソンか、アガメムノンか、アレクサンドロス大王だったかも。そしたら、国中いたるところや博物館に、あなたの彫像が展示されたでしょうね！」

ボンドはニキの顔を枕に押しつけた。ふたりはしばらくレスリングをしてふざけていたが、やがて静かになった。

ボンドは何度も死神の裏をかいてきたが、いつしか旧友のように思っていることに気づいていた。鎌を手にした死神が背後に立ち、首筋に息を吹きかけてこないと、人生はほんとうに恐ろしく退屈だ。

ニキがボンドをそっと引きよせる。ボンドは隣を向いて寄りそい、脚をからめて下腹部をニキの太腿に押しつけた。

「うーん」ニキはボンドを引っぱって自分の上にのせると、両腕をのばして抱きしめた。「これも言っておかなきゃ。あなたはセックスの実態もよく知ってて、とてもすばらしいわ！」

ボンドはまた欲情してきた。ふたりが目覚めてから三度目だ。「言い忘れたが、きみは優秀なヘリコプター乗りだ。知っていたかい？」

ニキはいたずらっぽくほほえんだ。「相手をその気にさせればいいだけよ」

訳者あとがき

レイモンド・ベンスン版ジェイムズ・ボンドは、香港を壊滅の危機から救い（『007／ゼロ・マイナス・テン』）、三十八年ぶりに日本を訪れて007史上〝最小〟の敵と対決する（『007／赤い刺青の男』）間に、長篇小説では四つ冒険をしている。今回お届けするのは、そのひとつめにあたる『007／ファクト・オブ・デス』だ。本書が発表されたのが一九九八年で、ベンスンはその前年に映画《トゥモロー・ネバー・ダイ》のノベライズを手がけている。

ボンド作家として堅実なスタートを切り、ノベライゼーションでほどよく肩の力の抜けたベンスンが二作目の舞台に選んだのは、今年オリンピック開催で湧いたギリシャはアテネをはじめ、ペロポネソス半島、ヒオス島やサントリーニ島などの美しい島々、そして東地中海の真珠キプロス共和国だ。キプロスはギリシャ系とトルコ系の住民が反目しあう紛争の地で、〝世界最後の分断都市〟と呼ばれるニコシア／レフコシアを持つ。

キプロスのイギリス軍基地で、生物兵器による無差別テロ事件が起こる。現場に数字が残されていたことから、犯行グループは〝ナンバー・キラー〟と名づけられる。キプロスに調査に出かけたボンドは、みずからもテロの犠牲になるところをあやうく逃れ、ギリシャ情報部員のニキ・ミラコスと協力し、ピタゴラスの生まれ変わりと称する狂信者の野望を阻止すべく立ち向かう。

今回のボンド・ガールはギリシャ国家情報庁のニキ・ミラコスのほか、ボンドが山の上のカジノで出会う赤毛の女ヘラ・ボロプロス、不妊症クリニックのドクター、アシュリー・アンダーソン。三人とも抜群のプロポーションで、すこぶるいい女なのは言うまでもない。

その三人に劣らず輝いている女がいる。なんと、上司のMが恋をしているのだ。お相手はイギリスの国際親善大使ハッチンソン。だが、その幸せもつかのま、ハッチンソンも狂信者の魔の手にかかってしまう。心ならずも、プライベートな部分をボンドたちに見せざるをえないMにもご注目。

本書を上梓した翌年、ベンスンはふたたびノベライズを手がける。本書の最終章のタイトルにもなっている《ワールド・イズ・ノット・イナフ》だ。

この文句は『女王陛下の007』に登場している。ブロフェルド追跡のため紋章院を訪ねたボンドは、グリフォン・オアから家系のことを説明され、祖先がボンド・ストリートの名のもとになっていたかもしれないと言われてもいっこうに興味を示さない。あきれたグリフォン・オアに「それに、この魅力のある家憲の文句〈この世も足らず〉。こういうものを、自分のものにしたくないですかなあ?」と言われる始末。それに対して、「たしかにその文句は、いただきたいくらいいい文句ですな」と答えている。

さて、本書に続く長篇三作で、ボンドは〈スペクター〉に比肩する悪の秘密結社〈ユニオン〉と対決することになる。その活躍やいかに？

その他にもベンスンは、《ダイ・アナザー・デイ》のノベライズのかたわら、*Face Blind* や *Evil Hours* などのサスペンス小説も発表している。

二〇〇四年九月

HAYAKAWA POCKET MYSTERY BOOKS No. 1758

小 林 浩 子
こ ばやし ひろ こ

英米文学翻訳家
訳書
『007／赤い刺青の男』レイモンド・ベンスン
（以上早川書房刊）他多数

この本の型は，縦18.4センチ，横10.6センチのポケット・ブック判です．

検印
廃止

〔007／ファクト・オブ・デス〕

2004年10月10日印刷　2004年10月15日発行

著者　レイモンド・ベンスン
訳者　小林浩子
発行者　早川浩
印刷所　信毎書籍印刷株式会社
表紙印刷　大平舎美術印刷
製本所　株式会社川島製本所

発行所 株式会社 **早川書房**
東京都千代田区神田多町2ノ2
電話　03-3252-3111（大代表）
振替　00160-3-47799
http://www.hayakawa-online.co.jp

〔乱丁・落丁本は小社制作部宛お送り下さい
送料小社負担にてお取りかえいたします〕

ISBN4-15-001758-1 C0297
Printed and bound in Japan

ハヤカワ・ミステリ〈話題作〉

1743 刑事マディガン リチャード・ドハティー 真崎義博訳
〈ポケミス名画座〉紛失した拳銃を必死に追う鬼刑事と、苦悩する市警本部長――ドン・シーゲル監督が映画化した白熱の警察ドラマ

1744 観月の宴 R・V・ヒューリック 和爾桃子訳
中秋節の宴席で若い舞妓が無残に殺された。友人に請われて事件を調査するディー判事ははるか昔にさかのぼる因縁を掘り当てる……

1745 男の争い A・ル・ブルトン 野口雄司訳
〈ポケミス名画座〉血で血を洗う宝石争奪戦の行方は……パリ暗黒街を活写しJ・ダッシン監督で映画化されたノワールの古典的名作

1746 探偵家族／冬の事件簿 M・Z・リューイン 田口俊樹訳
謎のホームレス集団、美女ポケベル脅迫、そして発掘された白骨などなど……親子三代で探偵業を営むルンギ一家のユーモラスな活躍

1747 白い恐怖 F・ビーディング 山本俊子訳
〈ポケミス名画座〉人里離れた精神病院に着任した若き女医。だが次々に怪事件が！ 巨匠ヒッチコック監督が映画化したサスペンス

ハヤカワ・ミステリ〈話題作〉

1748 貧者の晩餐会 イアン・ランキン 延原泰子・他訳

リーバス警部もの七篇、CWA賞受賞作、ローリング・ストーンズの軌跡を小説化した「グリマー」など、二十一篇を収録した短篇集

1749 リジー・ボーデン事件 ベロック・ローンズ 仁賀克雄訳

俗謡として今なお語り継がれる伝説的事件の不可解な動機と隠された心理を〝推理〟によって再構築した、『下宿人』の著者の代表作

1750 セメントの女 M・アルバート 横山啓明訳

〈ポケミス名画座〉沈没船探しで見つけたのは、ブロンド美人の死体……知る人ぞ知る、マイアミの遊び人探偵トニー・ローム登場！

1751 ピアニストを撃て D・グーディス 真崎義博訳

〈ポケミス名画座〉過去を隠し、場末の酒場でピアノを弾く男は、再び暴力の世界へ……F・トリュフォー監督映画化の名作ノワール

1752 紅楼の悪夢 R・V・ヒューリック 和爾桃子訳

大歓楽地・楽園島を訪れたディー判事。確保した宿は、変死事件のあった不吉な部屋だった。過去からの深い因縁を名推理が暴き出す

ハヤカワ・ミステリ〈話題作〉

1753
殺しの接吻
W・ゴールドマン
酒井武志訳

〈ポケミス名画座〉死体の額に口紅でキスマークを残す連続絞殺魔を孤独な刑事が追う。マニアが唸ったサイコ・スリラー映画の原作

1754
探偵学入門
M・Z・リューイン
田口俊樹・他訳

探偵家族のルンギ一家、パウダー警部補、のら犬ローヴァー、アメリカ合衆国副大統領らが探偵役で登場する全21篇を収録した傑作集

1755
ドクトル・マブゼ
ノルベルト・ジャック
平井吉夫訳

〈ポケミス名画座〉混乱のドイツに忽然と現われた謎の犯罪王。フリッツ・ラング監督映画化。映画史に残る傑作犯罪映画の幻の原作

1756
暗い広場の上で
H・ウォルポール
澄木　柚訳

江戸川乱歩が絶讃した傑作短篇「銀の仮面」の著者が、善と悪、理想と現実、正気と狂気の間で揺れる人間を描いたサスペンスの名品

1757
怪人フー・マンチュー
サックス・ローマー
嵯峨静江訳

〈ポケミス名画座〉東洋の悪魔、欧州に上陸す！　天才犯罪者と好漢ネイランド・スミスの死闘が始まる！　20世紀大衆娯楽の金字塔